UN MEURTRE PEUT EN CACHER UN AUTRE

HANNAH DENNISON

Traduit de l'anglais
par Raphaëlle Pache

City
Roman

Publié pour la première fois au Royaume-Uni par St. Martin's Press
sous le titre *Deadly Desires at Honeychurch Hall*.
Couverture : © dpcom.fr/iStock

ISBN : 978-2-8246-1401-4
Code Hachette : 17 8088 2

Collection dirigée par Christian English & Frédéric Thibaud
Catalogues et manuscrits : city-editions.com

Dépôt légal : Février 2019

Pour Jason

1

— Plutôt mourir que de laisser ce gouvernement pitoyable construire une ligne de train à grande vitesse ici.

Ma mère désignait une affichette verte punaisée au poteau d'un portillon à cinq barreaux.

Arrêtez l'opération Bullet !
Pour gagner quelques minutes, vous perdez des siècles !
Rejoignez notre groupe de protestation dès aujourd'hui.

— « Opération Bullet », reprit ma mère. Quel nom idiot. Opération Fadaises, plutôt.

— Fadaises ? ironisai-je. Qui utilise le mot « fadaises » de nos jours ?

— Ça ne te préoccupe pas, toutes ces choses-là ?

Elle posa un pied chaussé d'une botte en caoutchouc sur le premier barreau et se servit de sa main valide pour se hisser dessus.

— Fais attention, la taquinai-je en la voyant chanceler. Tu n'es plus toute jeune.

— Je n'ai pas encore soixante-dix ans, merci bien, répliqua-t-elle. De toute façon, ça n'a rien à voir avec mon âge. C'est ma main fragile.

— D'où ma suggestion qu'on se contente de se pencher par-dessus le portillon pour admirer la vue.

— Je serai contente quand tu seras rentrée à Londres et

que tu arrêteras de me faire des réflexions, maugréa ma mère. Tu pars quand, déjà ?

— Quand je serai sûre que tu peux te débrouiller toute seule, rétorquai-je. Et que tu auras promis de ne plus te fourrer dans le pétrin.

— Moi ? Dans le pétrin ? (Ma mère m'adressa un regard noir.) Je ne vois pas du tout de quoi tu parles.

Cela faisait près de six mois que mon père était mort et deux que j'avais découvert que ma mère avait vendu en secret notre petite maison familiale à Londres pour déménager à plus de trois cents kilomètres de là, à Little Dipperton, dans le Devon. Et comme si le choc n'avait pas été assez grand, la demande de ma mère qui voulait que je l'aide à faire « un peu de saisie informatique » m'avait conduite à une découverte stupéfiante. Ma respectable mère, ma conventionnelle génitrice, n'était autre que Krystalle Storm, auteure de best-sellers, la championne des romances torrides. En outre, la véritable identité de Krystalle Storm – ainsi que l'importance de ses gains – avait été un secret bien gardé. Heureusement, mon père n'avait jamais découvert l'alter ego de sa femme – pas plus que les Recettes et douanes de Sa Majesté, ce qui était le plus ironique de tout, sachant que mon père avait travaillé toute sa vie comme inspecteur des impôts.

Mais ce n'était que le début.

Après avoir cessé de présenter l'émission *Fakes & Treasures*, je projetais d'ouvrir avec ma mère un magasin d'antiquités, mais elle avait désormais changé d'avis. Dire que j'avais été perplexe serait un euphémisme. Et à présent, nous étions là, à nous chamailler comme de coutume.

— En tout cas, c'est sûr et certain, je vais soutenir ce groupe de protestation, déclara ma mère, une pointe de défi dans la voix.

— Tu vois ! m'exclamai-je. Tu es déjà en train de chercher les ennuis. Reste en dehors de ça, voyons. De toute façon, le gouvernement n'a pas construit le HS2 entre Londres et Birmingham pour le moment. Il faudra des années avant qu'ils n'entament ce tronçon-là.

— Je ne vois pas pourquoi nous aurions besoin d'une nouvelle ligne par ici, poursuivit ma mère. Qu'est-ce qui ne va pas avec celle que nous avons déjà ?

— Elle est archaïque, expliquai-je. Voilà la raison.

— Je ne m'attendais pas à ce que tu comprennes.

— S'il te plaît, ne nous disputons pas, la coupai-je.

Ma mère inspira l'air vif d'octobre et relâcha son souffle avec un soupir.

— Pas la moindre pollution urbaine, ici. Ça va te manquer, tu verras.

— Les vaches et le fumier ? Ça m'étonnerait.

Le hic, c'était que ma mère avait raison, je le savais. J'allais regretter la campagne.

C'était une journée d'éclaircies sporadiques et de méchantes averses. Autour de nous s'étendait une mosaïque de terres agricoles vallonnées, encloses d'anciennes haies, qui descendaient jusqu'au Dart. D'épaisses ceintures de pinèdes se mêlaient aux arbres luxuriants saupoudrés de rouille, d'or, de rouge et d'une myriade de nuances de vert, qui frissonnaient sous la brise automnale.

— Tu savais que le manoir de Honeychurch avait été un bastion royaliste pendant la Première Révolution anglaise ? demanda ma mère avec nostalgie.

— Oui.

— Les Têtes-Rondes et les Cavaliers[1] se sont affrontés ici, continua-t-elle. Les lieux sont hantés, c'est certain.

— Sûr et certain.

— Tu n'entends pas le grondement d'un canon, là ?

— Pas pour le moment. Non.

1. Le surnom de « Têtes-Rondes » avait été donné aux partisans de Cromwell pendant la Première Révolution anglaise tandis que celui de « Cavaliers » affublait leurs ennemis royalistes (*NdT*).

— Sir Ralph a dirigé ses troupes depuis cet endroit.

— C'est ce que tu ne cesses de me répéter.

Nous marchions sur Hopton's Crest qui devait son nom à Sir Ralph Hopton, un commandant royaliste de la Première Révolution anglaise qui avait réussi à sécuriser le sud-ouest de l'Angleterre pour le roi Charles Ier. La piste heurtée qui courait sur le sommet de cette crête quatre cents ans plus tôt avait dû offrir des vues panoramiques. Aujourd'hui, le paysage était toujours spectaculaire, mais gâté par des massifs d'arbres envahissants et des haies indisciplinées. Au bout de la crête, la piste se rétrécissait pour devenir un sentier abrupt qui serpentait vers une zone boisée pentue, puis longeait un marais fangeux judicieusement nommé le Bourbier de la mort.

Au pied de l'un des versants se nichait le petit village de Little Dipperton et au pied de l'autre, entre des arbres et des murs de pierre vieux de plusieurs siècles, se trouvait le magnifique domaine du manoir de Honeychurch dans toute son ancienne gloire, avec son singulier cimetière équin, ses jardins paysagers, sa grotte victorienne et un vaste jardin enclos de murs, bordé par une serre proche du délabrement.

Le Logis du palefrenier appartenant à ma mère jouxtait l'ignoble décharge d'Eric Pugsley, le voisin avec lequel elle était en bisbille. À une époque, une épaisse rangée d'arbres les séparait, mais Eric s'était empressé de les couper, juste pour embêter ma mère – c'était du moins ce qu'elle affirmait.

Depuis notre poste d'observation et avec l'automne qui battait son plein, nous jouissions d'un vrai régal pour les yeux constitué de vieux tacots qu'Eric aimait appeler « véhicules en fin de vie » – un corbillard, des pyramides de pneus et de pièces détachées pour machines agricoles. Il y avait également une presse de casse automobile et le tracteur Massey Ferguson d'Eric garé devant une vieille caravane usagée qui lui tenait lieu de bureau.

— Vois le bon côté des choses, dis-je. Si l'opération Bullet aboutit vraiment, ce sera la fin du royaume d'Eric.

— Et c'est censé me consoler ? s'agaça-t-elle. En fait, c'était l'idée d'Eric, de former le groupe de protestation de Little Dipperton. La ligne de chemin de fer coupera le village en deux, ainsi que Honeychurch.

— Bonne chance à lui, répliquai-je. Comme dit le proverbe : « On ne passe pas outre la bureaucratie. »

— Bien sûr que si, protesta ma mère. J'ai décidé de lui apporter mon soutien.

— Quoi ? m'écriai-je. On va marcher main dans la main avec Eric ?

— Moi, oui, en tout cas, déclara ma mère. D'ailleurs, il y a une réunion de protestation jeudi soir, au pub.

Je m'esclaffai.

— Je pensais que tu ne pouvais pas l'encadrer.

— En effet, confirma-t-elle. Mais qu'est-ce que j'ai, comme choix ? Apparemment, Eric a demandé son soutien à lord Honeychurch, mais s'est vu répondre de lui ficher la paix et de s'occuper de ses affaires.

— Et ce ne sont pas les tiennes non plus, insistai-je.

— Bien sûr que si. Je vis ici.

— Et qu'en pense Edith ? demandai-je.

— Madame la comtesse, tu veux dire.

Ma mère ne parvenait toujours pas à appeler par son prénom la comtesse douairière, mère de lord Rupert Honeychurch, même si celle-ci l'avait invitée de nombreuses fois à le faire. Du point de vue de ma mère, faire preuve de familiarité avec l'aristocratie – comme elle s'obstinait à appeler les classes supérieures – était inconcevable.

— Nous ne sommes pas censés lui en parler non plus, répondit-elle. Monsieur le comte tient à lui épargner toute contrariété.

— C'est une première, ironisai-je. Il y a quelques semaines à peine, Rupert essayait de la faire interner dans une maison de retraite…

— Sunny Hill Lodge, compléta ma mère. Mais je pense qu'elle souffre bel et bien d'une forme de démence, Kat.

— En tout cas, je suis sûre qu'Edith a vu les affichettes partout dans le pays, répliquai-je. Elles sont difficiles à manquer. Et depuis des semaines, Muriel, du bureau de poste, fait signer une pétition.

— C'est vrai, admit ma mère. Peut-être que monsieur le comte ne voit pas l'intérêt de la bouleverser, alors que la ligne de chemin de fer ne sera pas construite du vivant de sa mère.

— C'est possible, concédai-je. Quel âge a Edith ? Quatre-vingts ans ?

— Quatre-vingt-cinq, mais elle ne les fait pas du tout. Elle pourrait vivre encore des années.

Je devais lui accorder ce point. Lady Edith Honeychurch continuait à monter en amazone chaque jour, dirigeait le poney club local et s'avérait en même temps une personnalité redoutable.

— Tu sais quel âge avait la reine mère quand elle est morte ? demanda la mienne.

— Aucune idée, répondis-je. Mais vu que la famille royale relève de ton domaine d'expertise, j'ai la forte impression que tu vas me le dire.

— Cent deux ans ! s'exclama-t-elle. Oui, cent deux ans ! Et elle avait encore toutes ses dents.

J'agitai le panier en osier que je portais.

— Allez, viens, allons cueillir des prunelles pour madame Patmore.

— Madame Patmore ? fit ma mère en fronçant les sourcils, avant de sourire. Tu as raison. Notre madame Cropper ressemble à la cuisinière de *Downton Abbey*. Ça doit être l'uniforme et la toque. (Elle désigna un petit bois au fond du champ en contrebas.) Elle m'a dit que les prunelles se trouvaient le long de cette haie de prunelliers, là-bas.

— Près du Bourbier de la mort. (Je grimaçai.) Cet endroit me fiche les jetons. Et en plus, avec toute la pluie qu'on a eue, ça va être un vrai marécage.

— Comme tu voudras, marmonna ma mère en s'éloignant à grands pas, avant de s'arrêter au pied d'un échalier encastré dans un mur de pierres sèches. Moi, j'y vais.

— Attends, soupirai-je. Il faut bien que quelqu'un garde un œil sur toi.

Sur un morceau de bois grossier cloué sur l'échelon supérieur, un message indiquait : « Toute entrée par effraction sera punie. Les braconniers seront tirés au fusil. » Puis, ajouté à la peinture : « Attention au taureau. »

— Laisse tomber, lâchai-je avec soulagement. Il y a un taureau dans le champ.

— Il n'y a pas le moindre taureau, répliqua ma mère, qui eut toutes les peines du monde à grimper à l'échalier chaussée de ses bottes disgracieuses. (Elle portait par-dessus le marché une jupe de lainage vert qui faisait plus que ralentir sa progression.) C'est juste pour effrayer les potentiels contrevenants.

On entendit le craquement d'un tissu qui se déchirait.

— Flûte ! s'écria-t-elle.

— Je t'avais dit de ne pas mettre de jupe, maugréai-je. J'ai beau être une Londonienne, je sais comment m'habiller pour pratiquer ce genre d'activités.

J'avais pour ma part enfilé un jean et je m'étais acheté une veste trois-quarts Barbour ainsi qu'une paire de bottes de la même marque dans la ville tout proche de Dartmouth, un petit port de pêche disposant de véritables magasins.

Après que j'eus aidé ma mère à dépêtrer le tissu du barbelé, nous reprîmes notre progression.

Elle avait raison : pas de vaches à l'horizon.

— Je te l'avais bien dit, marmonna-t-elle.

— J'espère que madame Cropper apprécie tes efforts à leur juste valeur, répliquai-je.

— Quand il s'agit de fabriquer de l'eau-de-vie de prune, je suis prête à me surpasser. Et puis, elle est à court de personnel en cuisine. Ils n'arrivent pas à trouver de nouvelle gouvernante. Il n'est pas facile de prendre la suite de Vera.

Nous nous tûmes. Même si ma découverte, dans la grotte, du cadavre de Vera, la femme d'Eric, remontait à des semaines, je ne l'oublierais jamais. Ma mère exerça une petite pression sur mon bras.

— Désolée, ma chérie, dit-elle doucement. Je sais que tu penses toujours à elle, mais comme dirait lady Edith, la vie continue... Attends ! s'exclama-t-elle soudain. Qu'est-ce que c'est que...

Nous étions face à une large pancarte rectangulaire plantée dans le sol. Des lettres d'un rouge criard sur fond noir annonçaient : « Croisement avec la HS3 à partir d'ici. »

— L'opération Bullet, lâcha ma mère dont l'expression s'était durcie. Ils ont déjà commencé à tracer des délimitations !

Neuf pancartes supplémentaires, plantées à intervalles réguliers, coupaient le champ en deux et descendaient jusqu'au pied de la colline.

Cela préfigurait clairement l'ampleur de la destruction à venir et j'eus la surprise de me découvrir aussi contrariée que ma mère.

— Que vas-tu faire ? lui demandai-je.

— Je vais en parler à Eric et nous organiserons une réunion d'urgence, répondit ma mère d'un air sombre. Si je mets la main sur ceux qui ont installé ces pancartes, leur vie ne méritera plus d'être vécue.

— On remet la cueillette des prunelles à demain ?

— Non, fit-elle en secouant la tête. On est là et ces poteaux ne s'en iront nulle part.

Nous suivîmes le sentier qui passait au ras de la frontière où des tas de terre retournée s'alignaient le long d'un fossé récemment déblayé. Les oiseaux s'envolaient à notre approche, comme pour nous rappeler que les gens ne seraient pas les seuls à être affectés par la nouvelle ligne ferroviaire, mais que la nature en subirait elle aussi les conséquences.

À droite de la haie de prunelliers, un autre portillon à cinq barreaux, ouvert, laissait voir un sentier équestre boueux qui finissait par déboucher sur l'arrière de la décharge d'Eric. De là où nous nous tenions, on découvrait d'autres exemplaires de ces affreuses pancartes plantées dans le champ qui occupait l'autre versant de la vallée.

— Ils vont détruire la vallée tout entière, constata ma mère.

— Regarde toutes ces prunelles ! m'exclamai-je avec l'espoir de lui faire penser à autre chose. Même de loin, on distinguait les baies d'un bleu tirant sur le noir dans la haie qui partait en diagonale, en face de nous.

— On va traverser ici, décréta ma mère.

Une vaste zone de marécage s'étendait devant nous.

— Tu plaisantes ? m'insurgeai-je. C'est un marais. Nous devrions plutôt longer la haie, la terre est plus ferme, à côté.

— N'importe quoi. Suis-moi et fais comme moi.

Des touffes de spartina garnissaient des flaques d'un noir d'encre. L'air avait des relents d'eau stagnante et nous nous enfoncions jusqu'aux chevilles dans une boue écumeuse. À l'instant où le soleil disparut une nouvelle fois derrière les nuages, le vent se leva.

— Tu sais que la zone est hantée, n'est-ce pas ? me cria ma mère par-dessus son épaule.

— Si l'on se fie à ce que tu racontes, il y a des fantômes partout, répliquai-je sur le même ton.

— Tu te rappelles ce que je t'ai raconté sur Sir Maurice ?

C'est ici qu'il a provoqué la perte d'un détachement de Têtes-Rondes en prétendant être leur commandant. Ils se sont noyés dans le Bourbier de la mort.

— La version de Harry est bien plus intéressante, répliquai-je avant de narrer pour la énième fois l'histoire pittoresque et embellie que le fils du comte, âgé de sept ans, m'avait donnée de la tragédie : les hommes y étaient dévorés vivants par des vers extraterrestres aux dents acérées de piranhas.

— Il y a quelque chose qui cloche chez cet enfant, constata ma mère. Et maintenant, regarde comment je m'y prends, sur cette partie. (Elle accéléra brusquement.) Ne marche que sur les touffes et ne t'arrête surtout pas.

Je posai avec précaution un pied sur une motte herbeuse, mais le sol frissonna littéralement sous mon poids.

— Ça revient à progresser sur de la gelée ! m'écriai-je en sentant ma botte s'enfoncer jusqu'au tibia dans un affreux sifflement et un bruit de succion. (L'odeur la plus nauséabonde vint agresser mes narines.) Maman ! Attends-moi !

Je dégageai mon pied et bondis de touffe en touffe dans son sillage.

— Continue à avancer ! hurla ma mère. C'est très, très marécageux. Suis-moi… Oh !

Elle tomba en avant, mais ses pieds se retrouvèrent très vite coincés. Instinctivement, j'agrippai le bord de l'imperméable de ma mère et parvins à la tirer sur le côté. Son pied se dégagea d'un coup, avec un tel élan que nous dansâmes toutes les deux un tango sauvage avant d'atterrir enfin sur un sol boueux, certes, mais ferme.

— Super. C'est vraiment super, marmonnai-je en m'extirpant de sous ma mère, laquelle était hors d'elle à force de rire.

— Tu devrais te voir, gloussait-elle. Couverte de boue, et en plus, tu pues !

— Merci. Si je n'avais pas été là, tu aurais pu sombrer dans les marais tel un prisonnier évadé dans le Dartmoor.

— On aurait mieux fait d'emprunter le chemin que tu suggérais. (Elle se pinça le nez en ricanant.) Mais je vais passer devant quand même. Je ne veux pas me retrouver sous le vent.

Cinq minutes plus tard, nous avions posé le panier d'osier par terre, entre nous, et nous cueillions des prunelles.

— À propos de prisonnier évadé…, lâcha ma mère, mine de rien. Je t'ai dit que mon frère était en liberté conditionnelle ?

— Ton frère adoptif, tu veux dire ?

Deux mois plus tôt, je ne savais même pas que ma mère avait un frère. En fait, j'avais découvert qu'elle avait deux frères adoptifs. Tous deux avaient été boxeurs pour le ring itinérant de Bushman, dans les années 1950 et 1960. Il s'agissait d'un énième de ces squelettes qui semblaient continuellement sortir du placard de ma mère.

— J'avais supposé à tort qu'Alfred avait été libéré de prison, vu qu'il t'avait aidée à déménager dans le Devon, fis-je. Pourquoi ? Tu as l'intention de le revoir ?

— Oh, que oui. Je me suis dit qu'il pourrait prendre ta chambre.

— Quoi ? couinai-je. Il vient à Honeychurch ?

— Exact, répondit ma mère. Jeudi, pour tout te dire.

— Tu plaisantes, j'espère, m'insurgeai-je. Tu le connais à peine. C'est un criminel.

— N'importe quoi. Simplement quelques faux passeports et des trucs du même tonneau. Beaucoup de raffut pour rien, quoi. Alfred va adhérer à notre groupe de protestation. Il est très bon pour organiser ce genre de choses. Tu te rappelles avoir entendu parler d'une émeute à la prison de Wormwood Scrubs, il y a quelques années ?

— Ne me dis pas que…

— Tout à fait. Alfred en était le meneur.

— Comment se fait-il qu'on l'ait placé en liberté conditionnelle, dans ce cas ?

— Il a des relations, répondit ma mère. Alfred affirme qu'il peut mettre la main sur des T-shirts. Nous pourrions y faire imprimer le slogan de « Stop à l'opération Bullet » : « Pour gagner quelques minutes, vous perdez des siècles ! »

— Et je suppose qu'Alfred va vivre à tes crochets ?

— Ah ah, c'est là que tu te trompes, répliqua ma mère d'un air triomphant. Si tu veux tout savoir, madame la comtesse est aux anges. Tout est arrangé. Il va l'aider avec les chevaux et effectuer quelques travaux occasionnels sur le domaine.

— Quoi ? m'étonnai-je de nouveau. Il va travailler au manoir ?

— Oui, je viens de te le dire. Tu m'écoutes quand je te parle ?

— Quand as-tu décidé tout cela ?

Ma mère fit une pause pour réfléchir.

— Il y a deux semaines… ou peut-être plus.

— Pourquoi ne pas m'en avoir parlé ?

— Je t'en parle, là.

— Pourquoi fais-tu ça ?! m'exclamai-je. Tu cherches à me tourmenter exprès ?

— Ce ne sont pas tes affaires, rétorqua-t-elle. De toute façon, ils ont besoin d'un nouveau responsable d'écurie depuis que William est parti…

— Il n'est pas parti, lui rappelai-je avec véhémence. Il est en prison pour homicide volontaire, tu n'as pas oublié ?

Encore la prison, pensai-je. Ça ressemblait à un thème récurrent, ces jours-ci.

— C'était un accident.

— William a étranglé la gouvernante, maman.

— Je ne veux pas parler de Vera, se hâta-t-elle de m'interrompre.

— Et par-dessus le marché, il s'est fait passer pour ton

frère adoptif. Je suppose que tu ne t'en souviens pas non plus, sans parler de la manière dont il m'a agressée !

Une expression vide passa sur les traits de ma mère. Elle se mit à fredonner et je vis que je perdais mon temps.

— Est-ce qu'Alfred connaît au moins quelque chose aux chevaux ?

Elle examina le contenu du panier. Il était déjà au quart plein.

— Lady Edith et lady Lavinia avaient besoin d'aide…

— Je les ai aidées, avec les chevaux…

— Tu vas retourner à Londres. Ce week-end, si je ne me trompe pas.

— Maman, je t'en prie, la suppliai-je. Tu connais à peine Alfred.

— C'est un membre de ma famille, répliqua-t-elle. Il a besoin de travailler et il était très bon avec les chevaux que nous avions sur la route, à l'époque.

— C'était il y a près d'un demi-siècle, lui rappelai-je.

— Nous avions coutume de l'appeler Dr Doolittle parce qu'il parlait aux animaux.

— Peu importe, grognai-je tout en essayant de me concentrer sur la cueillette des baies dans la haie sans me faire piquer par leurs sournoises épines.

Ma mère avait raison. Ça ne me regardait pas.

— C'est pour ça qu'il vaut mieux que tu rentres à Londres, ma chérie, insista ma mère. Mais promets-moi une chose…

— Quoi encore ?

— Ne te laisse pas convaincre de reprendre Dylan.

— Il s'appelle David ! rectifiai-je. Et ce ne sont pas tes affaires.

Avec son extraordinaire intuition maternelle, elle avait touché un point sensible. C'était vrai. Je caressais l'idée de retrouver mon ex-petit ami, ne serait-ce que devant un café.

— Eh bien, disons que Dylan fait clairement des efforts dans ce sens, poursuivit ma mère. Je n'ai jamais vu autant de fleurs. Ta chambre ressemble à un salon funéraire. J'aimerais bien que tu rencontres quelque d'autre, ma chérie. Quelqu'un de libre, qui veuille avoir des enfants.

— Ne commence pas…

— Bonjour ! lança une voix masculine. Il me semblait bien avoir entendu parler.

Il y eut un froissement de feuilles, puis un homme élancé, rasé de près, émergea du sentier équestre. La quarantaine bien tassée, il portait une veste de tweed et une casquette. Il se servait d'une belle canne ancienne pour pallier une légère claudication.

— Eh bien, eh bien, eh bien, chuchota ma mère. Voilà un prétendant des plus romantiques !

2

— Bon après-midi, mesdames, lança l'étranger. J'espère que je n'ai pas dérangé votre promenade.

— Nous sommes en train de cueillir des prunelles, répondit ma mère sans se priver de le reluquer. Je suis Iris Stanford et voici ma charmante fille, Katherine.

Je hochai la tête en guise de salutation. Ma mère n'aurait pas pu être plus explicite sur les intentions qu'elle nourrissait me concernant. C'était embarrassant, mais le fait que nous nous tenions toutes les deux dans la tourbière l'était encore plus. L'homme me dévisagea avec attention. Je remarquai ses yeux gris aux longs cils noirs, sa fossette au menton et ses lèvres charnues, pleines de sensualité. Je me sentis rougir. À l'évidence, les héros masculins, tels que ma mère les avait portraiturés dans son dernier livre, avaient contaminé mon sens de l'observation.

— Il y a plus de prunelles de l'autre côté de cette haie. Valentin Prince-Avery, ajouta-t-il avec un sourire en tendant une main qu'il retira promptement, le nez plissé.

— Pardon, je sais que nous ne sentons pas très bon, fis-je.

— Valentin ! s'exclama ma mère, dont les yeux s'agrandirent. Mon Dieu, quel prénom magnifique ! Très Régence.

— Kat Stanford ? (Valentin fit claquer ses doigts.) Mais bien sûr ! Je me disais que je vous avais vue quelque part. *Fakes & Treasures* ! On vous surnomme Raiponce. C'est bien vous, n'est-ce pas ? Ce sont vos cheveux qui vous ont trahie.

Dans mon ancienne vie de pseudo-célébrité de la télé, mes longs cheveux châtains, qui me descendaient jusqu'à la taille, constituaient mon signe distinctif.

— Je songe à couper tout ça.

— Kat a hérité sa crinière de lionne de mon côté de la famille, affirma fièrement ma mère. Son père est devenu chauve très jeune, mais comme vous pouvez le voir, il est peu probable que ça lui arrive, à elle ou à ses enfants. Quand elle en aura, je veux dire.

— Ravi de l'apprendre, répliqua Valentin en réprimant un sourire. Quel dommage que vous ayez arrêté, Kat. Je n'ai jamais manqué une de vos émissions. Je suis un peu collectionneur moi-même, acheva-t-il en désignant sa canne.

— J'étais justement en train de l'admirer. (La canne en os de bœuf présentait un pommeau en ivoire sculpté en forme de tête de bouledogue.) Elle sort de l'ordinaire.

— Elle appartenait à mon arrière-grand-père, expliqua Valentin. Il était collectionneur de curiosités. En réalité, je suis venu dans le Devon pour la vente aux enchères de Chillingford Court. Quelle honte !

C'était un thème rebattu. La demeure jacobéenne, après avoir été dans la famille depuis des siècles, avait échu à un fils qui ne voulait plus – ou ne pouvait plus – entretenir une propriété de deux mille mètres carrés. Chacune de ses composantes, y compris les murs, l'équipement, les sols et les portes, allait passer sous le marteau le mercredi suivant.

— Nous allons à la vente aux enchères, nous aussi ! s'exclama ma mère. Kat pourra peut-être vous donner quelques tuyaux.

— Ce serait très gentil, admit Valentin.

Quand nos yeux se croisèrent, j'eus le plaisir de constater que les siens pétillaient d'amusement.

— Votre femme vous accompagnera-t-elle ? demanda ma mère, sans s'embarrasser de circonvolutions.

— Maman ! pestai-je, tout en lançant silencieusement un « Désolée » à Valentin. Enchantée d'avoir fait votre connaissance. Viens, maman, nous avons des prunelles à cueillir.

— Pour répondre à votre question, répliqua Valentin, je suis veuf.

— Oh, je suis navrée de l'apprendre, gémit ma mère, qui eut au moins l'élégance de prendre un air embarrassé. Mais je suis sûre que vos enfants vous sont d'un grand réconfort.

En cet instant, je l'aurais bien volontiers rejetée dans le Bourbier de la mort, mais Valentin paraissait imperturbable.

— Ils l'auraient été si j'en avais eu.

Le visage de ma mère s'illumina.

— Je n'arrête pas de répéter à Kat : « N'attends pas trop longtemps. »

Valentin s'esclaffa. Au moins semblait-il doté d'un solide sens de l'humour.

— Je vous laisse à votre cueillette, mesdames. Oh, à ce propos, je suis descendu au Hare & Hounds. (Il sortit une carte de visite et me la fourra entre les mains.) Au cas où vous auriez envie de prendre un verre ce soir, j'aimerais beaucoup savoir ce que vous pensez de deux lots qui m'intéressent. À condition que vous ne soyez pas trop occupée.

— Elle est libre comme l'air, intervint fermement ma mère.

Je jetai un bref coup d'œil à la carte de visite de Valentin et j'eus un sursaut de surprise.

L'ironie de la situation ne m'avait pas échappé, mais je doutais que ma mère voie les choses sous cet angle : « Valentin Prince-Avery. Consultant en indemnités : HS3. » Suivaient un numéro de portable et l'adresse d'un site web.

Ma mère regarda par-dessus mon épaule et poussa un cri.

— Non mais quel toupet ! Ces pancartes qui souillent la campagne doivent être votre œuvre !

— Maman, protestai-je, monsieur Prince-Avery ne fait que son travail.

— Vous nous avez délibérément induites en erreur, fulminait-elle. Pourquoi nous avez-vous raconté que vous étiez ici pour la vente aux enchères ?

— Eh bien, parce que je suis ici pour la vente aux enchères, répondit Valentin calmement. Mais je suis également dans la région pour parler aux propriétaires qui seront touchés par la nouvelle ligne de chemin de fer.

— Vous êtes en situation de violation de propriété ! continua ma mère. J'ai bien envie de vous dénoncer à la police !

Valentin écouta sans s'émouvoir l'explosion de ma mère, qui en vint à inclure une théorie du complot, le Premier ministre et, bizarrement, les attentats du 11 septembre. Finalement, elle se trouva à court de munitions et termina par :

— Voilà, il va falloir vous y faire.

J'étais mortifiée.

— Je vous prie de nous excuser, monsieur Prince-Avery…

— Valentin, je vous en prie. J'ai l'habitude, ironisa-t-il. Mais je tiens à vous expliquer quelles sont vos options, madame Stanford.

— Je ne veux pas d'options…

— Surtout concernant la localisation de l'entrepôt de matériel roulant…

— L'entrepôt de matériel roulant… de matériel roulant…, répéta ma mère avec indignation.

— On reste en contact, lançai-je. Je crois que vous feriez mieux d'y aller.

Un coup de klaxon nous fit tous sursauter.

— Dégagez de ces terres ! hurla une voix furibonde. Vous violez une propriété privée !

Nous nous retournâmes pour voir un fauteuil roulant électrique entrer lentement dans notre champ de vision. Des sacs de course en plastique débordaient du panier en osier à l'avant et d'autres pendaient des poignées. Une septuagénaire au visage rougeaud était perchée sur le siège. Elle portait un manteau tricoté dans une laine violette et un bonnet assorti, brodé de fleurs rouges. Elle remorquait une version plus jeune d'elle-même – vêtue d'une tenue identique, mais en orange. Un calibre douze cassé reposait au creux de son bras.

— Nom d'une pipe, marmonna ma mère. Les Gully.

Valentin avait l'air sidéré.

— Qui ?

— Joyce et Patty. La mère et sa fille. (Ma mère désigna une petite parcelle boisée où l'on entrevoyait un cottage, à travers les arbres.) Elles habitent Bridge Cottage, au bout du sentier équestre.

— Bridge Cottage ? Une maisonnette en bord de fleuve ? demanda Valentin. J'ai frappé là-bas un peu plus tôt, mais personne n'a ouvert.

— Elles sont un peu bizarres, affirma ma mère.

— Dieu du ciel ! s'exclama-t-il. C'est un vrai fusil ?

Joyce fit de nouveau retentir son klaxon, puis arrêta son fauteuil à quelques mètres seulement de l'endroit où nous nous tenions tous les trois. Elle se tourna vers sa fille et lui adressa un bref hochement de tête. Patty farfouilla dans sa poche et en tira deux cartouches.

— Qu'est-ce qu'elle fabrique ? voulut savoir Valentin dont l'inquiétude croissait. Elle est chargée, cette pétoire ?

— Maintenant, oui, répondit ma mère quand, d'une main experte, Patty eut inséré les cartouches dans le canon et tendu le fusil à Joyce.

Nous échangeâmes des regards horrifiés.

— Elle ne va quand même pas tirer ? s'affola Valentin.

Un coup de feu assourdissant retentit, avant de se propager en écho tout autour de la vallée. Les oiseaux surpris s'envolèrent en flèche vers le ciel. Ma mère agrippa mon bras et se mit à hurler.

— La prochaine balle est pour vous ! cria Joyce qui pointa le calibre douze sur Valentin.

Sans marquer la moindre hésitation, il pivota rapidement sur ses talons, grimpa sur l'échalier et s'en fut à travers champs aussi vite que sa claudication le lui permettait.

Joyce braqua son fusil sur la silhouette en train de battre en retraite et fit feu de nouveau. Heureusement, elle le manqua de beaucoup.

— Vous lui avez tiré dessus ! m'exclamai-je, incapable d'en croire mes yeux.

— Il avait violé les limites de notre propriété, répliqua Joyce.

— Vous n'auriez pas dû faire ça, protestai-je, choquée. Certes, il était entré sans autorisation, mais il ne braconnait pas.

— Ma mère est très contrariée, intervint Patty. Muriel du bureau de poste nous a dit que Bridge Cottage n'était pas éligible pour la moindre indemnité. La saignée va passer à quelques mètres seulement de notre porte d'entrée et on ne peut pas s'y opposer. Il ferait mieux de ne pas remontrer sa tronche dans les parages, parce que la prochaine fois, maman ne le manquera pas.

Ma mère retrouva enfin sa voix.

— Mon Dieu, bien joué ! Ça a dû lui flanquer une sacrée frousse, non ? fit-elle avant de partir d'un petit rire nerveux.

Joyce leva les yeux vers ma mère et marmonna quelques mots inintelligibles. Ça n'avait pas l'air flatteur.

Nous échangions des regards pleins de circonspection. Il y avait quelque chose de déconcertant dans cette situation : nous quatre, plantées sur le sentier équestre – des mères et des filles, approximativement du même âge.

— Il y a une réunion du groupe de protestation, jeudi, reprit ma mère. Vous devriez venir.

Ni Joyce ni Patty ne répondirent. Au lieu de quoi, Joyce cassa le canon de son fusil et le rendit à sa fille. Puis elle redémarra son fauteuil électrique et les deux femmes partirent d'où elles étaient venues, sans ajouter un mot de plus.

— Tu as de la chance de m'avoir pour mère, constata l'intéressée.

— Je sais. (Et j'étais sincère.) J'ai surtout de la chance que tu ne possèdes pas d'arme létale. Pauvre Patty. Imagine ce que ça fait d'avoir une mère pareille.

— Patty est aussi affreuse que Joyce, répliqua ma mère. Elles deux, c'est bonnet blanc et blanc bonnet.

— Attends… Il s'agit de la Patty qui a travaillé récemment au manoir ?

— Ça n'a pas duré plus de trois semaines. Manifestement, elle n'arrive pas à garder un boulot… C'est du moins ce qu'affirme madame Cropper.

— Pourquoi ?

— Sa mère a davantage besoin d'elle, apparemment, répondit ma mère. Joyce a le cœur malade, de l'hypertension, une maladie neurologique… Nommes-en une, n'importe laquelle, elle l'a. Patty travaille à temps partiel au pub pour arrondir ses fins de mois, mais je doute que ça dure bien longtemps.

Le moteur d'une voiture crachota en revenant à la vie. De l'autre côté de la vallée, je distinguai un SUV bleu métallisé qui suivit la haie avant de disparaître de mon champ de vision.

— Je parie que c'est la voiture de Valentin, fit ma mère. Je n'ai jamais vu personne marcher aussi vite en boitant.

— Eh bien, tant pis pour notre idylle naissante, constatai-je sèchement. Devrions-nous aller vérifier ses dires concernant les prunelles de l'autre côté de la haie ?

Nous profitâmes d'un interstice dans la végétation pour nous engager sur le sentier équestre. Une rangée de vieux chênes délimitait l'un de ses côtés. Par terre, au pied de l'un d'eux, gisait une souris Jerry Merrythought, vêtue d'un cardigan rouge, tricoté à la main.

— Maman ! m'exclamai-je, consternée. Regarde. (Je me penchai pour ramasser le jouet.) C'est Ella Fitzgerald.

— Où est ce vilain garçon ? fit ma mère en scrutant les environs.

— Harry ! appelai-je. Nous savons que tu te caches. Où es-tu ?

Franchement, j'étais inquiète. Harry et Ella Fitzgerald étaient inséparables.

Nous restâmes silencieuses, ma mère et moi, tendant l'oreille au moindre bruit qui aurait pu nous mettre sur sa piste. C'était la troisième fois qu'il fuguait de son pensionnat, au cours des quatre semaines écoulées.

— Harry ! répétai-je. Nous ne sommes pas fâchées contre toi. Nous voulons juste nous assurer que tu vas bien, c'est tout. Nous ne sommes pas en colère. S'il te plaît, montre-toi.

Il y eut un bruissement au-dessus de nos têtes. Nous levâmes les yeux pour découvrir Harry, debout sur une plate-forme en bois installée dans un chêne. Il était coiffé du casque, des lunettes et de l'écharpe blanche de Biggles. Une paire de jumelles se balançait autour de son cou.

— Chef d'escadrille Bigglesworth, je suppose, lançai-je, m'adressant à l'alter ego de Harry.

— Je me demande si lady Lavinia est seulement au courant de sa disparition, me souffla ma mère à voix basse.

— Que faites-vous donc là-haut, monsieur ? demandai-je.

— Je suis en mission de surveillance, lieutenant d'aviation Stanford, répondit Harry. J'ai bien peur que l'ennemi ne trame quelque chose. Les Allemands essaient de construire une piste d'atterrissage, mais nous n'allons pas tarder à les repousser et à les contraindre à la fuite.

— Il doit avoir vu Joyce tirer avec son fusil, s'inquiéta ma mère.

— Avez-vous retrouvé le lieutenant Fitzgerald par là-bas ? s'enquit Harry.

— Oui, monsieur, répondis-je en levant la souris en

veloutine. Heureusement, elle va bien, juste un peu secouée d'être tombée de cet arbre.

— Elle n'est pas tombée ! On lui a tiré dessus, répliqua Harry d'un air sombre. Nous avons besoin de meilleures défenses.

— Pourquoi ne descendriez-vous pas afin de nous faire un rapport complet, monsieur ?

Ma mère leva les yeux au ciel et me chuchota :

— Arrête de l'encourager.

— C'est juste un jeu, maman.

— Notre premier blessé, continua Harry. Et il y en aura d'autres. Nous devons protéger les loirs de Honeychurch. Vous êtes avec moi, Stanford ?

— Oui, monsieur, répondis-je avec un salut militaire énergique.

— C'est bien, parce que nous sommes à présent officiellement en guerre.

3

— Vous pensez que les femmes aux sacs sont des agents doubles ? demanda Harry quand il nous rejoignit, ma mère et moi, au pied de l'arbre.

— Les femmes aux sacs ? s'étonna ma mère.

— Maman les appelle comme ça, continua Harry, parce qu'elles ont toujours des tonnes de sacs partout. Elle dit qu'elles vivent dans un dépotoir.

— Oh… tu veux parler de Joyce et Patty Gully, comprit ma mère en étouffant un sourire.

— Je n'ai pas été emballé par leur tank, déclara Harry. Et la dame au sac violet s'est avérée une tireuse lamentable. Elle a complètement raté cet Allemand.

— Le coup est parti par accident, m'empressai-je d'expliquer. Joyce ignorait qu'il était chargé.

— C'était idiot, répliqua Harry. Mon père m'a tout raconté sur les fusils. Les nôtres sont conservés dans une armoire verrouillée de l'armurerie.

— Voici le combattant blessé, fis-je en lui tendant Jerry la souris, impatiente de détourner la conversation du sujet des armes. Le lieutenant d'aviation Fitzgerald va survivre.

— Mais qu'est-ce qui va arriver aux autres souris, les vraies ?

Harry se mordilla la lèvre inférieure et soudain, Biggles était oublié. Devant nous, il n'y avait plus qu'un petit garçon très inquiet.

— Je me rappelle ces souris, quand j'étais enfant, lâcha ma mère.

— William m'a dit que c'était important de les protéger, mais je ne peux pas, si je reste dans cette affreuse école.

— Je suis certaine qu'elles sont en sécurité, répliquai-je.

— Pas si ces arbres sont abattus, objecta ma mère.

— Chhhuut, soufflai-je.

— Quand William va-t-il revenir de l'Himalaya ? voulut savoir Harry.

— De l'Himalaya ?

Ma mère et moi fûmes prises au dépourvu par la mention du responsable d'écurie. Nous échangeâmes un regard perplexe. Je savais que la famille avait dissimulé au petit garçon la véritable raison de l'absence de William – en l'occurrence, une inculpation pour homicide involontaire et une peine d'emprisonnement –, mais je n'avais pas songé à demander ce qu'on lui avait raconté à la place.

— Maman m'a dit que William et Vera étaient partis faire de l'alpinisme dans l'Himalaya et qu'ils seraient absents pendant très, très longtemps, expliqua Harry solennellement.

Encore une fois, s'agissant de Harry, j'étais incapable de savoir quoi répondre. Parfois, il sortait de brillants commentaires qui montraient à quel point il était futé. D'autres fois – comme en cet instant –, il semblait extrêmement naïf. L'internat devait être une véritable torture pour quelqu'un d'aussi sensible et doté d'une imagination si vivace. J'aimais beaucoup ce gamin et ce sentiment me perturbait.

— Bon, ça suffit pour le moment, trancha ma mère avec brusquerie. On va te ramener chez toi. Tes parents doivent être morts d'inquiétude.

Harry fit preuve d'une résistance obstinée.

— Je ne retourne pas au front et vous ne pouvez pas m'y obliger.

— Ne sois pas stupide, le réprimanda ma mère. Tu es un grand garçon, maintenant.

— Je suis sûre que nous pouvons trouver une solution au problème qui te préoccupe, intervins-je, avec un regard vers ma mère.

— Tu promets ?

— Oui, répondis-je. Allons-y.

— Tu cherches les ennuis, Kat, grommela ma mère.

— Bon… alors, il est où, cet uniforme scolaire ?

— Oh, ça…

Harry se glissa derrière l'arbre. Après quelques minutes et de nouveaux bruissements de feuilles, il finit par réapparaître, vêtu de son uniforme, à savoir une veste et un pantalon gris, une cravate rayée et une casquette.

— J'ai bien peur que le chef d'escadrille James Bigglesworth ne m'ait quitté, constata Harry d'un air sombre.

— Bien sûr que non, m'esclaffai-je. Il est déguisé en Harry Honeychurch.

Harry s'illumina.

— Mais oui, c'est lui ! Enfin, je veux dire, oui, c'est moi !

Nous nous mîmes tous les trois en route pour le manoir.

— Comment as-tu fait pour revenir de l'école, Harry ? s'enquit ma mère.

Je m'étais posé la même question. L'internat devait se trouver à quatre-vingts kilomètres au bas mot.

— J'ai pris le bus, répondit-il. Je ne suis pas idiot.

Ma mère se pencha vers moi et me chuchota :

— Non, mais imagine ! Il aurait pu se faire kidnapper, bon sang. Le pays est plein de pervers, de nos jours.

— Tais-toi, maman, rétorquai-je sur le même ton.

— Mais j'ai sacrément bien fait de m'échapper, poursuivit Harry. Parce que quelqu'un doit garder un œil sur l'ennemi.

— C'est vrai, admis-je.

— Le boiteux vous guettait depuis des heures, ajouta-t-il.

— Qu'est-ce que tu veux dire par « guettait » ? répliquai-je aussitôt.

— Il a attendu jusqu'à ce que vous soyez en train de cueillir les prunelles, gloussa Harry. Je vous ai vues tomber dans la tourbière. Vous avez eu beaucoup de chance de ne pas vous faire dévorer par des vers extraterrestres aux dents acérées de piranhas !

— Je me demande pourquoi il nous attendait, fit ma mère, pensive.

— Pour te voir, maman, répondis-je. Tu te rappelles ? Il voulait te parler de l'entrepôt de matériel roulant et discuter de la suite avec toi.

— C'est quoi, le matériel roulant ? voulut savoir Harry.

— On parlera de ça plus tard, maman, lui chuchotai-je, devant les yeux écarquillés de Harry.

— Une espèce d'endroit pour stocker des munitions et des bombes ? Comme une usine ?

— Non, ça n'a rien à voir avec ça, répondis-je. Harry, pourquoi tu ne me parlerais pas plutôt des loirs ? Où habitent-ils ?

— Oh, ils vivent dans le boqueteau du Cavalier. Ils sont réarb… arbro… arbo… Ils vivent dans les arbres et les haies.

— Arboricoles ? suggérai-je.

— Oui, c'est ça ! approuva Harry, rayonnant. William dit qu'ils voyagent d'arbre en arbre sans jamais toucher le sol. Maintenant, ils vont hiberner jusqu'en avril. (Son visage se décomposa.) William dit qu'ils construisent leurs nids dans les arbres creux et les racines, mais… qu'est-ce qui va se passer si on coupe ces arbres ?

— On ne les coupera pas, répliqua ma mère d'un air sombre. En tout cas, pas si je peux l'empêcher.

— Dis-moi ce que les loirs aiment manger, repris-je dans l'espoir de le faire penser à autre chose.

— Des insectes, répondit Harry. Mais les noisettes, c'est ce qu'ils préfèrent.

Pendant que nous marchions vers l'échalier en haut du champ, Harry nous parla gaiement des loirs de Honeychurch et, pendant un temps, « l'ennemi » et l'internat furent oubliés.

Soudain, dans un coin, un portillon à cinq barreaux s'ouvrit en grand et un troupeau de vaches rouge rubis, flanquées de leurs veaux, fit son apparition.

— Des vaches… (J'adressai un regard à ma mère à qui je lançai de manière appuyée :) Je t'avais dit qu'il y avait des vaches dans ce champ.

— Oh ! Vite, dépêchez-vous ! (Harry s'était hissé en haut de l'échalier.) William m'a expliqué que les vaches qui avaient leurs bébés n'aimaient pas qu'on traîne dans leur champ. Il a raconté qu'un vacancier avait été piétiné à mort l'été dernier, pendant qu'il promenait son chien.

— C'est horrible ! m'exclamai-je.

— J'en ai entendu parler, confirma ma mère. Apparemment, il a paniqué et commencé à courir. Il ne faut jamais s'enfuir devant les vaches, surtout si elles ont des veaux.

— Dixit la fille de la campagne, ironisai-je tout en aidant ma mère à grimper à l'échalier, d'où nous sautâmes de l'autre côté.

— Tu as oublié que, quand j'étais petite, j'ai passé tous mes étés à la campagne, répliqua-t-elle.

— Il y a eu une cavalcade, continua Harry avec une délectation évidente. Il était entouré d'un million de vaches qui se sont ruées sur lui jusqu'à ce que tous ses membres se détachent et que ses entrailles explosent. (Il poussa un lourd soupir.) Je préférerais me faire piétiner plutôt que de retourner à l'école.

— Dis-moi tout ce que tu trouves de bien dans ta nouvelle école, proposai-je.

— Rien.

— Mais si, cherche bien, intervint ma mère.

— Tu vas finir par te faire des amis, l'encourageai-je. Personne n'aime être le nouveau.

— Non. Et je déteste ça. Les autres se moquent de moi. (La lèvre supérieure de Harry frémit.) Ils me traitent de mauviette parce que j'ai apporté une souris en peluche à l'école.

— Je parie que certains d'entre eux ont apporté des jouets en cachette, mais qu'ils ne sont pas assez courageux pour l'admettre, répliquai-je, pour essayer de lui remonter le moral.

Harry glissa sa main dans la mienne.

— Tu m'as promis que je n'y retournerais jamais, revint-il à la charge.

— Je t'avais dit que c'était une erreur, me chuchota ma mère à l'oreille.

— Et qu'est-ce que tu dirais de changer d'école ? suggérai-je, comprenant au moment même où je proférais ces paroles que c'était une erreur.

Le visage de Harry s'éclaira.

— Je pourrais aller à l'école de mon copain Max. Comme ça, je rentrerais à la maison tous les jours.

— Eh bien, c'est à tes parents de décider, m'empressai-je d'ajouter.

— Tu pourrais demander à maman ? S'il te plaît, Kat, je t'en prie.

Nous pénétrâmes dans la cour pavée à l'arrière du manoir et nous dirigeâmes vers l'entrée de l'aile des domestiques.

— Bonté divine, quelqu'un a joué du balai par ici, constata ma mère.

Elle avait raison. La dernière fois que j'étais venue par ce côté, la cour pavée était encombrée de tout un tas d'équipements de cour de ferme, de morceaux de bois, de tôles ondulées et autres monticules de détritus. Cette fois-ci, au contraire, tout avait été empilé dans une grande benne à ordures installée dans un coin.

Harry commença à traîner des pieds.

— Je ne pourrais pas rester chez vous ? demanda-t-il. Mon père va être furieux.

— Pas furieux, juste inquiet, nuançai-je. On devrait peut-être aller d'abord chez madame Cropper. Si ça se trouve, elle te préparera un chocolat chaud. Tu dois être affamé.

— D'accord, murmura Harry qui se cramponnait encore à ma main.

À peine franchie la porte de derrière, ma mère et moi nous arrêtâmes, sidérées.

— On dirait bien que le balai est parvenu jusqu'à cet endroit aussi, constatai-je.

Le long couloir dallé qui conduisait aux cuisines avait toujours été envahi de poussière et de toiles d'araignée. Plus maintenant. Même la peinture jaune des murs semblait avoir été essuyée.

— C'est quoi cette puanteur ? demanda Harry.

Il avait raison. Il flottait ici une odeur atroce de désinfectant.

— Si je devais choisir entre de l'eau de bourbier et de l'eau phéniquée, j'ai bien peur de devoir pencher pour la seconde, marmonna ma mère.

— Regarde ! s'exclama Harry. Toutes les portes du donjon sont ouvertes ! Les prisonniers ont dû s'échapper.

Le couloir était percé d'une succession de portes qui ouvraient sur des celliers à la destination bien définie : viande, produits laitiers, poisson, etc. Il y avait également une pièce pour les fleurs, une salle de distillerie et un local qui renfermait des lampes.

Ce qui n'était encore récemment qu'un passage terne étincelait à présent gaiement.

Nous jetâmes un coup d'œil à travers la première porte – le garde-manger séchoir. La pièce rectangulaire avait une fenêtre dans ses profondeurs, qu'encadraient au-dehors des arbustes négligés. Bien que l'endroit soit toujours aussi lugubre, tout – le sol, les murs et même le plafond – semblait avoir été récuré avec la plus grande minutie. Les jarres en grès et les bacs étaient soigneusement alignés sur la table à tréteaux centrale. L'immense buffet qui flanquait un mur affichait la même propreté immaculée.

— Madame Cropper doit avoir trouvé une nouvelle gouvernante, finalement, constata ma mère. Je me demande si c'est une femme du village.

Des générations entières des mêmes familles avaient toujours travaillé au manoir de Honeychurch, « en bas de l'échelle » – si l'expression était encore applicable de nos jours. Après ce que l'on appelait le malheureux « accident » de Vera, madame Cropper s'était plainte de ne pouvoir trouver quelqu'un disposant de la bonne « formation ».

S'étaient succédé toute une série d'aides journalières venues de Little Dipperton – Patty Gully ayant été la dernière en date –, mais aucune n'avait duré plus de deux ou trois semaines.

Harry cavalait d'une porte ouverte à l'autre, criant :

— C'est de la folie !

— Je reconnais cette voix… (Madame Cropper était plantée au bout du couloir.) Ne serait-ce pas monsieur Harry ?

Elle portait son uniforme habituel, à savoir un tablier rose à rayures sur une robe de lin blanc à manches courtes, et elle avait coiffé ses cheveux gris d'une toque blanche.

— L'école a appelé ce matin, pour nous dire que vous vous étiez de nouveau enfui, dit madame Cropper d'un ton sévère. Monsieur le comte et lady Lavinia vous attendent au salon avec Shawn.

J'avais toujours beaucoup de mal à appeler l'inspecteur de police local par son prénom, même s'il était le petit-fils de monsieur et madame Cropper.

Harry grimaça.

— Je ne retourne pas au front. Jamais.

— Ce n'est pas à vous d'en décider, lâcha sèchement madame Cropper.

— Kat a dit que je pouvais aller à la même école que Max, répliqua Harry.

Madame Cropper me dévisagea.

— Elle a dit ça…

— Vous saviez que les femmes aux sacs ont failli tuer quelqu'un avec leur fusil, aujourd'hui ? ajouta joyeusement le petit garçon.

Les yeux de madame Cropper s'écarquillèrent sous le choc.

— De quoi monsieur Harry parle-t-il ?

— Ça ne s'est pas passé tout à fait comme ça, m'empressai-je de répondre.

— Bien sûr que si, me contredit ma mère. Un type méprisable était entré sur une propriété privée et Joyce l'a incité à partir à l'aide de son canon de douze.

Harry confirma d'un signe de tête enthousiaste.

— Le panneau dit bien : « Toute entrée par effraction sera punie. Les braconniers seront tirés au fusil. »

— Oui, mais il n'était pas en train de braconner, Harry, objectai-je. Ma mère exagère. Le coup est parti par accident.

— Et que fabriquait donc cet intrus ? s'enquit madame Cropper.

— Il construisait une piste d'atterrissage pour les avions, expliqua Harry. Il y avait de grands panneaux noirs qui disaient : « Croisement avec la HS3 à partir d'ici. »

— L'opération Bullet, j'imagine, conclut madame Cropper d'un air sombre. Bon, ça suffit. Venez, monsieur Harry…

— Nous avons failli oublier de vous remettre ça, intervint ma mère en lui tendant le panier d'osier plein de prunelles.

Madame Cropper prit le panier dans une main et celle de Harry dans l'autre.

— Venez, Harry, répéta-t-elle. Votre père va vouloir vous parler.

Le visage du petit garçon se décomposa. On aurait dit que le poids du monde reposait sur ses frêles épaules.

— N'oubliez pas de m'écrire, Kat.

— Et n'oublie pas de m'écrire, de ton côté, répliquai-je. J'adore recevoir tes lettres.

Madame Cropper entraîna rapidement Harry.

— J'espère que ça va aller pour lui, dis-je.

— Ça ne me dérangerait pas de mettre le nez dans ces vieux celliers, fit ma mère, songeuse. Dans *Défendu*, j'ai une scène qui se passe dans le cellier à viande.

— J'espère que ce n'est pas une scène d'amour, ironisai-je. Enfin, bref… je croyais que nous avions rendu le manuscrit.

— Nous ?! s'exclama ma mère. Nous aurions rendu le manuscrit ?

— Tu n'aurais jamais pu le terminer sans ma maîtrise de la saisie informatique.

— Terminé ? rétorqua-t-elle. Il n'est pas terminé. Rendre un manuscrit, ce n'est que le début du processus. Je vais recevoir sous peu les remarques de mon éditeur. J'aurais d'ailleurs dû les recevoir hier.

— Je pensais qu'à partir du moment où tu l'avais envoyé, l'affaire était bouclée.

— Bien sûr que non. C'est un processus extrêmement long. On n'est pas dans une usine de saucissons.

Je savais que j'avais touché un point sensible, mais j'échappai à de plus amples explications grâce à l'apparition d'une femme dans le début de la trentaine, qui sortit du cellier à viande, portant un seau d'eau sale. Elle était vêtue d'une robe gris terne sous un tablier de boucher imperméable. Une boucle de cheveux noirs lui tombait sur un œil après s'être échappée d'une casquette soignée. Elle était très jolie, avec son visage en forme de cœur et ses grands yeux marron.

— Oh ! s'exclama-t-elle en effectuant une petite révérence. Je vous demande pardon. Vous m'avez prise au dépourvu.

Je constatai son fort accent du Devonshire.

— Bonjour. Vous devez être la nouvelle gouvernante, fis-je. Vous avez accompli un travail de nettoyage fantastique dans la cour.

— Merci, m'dame.

— Vous avez certainement eu du pain sur la planche, intervint ma mère. Comment vous appelez-vous ?

— Parks.

— Nous ne pouvons vous appeler Parks, protestai-je. Quel est votre prénom ?

— Angela.

— Je suis Iris et voici Kat, nous présenta ma mère. J'habite le Logis du palefrenier. Kat est venue me rendre visite, même si elle vit à Londres.

Je saisis la pique, mais choisis de l'ignorer.

Angela m'observa avec intensité.

— Pardonnez-moi, m'dame, mais vous ne seriez pas la femme de *Fakes & Treasures* ?

— Si, c'était il y a quelque temps, répondis-je, avant de m'empresser de changer de sujet. Vous vivez par ici ?

— Non, je viens du nord du Devon, répondit Angela.

— C'est plutôt loin, dites-moi, constata ma mère. Qu'est-ce qui vous a poussée à déménager ? Une peine de cœur ?

— Ne l'écoutez pas.

Ma mère pouvait vraiment se montrer dénuée de tact.

— Non, rien de tel. (Le chaleureux sourire d'Angela était entaché par une vilaine dent de travers.) Je travaillais à Lindridge, mais la maison a brûlé. Il faut aller là où il y a du travail. Très gentiment, monsieur le comte m'a proposé l'un des cottages, près du jardin clos, même si j'aurais préféré de beaucoup vivre ici.

Nous échangeâmes des plaisanteries et apprîmes qu'Angela ne travaillait au manoir que depuis une semaine.

— Naturellement, il n'y a pas de fille de cuisine, poursuivit Angela. Donc c'est moi qui fais tout, avec madame Cropper, mais les choses sont différentes, de nos jours, n'est-ce pas ? La vie de domestique n'est plus ce qu'elle était.

Le propos était très curieux. Elle ne devait pas être bien plus jeune que moi. Peut-être la vie rurale dans le Devon était-elle plus arriérée que je ne l'avais envisagé.

— Il y a eu jusqu'à douze domestiques logés sur place, confirma ma mère. Et cinq jardiniers.

— C'est ce que m'a dit monsieur Cropper. Cette maison a dû être un sacré truc, autrefois.

— Ravie d'avoir fait votre connaissance, Angela, déclarai-je. J'espère que madame Cropper ne vous fait pas trop trimer.

Elle parut hésiter.

— Puis-je vous demander votre avis ?

Nous y voilà, pensai-je. *Elle va me demander d'évaluer la théière de sa grand-mère.*

— À Lindridge, nous avions un club de lecture. C'était très amusant, continua Angela. Je pensais demander à lady Lavinia l'autorisation d'en organiser un. Qu'est-ce que vous en pensez ? Vous viendriez, toutes les deux ?

— Kat non, vu qu'elle ne vit pas ici, répondit ma mère, m'adressant ainsi une nouvelle pique.

— Et vous, Iris ? insista la jeune femme. Vu que vous êtes à la retraite. À quoi occupez-vous vos journées, d'ailleurs ? Vous devez avoir des tonnes de temps libre.

Ma mère fut prise de court.

— Je suis assez occupée, merci beaucoup.

— Oh, non, non, je suis désolée, bredouilla Angela en rougissant. Je ne voulais pas dire ça. Je pensais seulement que vous vous ennuyiez peut-être.

Elle paraissait si contrariée par son faux pas que je compatis.

— C'est une idée géniale, intervins-je. Même si, comme vous avez pu vous en rendre compte, il n'y a plus grand monde sur le domaine.

— Je me disais que nous pourrions soumettre aussi l'idée aux gens de Little Dipperton, suggéra Angela. On se retrouverait une fois par mois dans le salon de thé du village ou ailleurs.

— Angela ! aboya madame Cropper. Auriez-vous l'obligeance de venir ici quelques minutes ?

— Je ferais mieux d'y aller, se hâta de dire la jeune femme.

Elle nous adressa un nouveau sourire à dent de travers, effectua une nouvelle révérence et, munie de son seau et de son balai à franges, elle se précipita vers les cuisines en fredonnant une mélodie populaire.

Ma mère fronça les sourcils.

— Ça ne serait pas le générique de *Downton Abbey* ?

— Oui ! Bon sang, c'est faire passer la loyauté professionnelle à un autre niveau !

Nous éclatâmes de rire toutes les deux. Si ça se trouvait, le succès phénoménal de la série avait engendré toute une génération d'aspirantes domestiques, bonnes à tout faire et autres filles de cuisine.

— En tout cas, pas question que j'adhère à son club de lecture à la noix, marmonna ma mère. Quel culot ! Suggérer que je ne fais rien de mes journées !

— Quiconque ignorera ton identité secrète aura cette impression, répliquai-je.

Le soir approchait. Un coup d'œil à ma montre m'indiqua qu'il était près de 17 heures, autrement dit, celle de nourrir et de préparer les chevaux pour la nuit. J'avais toujours éprouvé une passion pour ces nobles animaux et j'en étais venue à apprécier ce moment de la journée. Ils me manqueraient, je le savais déjà. Depuis que William était incarcéré à la prison d'Exeter, je donnais un coup de main aux écuries, en compagnie de Dawn, la fille de dix-huit ans de Tom

Jones, qui exploitait Home Farm. Après tout, le frère adoptif de maman ferait peut-être une paire de bras bienvenue.

— Je vais aux écurics, annonçai-je. Tu m'accompagnes ?

— Non. Je vais rentrer m'allonger sur le canapé et ne rien faire du tout. Exactement ce que mademoiselle Dent-de-travers a supposé.

— Attention à la voiture, l'alertai-je en reculant sur le bas-côté herbeux, au moment où surgissait un véhicule de police.

— C'est ce gentil Shawn, constata ma mère. J'espère que tu lui accorderas une chance. Il est déjà formé à la fonction de mari et tu aurais une famille prête à l'emploi.

— Non merci, répliquai-je. Et arrête de jouer les entremetteuses. Ta dernière tentative a fait long feu… sans mauvais jeu de mots.

— Très drôle, rétorqua-t-elle sèchement.

La voiture de police nous dépassa avant de s'arrêter. Shawn ouvrit sa vitre en souriant.

— Bonsoir, mesdames.

À mes yeux, sa tignasse de boucles brunes lui donnait un air trop juvénile pour le rang d'inspecteur principal.

Ce soir-là, le revers du trench-coat de Shawn affichait une nouvelle tache – probablement du ketchup –, un risque du métier quand on est le père célibataire de jumeaux de cinq ans.

Roxy Cairns, sa rousse collègue, nous adressa un petit signe de la main depuis le siège passager.

— Elle pourrait faire quelque chose pour sa moustache, me chuchota ma mère. Elle n'a jamais entendu parler de la cire ?

— Chut, lui intimai-je en me penchant pour demander : J'espère que Harry n'a pas de nouveau eu de trop gros problèmes ?

— Il est vraiment pénible, intervint ma mère. Si c'était mon fils, je lui aurais flanqué une bonne raclée.

— Maman, bon Dieu, soufflai-je. On ne peut plus dire un truc pareil de nos jours.

— Rupert le ramène dans son école ce soir, annonça Shawn.

— Rupert et Lavinia se sont disputés à mort, ajouta Roxy avec un plaisir évident.

— Roxy !

Shawn la rappelait à l'ordre.

J'avais remarqué que Roxy ne parlait correctement de lord et lady Honeychurch qu'en leur présence. Elle n'essayait pas non plus de cacher son aversion envers les classes supérieures.

— Où avez-vous retrouvé Harry ? s'informa Shawn.

— La dernière fois, le pauvre gamin s'était caché dans la caravane d'Eric, expliqua Roxy. Ça l'a vraiment fait suer.

— Harry était perché dans un arbre du boqueteau du Cavalier, répondis-je.

— La cabane dans les arbres ? Oh, oui, fit Shawn. C'est William qui l'a construite. Vous l'avez vue ? C'est même un véritable petit abri.

Encore William et ses BA !

— Harry a pris un bus, reprit ma mère. Son école se trouve à quatre-vingts kilomètres d'ici. Que va-t-il se passer s'il s'enfuit de nouveau, s'il n'y a pas de bus en circulation et s'il décide de faire du stop ?

Je lui donnai un coup de coude avant de déclarer :

— Nous sommes vraiment heureuses de savoir qu'il est sain et sauf.

— Ça ne se reproduira plus, constata Roxy. Rupert a menacé de vendre Tonnerre.

— Mais Harry adore ce poney ! m'exclamai-je.

— Le meilleur moyen de dissuasion qui soit, décréta ma mère. À ce propos, Harry vous a-t-il parlé du coup de feu de cet après-midi ?

— Tout à fait, répondit Shawn. Pour tout vous dire, nous

nous rendons à Bridge Cottage en ce moment même, histoire d'avoir une petite conversation avec Joyce et Patty. Elles ne peuvent pas faire fuir tous les émissaires du gouvernement.

— Elles n'ont pas de permis de port d'armes ? s'enquit ma mère.

— Si. Toutes les deux, précisa Shawn d'une voix douce.

— Est-ce que je devrais m'en procurer une ? fit ma mère, qui réfléchissait à haute voix.

— Pourquoi ? demandai-je. Tu as l'intention de t'en servir ?

— Peut-être, répondit-elle. Est-ce que vous savez que le ministère des Transports a commencé à tracer la délimitation de la ligne de chemin de fer ?

Shawn hocha la tête.

— C'est ce que j'ai entendu dire.

Roxy se pencha par-dessus son collègue pour nous crier :

— Toute cette histoire est dégueulasse. Ma tante vit sur le tracé de la HS2, l'autre ligne censée raccourcir de trente minutes le temps de trajet entre Londres et Birmingham. Trente minutes !

— En réalité, Roxy, précisa Shawn, c'est trente-deux minutes…

— Dégueulasse, répéta ma mère.

— Roxy, intervint Shawn, la mine sévère, je suis obligé de te rappeler qu'en tant que membres des forces de l'ordre du Devon et des Cornouailles, nous sommes tenus de garder nos opinions pour nous-mêmes.

— La maison de ma tante tombe sous le coup d'un arrêté d'expropriation, fulmina Roxy. Elle et son mari vivent là depuis quarante ans. Qu'est-ce qu'ils sont censés faire, maintenant ? Ils ne peuvent pas souscrire de nouvel emprunt, à leur âge. J'ai entendu dire que la plupart des propriétés n'étaient pas éligibles pour une indemnisation.

— Il y a une réunion de protestation, jeudi, déclara ma mère. Vous devriez venir.

— Comptez sur moi ! s'exclama Roxy.

— Si vous projetez de faire quoi que ce soit, il faudra procéder dans les règles, les avertit Shawn.

— Il y a peu de chances pour qu'on asperge des voitures de peinture ou qu'on y mette le feu, répliqua ma mère.

— Je ne sais pas, fit Roxy. J'en serais capable, moi.

Difficile de déterminer si elle plaisantait ou pas.

— Je vais vous répéter mot pour mot ce que j'ai dit à Eric, reprit Shawn. Vous devez adresser une pétition au gouvernement, monter un dossier solide et le soumettre à la cour d'appel, exactement comme le groupe Action Alliance pour la HS2. Franchement, je pense qu'il est trop tôt...

— Mais pas du tout, le coupa ma mère. Ces panneaux sont déjà en place. L'opération a commencé.

— Shawn s'en fiche, expliqua Roxy. Il adore les trains, n'est-ce pas, Shawn ?

— Ça suffit...

Shawn devait avoir appuyé sur un bouton, car sa vitre remonta. Leurs paroles furent assourdies, mais à en juger par le visage grimaçant de Roxy et l'expression de colère sur celui de Shawn, leur dispute se poursuivait.

La voiture s'éloigna dans un jaillissement de graviers.

— Bon, lâcha finalement ma mère, Roxy sera certainement un atout pour notre cause.

— Ou un handicap.

Nous fîmes halte à l'endroit où la route bifurquait, devant un immense marronnier. L'allée qui menait aux écuries partait sur la gauche.

— J'en ai pour à peu près une heure, indiquai-je.

— N'oublie pas que tu as interdiction de dire un mot de notre groupe de protestation ou de ces pancartes à lady Edith.

— À mon avis, tu vas avoir du mal à garder l'information secrète, objectai-je. Mais sa divulgation ne sera pas de mon fait. Promis.

Dès que ma mère fut hors de portée d'oreille, je sortis mon iPhone de ma poche ainsi que la carte de visite de Valentin Prince Avery. Il décrocha à la première sonnerie et parut content de mon appel.

— Je suis en vie, plaisanta-t-il. Mais c'est la première fois qu'une folle me tire dessus avec un canon de douze.

— Votre profession n'est pas évidente, cependant… (J'hésitai.) J'aimerais connaître les options qui s'offrent à ma mère. Y a-t-il une possibilité que nous nous rencontrions ce soir ?

Nous tombâmes d'accord pour un rendez-vous au Hare & Hounds à 19 heures.

— Serait-il possible de ne parler de notre entrevue à personne ? demandai-je. Du moins, pour l'instant.

4

— Il faut que les jeunes garçons s'endurcissent, entendis-je Edith déclarer. (Lavinia et elle étaient dans la sellerie, en pleine conversation animée, et la porte était entrouverte.) Vous étiez d'accord, il y a quelques semaines.

Je n'aurais pas dû tendre l'oreille, je le savais, mais j'étais incapable de m'en empêcher.

— Cela fait déjà trois fois que Harry s'enfuit, protesta Lavinia. Il se fait harceler et il y est excessivement malheureux. Je n'arrive pas à le supporter. Non, vraiment pas.

— Je n'ai jamais entendu une absurdité pareille ! s'exclama Edith. En tant que sa mère, vous devez vous montrer forte.

— Il n'a que sept ans ! Et il est d'une sensibilité maladive, répliqua Lavinia. Rupert ne vous a-t-il pas manqué quand il est parti pour le pensionnat ? J'ai cru que ça irait, mais en fait, il me manque trop.

— Vous ne pouvez vous laisser aller à ce point aux sentiments, Lavinia, la réprimanda Edith. Si l'Empire britannique n'existe plus, c'est au moins pour moitié lié à la façon dont les enfants sont éduqués de nos jours.

— Bonté divine ! s'exclama Lavinia. L'Empire britannique est mort il y a au minimum un demi-siècle. Si vous me demandez de rester imperturbable, je vais me mettre à crier.

— Toujours la même absurde sensiblerie américaine, reprit Edith. Regardez Rupert. Le pensionnat lui a été très bénéfique. Vous ne le voyez jamais chouiner comme une fille.

— C'est tout à fait là que je veux en venir, rétorqua sèchement Lavinia. Je ne veux pas que Harry devienne incapable de montrer ses sentiments.

Je ne pouvais qu'abonder dans le sens de Lavinia. Je m'étais souvent demandé si c'était là le problème de David, mon ex-petit ami. Il avait été envoyé en internat à l'âge de sept ans, lui aussi. David détestait l'émotion sous toutes ses formes, surtout les manifestations publiques d'affection : il en venait à se tortiller de gêne. Au début, j'avais trouvé attirante sa galanterie à l'ancienne. Mais j'avais bien vite découvert qu'il lui était impossible de parler honnêtement de ses sentiments, ce à quoi il préférait se retirer derrière un mur de silence, ou simplement quitter la pièce.

— Pour commencer, Rupert pleurait, naturellement, continua Edith. Mais il s'est très vite repris, comme se doit de le faire un véritable Honeychurch.

— Pourquoi ne pas essayer l'école des environs ?

— C'est exclu, décréta Edith. Harry doit fréquenter ses pairs, surtout pas la populace, ou tous ces affreux nouveaux riches.

— La situation est différente, maintenant, répliqua Lavinia. Certes, la populace fréquente les écoles publiques, et oui, je vois ce que vous voulez dire à propos des nouveaux riches, mais tout le monde se fiche désormais que vous figuriez ou non dans le *Burke's Peerage*[1].

— Bon sang, pour commencer, j'aimerais bien savoir d'où Harry tient cette idée d'aller à l'école du village, grommela Edith.

— Apparemment, c'est Katherine Stanford qui le lui a suggéré, répondit Lavinia. Rupert était ab-so-lu-ment furieux. Nous avons eu une dispute sanglante.

1. Annuaire de la noblesse britannique (*NdT*).

Mon estomac se crispa. Je savais que j'aurais mieux fait de tenir ma langue. Je voulus m'esquiver rapidement, mais je trébuchai sur une fourche qui tomba avec fracas. La conversation cessa aussitôt.

J'avisai un seau d'eau vide que j'attrapai pour me diriger vers un robinet extérieur. Je fis couler l'eau à flots.

Lavinia passa la tête par la porte de la sellerie.

— Oh, c'est vous, dit-elle.

Je lui répondis d'un faible hochement de tête en guise de salutation et feignis d'être fascinée par le seau d'eau. Edith devait avoir lâché un commentaire, car Lavinia recula et referma la porte de la sellerie. Leur conversation m'avait perturbée. Je savais que je n'aurais pas dû m'en mêler, mais il était difficile de s'en empêcher. J'avais vraiment pris la famille Honeychurch en affection, et il ne s'agissait pas seulement des personnes qui la constituaient. Bien avant de découvrir la magie des antiquités, j'avais désespérément voulu travailler avec les chevaux, seulement avec son sempiternel sens pratique, mon père avait affirmé que je ne gagnerais jamais ma vie de façon décente en tant que palefrenier. Naturellement, papa m'avait visualisée à l'échelon le plus bas du milieu équestre, pas au plus élevé. Jamais il ne m'était venu à l'esprit de lui déplaire et de réaliser mon rêve. J'admirais ma mère de n'avoir pas renoncé aux siens, contre toute attente. Bien que nous l'ayons adoré toutes les deux, j'étais bien forcée de reconnaître, si contrariant que ce soit, que mon père avait été plutôt autoritaire ou, comme aurait dit ma mère, « protecteur », un homme qui ne voulait « que le meilleur pour nous deux ».

Pendant que je remplissais les seaux d'eau et regarnissais les auges de foin, je me rendis compte que mes amis équins allaient me manquer plus que tout. J'en étais venue à connaître leurs différentes personnalités. Fée Clochette, la jument marron préférée de la comtesse douairière, était connue pour son tempérament impatient et sa tendance à se soustraire à sa bride si personne ne regardait ; Jupiter, une jument baie, était, aux dires d'Edith, déprimée par le départ de William ; Tonnerre, l'adorable petit poney noir de Harry, aimait la purée de tomate Heinz, qu'il buvait dans une Thermos, et il y avait enfin Duchesse, une jument gris pommelé, que j'en étais venue à considérer comme m'appartenant. À côté des chevaux, les écuries hébergeaient encore deux poulains, Faucon et Crécelle, que Lavinia et William avaient entraînés pour des compétitions d'attelage en paire. Et enfin, on trouvait aussi les « vieilles dames » – Poussière de fée, Rose et Saule, âgées respectivement de vingt-huit, trente, et d'un impressionnant trente-cinq ans. Chaque matin, je redoutais d'apprendre que l'une d'elles était morte pendant la nuit. Je me demandai ce qui arriverait au cimetière équin qu'Edith aimait tant si l'opération Bullet était menée à bien et, tout à coup, je sus que je ferais de mon mieux pour l'empêcher, moi aussi.

J'étais dans la stalle de Duchesse quand je vis la Range Rover noire de Rupert pénétrer dans la cour. Harry ouvrit la portière passager et se précipita dans le box de Tonnerre, en face de celui où je me trouvais.

Lavinia sortit de la sellerie et se dirigea vers la voiture. Rupert ouvrit la fenêtre. Je ne distinguais pas leur conversation, mais à en juger par l'expression de Lavinia quand elle se mit en quête de Harry, je devinai que l'échange n'avait pas été serein.

Quelques minutes plus tard, la mère et le fils ressortirent du box de Tonnerre. Harry me repéra dans l'encadrement de la porte et vint me rejoindre.

— Tu t'en vas ? demandai-je avec une gaieté feinte.

— Lieutenant Stanford, répondit Harry, entré dans la peau de Biggles, j'ai bien peur d'avoir été rappelé au service.

— C'est ce que j'avais entendu, monsieur.

— Je veux votre parole que vous ne laisserez rien de fâcheux arriver aux loirs.

— Je vous le promets, répondis-je. Et qu'en est-il du lieutenant d'aviation Fitzgerald, monsieur ? Vous accompagne-t-elle ?

— Non. On a besoin d'elle à la maison.

— Harry ! cria Lavinia en se matérialisant à la porte de la stalle. Viens. Ton père veut partir à présent.

— Bonne chance, monsieur, dis-je après un rapide salut militaire.

Lavinia me récompensa d'un petit sourire, puis elle conduisit Harry vers la Range Rover. Au moment où il grimpait sur le siège passager, je l'entendis protester :

— Mais je n'ai pas dit « au revoir » à Mister Chips !

— Il est parti chasser des lapins, mon chéri, répliqua Lavinia en bouclant la ceinture de sécurité de Harry avant de refermer la portière.

Rupert démarra. Le visage de Harry était collé à la vitre, image parfaite de la détresse. C'était affreux. Je n'arrivai pas à voir l'expression de Lavinia car elle avait déjà regagné la sellerie au pas de course.

J'attendis que la voie soit libre pour retourner dans la cour, où je fus accueillie par une explosion d'aboiements frénétiques. Mister Chips, le jack russell, déboucha du coin de la cour et bondit vers moi. Son pelage marron et blanc était couvert de boue et il dégageait une odeur pestilentielle.

Il lâcha une pierre enduite de bave à mes pieds, puis me lança un regard plein d'expectative. Son moignon de queue s'agitait furieusement.

Je me penchai pour lui caresser les oreilles, ce qui me valut un coup de langue sur la main, puis il poussa la pierre vers moi, de la pointe de la truffe.

— Tu veux que je la jette au loin pour toi, mon garçon ? demandai-je.

Je la pris précautionneusement entre mes doigts.

Mister Chips se trémoussait sur ses pattes arrière, aboyant d'excitation tandis que je lançais la pierre aussi loin que je le pus. Il s'élança dans la direction du projectile et fut de retour en moins d'une minute pour le redéposer à mes pieds.

— Maintenant que vous avez lancé cette activité, fit Edith en sortant de la sellerie, il ne vous laissera plus tranquille.

Elle portait son habituelle tenue d'amazone. Tout comme Lavinia, même quand elle était sans chapeau, elle maintenait ses cheveux ramassés sous un filet.

Je jetai de nouveau la pierre et, de nouveau, le chien me la rapporta pour un autre lancer.

— Vilain chien ! le réprimanda Edith. Où étais-tu passé ?

En dépit de son âge et de sa frêle ossature, la comtesse douairière était une femme impressionnante.

Mister Chips se laissa tomber par terre, les oreilles rabattues, et il lui adressa un tel regard de chagrin que nous éclatâmes de rire toutes les deux.

— Il est encore allé farfouiller dans le terrier d'un blaireau, constata Edith d'une voix qui trahissait son soulagement. Un de ces jours, il va finir par s'y coincer.

— Vous ne pourriez pas condamner les trous ? suggérai-je.

— Boucher les terriers ? Dieu du ciel, non ! (Edith parut consternée.) Loi de protection des blaireaux, 1992. On n'a pas le droit de les toucher.

— Je l'ignorais, j'ai passé toute ma vie à Londres. À ce qu'on dit : « On peut faire sortir une fille de la ville, mais pas la ville d'une fille. »

— Tiens donc ? fit Edith en me dévisageant avec curiosité. Quel dommage que vous retourniez à Londres. Vous nous avez tellement aidés, depuis le départ de William.

Et rebelote. Du point de vue d'Edith, William était « parti ». J'espérais vraiment qu'elle n'allait pas s'étendre encore sur son soi-disant congé sabbatique. La situation était affreusement embarrassante. Je me demandais si Edith n'avait pas réussi à se convaincre elle-même que William se trouvait dans l'Himalaya, à moins que « l'Himalaya » soit le terme qu'employaient les classes supérieures pour parler de la prison. Plus je passais de temps avec l'aristocratie – comme ma mère les appelait –, plus je réalisais qu'elle avait raison : même aujourd'hui, dans le monde moderne, il y avait encore un « eux » et un « nous ».

— Comment va Jupiter ?

Encore une qui souffre de l'absence de William, pensais-je.

— Elle ne mange toujours pas. Elle s'est complètement désintéressée de la nourriture, répondit Edith en poussant un lourd soupir. Elle est perdue, sans William. Comme nous tous d'ailleurs. (Elle marqua une pause de quelques secondes.) Parlez-moi un peu de votre oncle.

— Mon oncle ? (Je mis quelques secondes à comprendre à qui elle faisait allusion.) Vous voulez parler d'Alfred ?

— Je me rappelle de lui, reprit Edith. Un garçon affreux. Rien à voir avec son frère Billy. Ils campaient ici tous les étés, vous savez.

Bien entendu, que je savais. C'était la raison principale du retour de ma mère dans l'endroit qu'elle avait tant aimé au cours de son enfance peu conventionnelle.

Je cherchai en toute hâte quelque chose de positif à dire sur Alfred, un homme que par ailleurs je n'avais jamais rencontré.

— Ma mère m'a affirmé qu'il avait changé.

— J'espère bien, fit Edith. Nous savions tous qu'il volait, mais que peut-on attendre d'un Tzigane ?

— Oh ! (Je me creusai de nouveau la cervelle.) Je croyais qu'ils travaillaient dans un ring de boxe itinérant.

— Ces gens sont tous pareils, répliqua Edith avec un petit reniflement.

— Ma mère vous a-t-elle dit ce qu'Alfred avait fait au cours des dernières décennies ?

— Naturellement. Il a travaillé dans un refuge pour les

vieux chevaux de cirque sur le continent, répondit Edith. C'est très noble de sa part, oui, très noble.

Le « continent ». Je n'avais pas entendu cette expression britannique désuète depuis des années. Je devinai qu'il s'agissait d'une énième affabulation de ma mère.

— Où donc en Europe ? demandai-je. J'ai oublié.

— En Espagne. Les Espagnols peuvent se montrer très cruels envers leurs animaux, poursuivit-elle. Je pense que nous pourrions offrir ici un asile à quelques-uns de ces chevaux. Surtout maintenant que votre mère a entrepris la rénovation des écuries du Logis du palefrenier.

— Quelle bonne idée !

Je feignais de me montrer enthousiaste, mais au fond de moi, je prévoyais déjà les problèmes à venir. Il y avait tellement de mensonges en circulation au manoir de Honeychurch que j'avais bien du mal à ne pas m'y perdre.

— J'ai bien précisé à votre mère qu'Alfred perdrait son poste au retour de William, reprit Edith.

— William va revenir ? fis-je en essayant de dissimuler ma stupéfaction. Quand ?

— Je connais le juge de paix. Nous chassons à courre ensemble, répondit-elle. Ce ne sera pas pour tout de suite, mais… (Elle se tapota une aile du nez, avant d'esquisser un sourire espiègle.) J'ai un plan.

Deux criminels sur le domaine ! Super !

Que pensait Rupert du plan de sa mère ? Je le savais convaincu qu'elle souffrait d'une forme de démence. Peut-être avait-il raison, après tout.

— Alfred peut loger dans l'appartement de William, le temps que durera son travail ici, déclara Edith.

— C'est très gentil à vous. Ma mère sera enchantée, ajoutai-je au moment où l'horloge de la cour des écuries sonnait 18 heures. Y a-t-il encore quelque chose que vous souhaiteriez me voir faire, ce soir ?

— Oui, répondit Edith en braquant sur moi l'un de ses

regards perturbants. Harry a raconté qu'il a vu un homme installer des pancartes dans les deux champs attenants au boqueteau du Cavalier, en dessous de Hopton's Crest.

— Oh, vous connaissez Harry, Edith.

Lavinia se matérialisa soudain à nos côtés. Je remarquai que son visage était encore plus pâle que de coutume et qu'elle avait les yeux rougis. J'en déduisis qu'elle avait pleuré.

— Il aime raconter des histoires, n'est-ce pas, Katherine ?

— Il est indéniable que Harry a une imagination débordante, répondis-je prudemment.

Edith plissa les yeux.

— Me cacheriez-vous quelque chose ?

— Non ! répondîmes-nous en chœur.

— Oh, Dieu merci, vous avez retrouvé Mister Chips, s'empressa de constater Lavinia, pour faire diversion. Je ne l'avais pas remarqué, assis là-bas derrière. On dirait qu'il a creusé la terre. Et, bonté divine, qu'est-ce qu'il empeste !

— Nous allons prendre un bain, n'est-ce pas, mon garçon ? (Edith claqua des doigts et Mister Chips se mit aussitôt au garde-à-vous, prenant place derrière ses jambes.) Et Kat, ajouta-t-elle, demain, nous monterons jusqu'au boqueteau du Cavalier, afin de voir ce dont parlait Harry. Soyez là à 11 heures.

Sur quoi elle s'en fut à grandes enjambées, Mister Chips trottinant derrière elle.

— Je suis affreusement désolée de vous placer dans une position aussi épouvantable, s'excusa Lavinia. Rupert pense qu'il est inutile qu'Edith apprenne l'existence de cette horrible histoire de ligne ferroviaire. Ça ne ferait que la bouleverser. Depuis l'abominable… accident de Vera, Edith n'est plus elle-même. Je veux dire… (Lavinia baissa la voix.) Elle est même allée rendre visite à William. Dans sa prison !

— Elle finira par s'en apercevoir, ça me semble inévitable, répliquai-je. Il y a des affichettes partout dans le village.

— Je sais, fit Lavinia en se mordillant la lèvre.

— Et elle verra aussi les pancartes dans les champs.

— Qu'est-ce qu'elles disent ? s'enquit Lavinia. Elle comprendra de quoi il s'agit ?

— Elles sont assez limpides, répondis-je. « Croisement avec la HS3 à partir d'ici. »

— J'en toucherai deux mots à Eric. Il nous en débarrassera cette nuit.

— Vous avez entendu parler du coup de feu ? demandai-je.

— J'ai entendu la version qu'en a donnée Harry. Joyce et Patty sont folles à lier. Des personnes horribles. Vraiment.

Je la mis rapidement au courant.

— Bonté divine ! (En fait, Lavinia esquissa un sourire.) Valentin Prince-Avery ! Quel nom ! On dirait une créature sortie des romans de votre mère.

— Ça nous a bien fait rire, maman et moi. Valentin m'a donné sa carte de visite. Apparemment, il est consultant et expertise les propriétés en vue d'indemnisations. Je pense que nous devrions l'interroger sur les options qui s'offrent à nous.

— En effet, admit lentement Lavinia. Mais au fond, il représente l'ennemi, non ?

— Certes, sauf que cela pourrait aider de savoir à qui nous avons affaire.

— Non. J'ai une meilleure idée. Je voulais également en parler à Iris. Un vieil ami à moi – Benedict Scroope – se trouve être écologiste. Il est chaudement recommandé et il a des tas de relations avec toutes les bonnes personnes. Il a même sauvé un village entier menacé de démolition dans le Kent, quand on a construit le tunnel sous la Manche, au début des années 1990. Il a réussi à faire en sorte que le trajet de la ligne soit modifié.

— Voilà qui est encourageant.

— Je pense qu'on pourrait convaincre Benedict de s'occuper de notre cas, poursuivit Lavinia. En fait, j'ai dit à Eric de se mettre en rapport avec lui. Je crois qu'il est en train d'organiser une réunion dans le village, mais bien entendu, je ne peux pas y aller. Nous devons garder un certain mystère et une certaine distance vis-à-vis de nos gens. Ce serait fabuleux si vous pouviez vous y rendre pour moi.

— Si je suis encore là, je n'y manquerai pas, répondis-je. Ma mère, en tout cas, a fermement l'intention de s'impliquer là-dedans.

— Super ! s'exclama Lavinia avant d'hésiter quelques secondes. J'aurais bien aimé pouvoir présenter Benedict à votre mère, demain. Nous pourrions nous retrouver au Logis du palefrenier. Vous pensez que ça la dérangerait énormément ? C'est très ennuyeux, je sais.

— Pourquoi ne l'appelleriez-vous pas pour le lui demander ?

— Il est bien évident que je ne peux pas faire venir Benedict au manoir à cause d'Edith et parce que madame Cropper est une terrible commère. Et puis, il y a Parks, la nouvelle gouvernante. Nous devons nous montrer prudentes. (Lavinia hésita encore.) Et je préférerais que vous ne parliez pas de ça à Rupert.

— Ne va-t-il pas finir par s'apercevoir que vous organisez une campagne ?

— Non, répondit Lavinia, dont le visage blême vira au rosé. Rupert va passer quelque temps… (Elle émit un bruit de déglutition étrange.) Rupert doit aller à Londres. Pour affaires. (Elle battit des paupières afin de refouler ses larmes.) Dieu du ciel, un moucheron m'est entré dans l'œil.

— Cela a dû être difficile pour vous de dire « au revoir » à Harry, dis-je. Je suis vraiment désolée.

Lavinia eut l'air sidérée.

— Harry ? Pourquoi ? Il va bien. Par-fai-te-ment bien. Il ne s'est jamais senti mieux, en fait.

— Je voulais m'excuser, déclarai-je d'une voix ferme. Je n'aurais jamais dû faire allusion à la possibilité d'une scolarisation dans l'école du village. J'espère que ça n'a pas créé de tensions entre Rupert et vous.

Le visage de Lavinia rosit de plus belle. Elle paraissait horrifiée de s'être vu adresser une question aussi personnelle.

— Des tensions ? Et pourquoi donc ? Tout va parfaitement bien. On ne peut mieux.

— Je suis sûre que Harry vous manque, insistai-je. Je le sais, parce que c'est le cas pour moi.

— Si Harry me manque ? (Lavinia partit d'un rire forcé.) Eh bien, ce pourrait être le cas, mais je suis trop occupée, voyez-vous. Pour que quoi que ce soit me manque. (S'ensuivit un sourire éclatant.) Il faut que je continue. Bonne nuit.

La nuit était tombée quand je regagnai la maison par l'ancienne voie de desserte et traversai la pinède. Les premières fois où j'avais pris ce raccourci, le silence feutré me flanquait la frousse. Le manoir n'était pas le seul à abriter des fantômes, les terrains et les champs environnants aussi.

Je me mis à penser à ma vie londonienne, si simple en comparaison avec celles du manoir de Honeychurch. Je songeai à ma mère, à son identité secrète, et voilà qu'elle faisait venir Alfred, son frère adoptif, sous un faux prétexte. Il aurait travaillé en Espagne auprès de vieux chevaux de cirque ! Pourquoi ne pas prétendre qu'Alfred était un célèbre matador pendant qu'elle y était ? Ou, mieux encore, raconter qu'il revenait de l'Himalaya ? Et puis, il y avait cette comédie entre Edith, Rupert et Lavinia, chacun cachant quelque chose à l'autre. Enfin, au milieu de cet imbroglio se trouvait le pauvre Harry, réexpédié fissa au pensionnat.

Qu'en était-il de Valentin Prince-Avery dans tout ça ? Ma mère ne serait pas enchantée si elle apprenait que j'avais l'intention de le retrouver ce soir, même si je prenais ses intérêts à cœur. Elle serait furieuse, à moins que je lui mente.

Toutefois, avant que je puisse méditer davantage à mon plan d'action pour la société, je laissai la pinède derrière moi, me faufilai par la porte à verrou et pénétrai dans la cour pour découvrir ma mère, assise sur la dernière marche d'un montoir de pierre.

— Bon sang, tu étais où ? me demanda-t-elle.

— Je t'ai dit que j'allais m'occuper des chevaux, répondis-je. Pourquoi ? Où est le problème, nom d'un chien ?

— Il s'est passé quelque chose de terrible.

5

— Respire profondément et calme-toi, conseillai-je.

Nous étions assises à la table en pin de la cuisine et ma mère refusait de dire quoi que ce soit tant qu'elle ne nous aurait pas servi deux grands verres de gin tonic. Cette histoire de « c'est l'heure de s'en jeter un petit » tendait à devenir une sorte d'habitude, mais je me dis que, de retour à Londres, je n'allais pas tendre la main vers la bouteille de gin chaque fois que le coucou sonnerait 18 heures ou que je rencontrerais un problème dont l'alcool serait la seule solution.

— Ça ne peut pas être aussi terrible que ça, supposai-je. Tu n'es pas tombée à court de gin. Oh ! (Je venais d'aviser un colis étiqueté « Goldfinch Press » sur l'un des plans de travail.) Ils ont détesté ton manuscrit ?

— Bien sûr que non ! rétorqua ma mère. Graham, mon éditeur, a adoré.

— Je pensais juste…

— J'ai seulement quelques changements à opérer et à épicer le fricot…

— Le quoi ?

— Le fricot, ma chérie. Les parties de jambes en l'air. Le sexe, quoi.

Je ricanai.

— Je n'avais encore jamais entendu ce terme.

— Mais ce n'est pas le véritable problème. (Elle prit une grande gorgée et poussa un long soupir.) Regarde ça, ajouta-t-elle en poussant vers moi une feuille de papier gaufré au logo de Goldfinch.

— Laisse-moi voir, fis-je avant d'entamer la lecture à haute voix : « Gagnez un week-end romantique pour deux sur la spectaculaire côte amalfitaine en compagnie de Krystalle Storm, l'auteur des best-sellers internationaux de la série *Les Amants maudits*. Baladez-vous dans les jardins de sa magnifique villa italienne, rencontrez Véritablement Delizioso, son charmant pékinois… »

— Je connais le contenu de cette lettre, s'impatienta ma mère.

— Et alors ?

— Vu que Vera avait gagné le concours et que maintenant… eh bien, elle est morte. Pourquoi mon éditeur n'annulerait-il pas le prix, par respect pour sa mémoire ?

Je lus en diagonale le reste de la lettre.

— Mince alors ! Il y a eu plus de cinq mille participants, constatai-je. Je sais ce qui te dérange ! Tu vas devoir louer une villa en Italie et emprunter un chien.

— Ça n'a rien de drôle, répliqua ma mère. Visiblement, tu n'as pas lu la page jusqu'en bas.

— Ça annonce que Goldfinch Press décerne le prix à… Nom d'un chien !

— Comme tu dis.

— Eric, lâchai-je. Eh bien, vu qu'Eric était son mari, ceci doit expliquer cela. En fait, c'est une bonne chose, non ? Il connaît ton secret. Pourquoi tu ne lui donnes pas simplement de l'argent ? Si ton éditeur veut des photos à des fins publicitaires, on pourra les faire ici et utiliser Photoshop. Tu ne m'as pas dit qu'Alfred était bon pour ce qui était de la contrefaçon ?

L'expression de ma mère se durcit.

— J'ai parlé à Eric dans les Cromwell Meadows il y a vingt minutes. Je l'ai même invité à boire une tasse de thé.

— Et ?

— Je lui ai proposé de renoncer à ces mini-vacances contre une somme en argent liquide. J'aurais simplement raconté à mon éditeur qu'Eric préférait faire une donation à une œuvre caritative ou quelque chose du genre.

— Et donc, ça y est, tu en es débarrassée ?

— Il a refusé platement. Et quand je lui ai demandé pourquoi, il a eu le culot de me répondre que ça ne me regardait pas.

— Alors ça !

Pour une surprise, c'était une surprise. Il était de notoriété publique qu'Eric s'avérait à cours d'argent.

— Il a vraiment envie d'aller en Italie à ce point ? Même quand tu lui as révélé que tu ne possédais ni villa… ni pékinois ? (Ma mère sembla soudain fascinée par ses ongles.) Tu ne lui as pas dit, pour la villa, c'est ça ? Bien sûr que non !

— C'est un homme horrible ! Quel besoin a-t-il de me compliquer ainsi la vie ?

— Il sait que tu ne l'aimes pas.

— Bon, il faut reconnaître que ça a mal commencé, ce soir, admit ma mère. Tu as entendu cette saleté de tracteur ! Tous les matins, il est là, sous ma fenêtre, à creuser ce fossé. Ça fait un bruit affreux et je n'arrive pas à me concentrer. Je lui ai juste demandé gentiment de remettre ça à plus tard, mais il s'est énervé et m'a répondu d'aller voir madame la comtesse si j'avais un problème. Il a parlé de pluie, de drainage et d'inondation.

— Si Edith lui a dit de creuser…

— Pourquoi ne peut-il pas faire ça ailleurs, quand j'essaie d'écrire ?

— Donc vous avez eu une nouvelle dispute ? conclus-je avec lassitude.

— Quoi ? Pourquoi est-ce que tu me regardes comme ça ?

— Maintenant que papa n'est plus là, pourquoi tu ne pourrais pas tout avouer, et à tout le monde ? Dire à Eric qu'il n'y a pas de villa et pas davantage de pékinois. Et pendant que tu y seras, informe ton éditeur…

— Graham. Il s'appelle Graham Goldfinch…

— Que ton mari n'a jamais été diplomate de haut vol et qu'il n'est pas non plus décédé dans un tragique accident d'avion, entre autres affabulations.

— C'est trop tard pour ça, maintenant.

— Graham se moque bien des circonstances réelles de ton existence, insistai-je. Ça se passe tout le temps dans le milieu de l'édition. Regarde J. K. Rowling. Elle a écrit sous pseudonyme.

— Je ne suis pas J. K. Rowling, répliqua ma mère avec un nouveau soupir. Alfred s'en serait donné à cœur joie pour transformer ce mur en côte amalfitaine.

— Maintenant qu'il a cessé de s'occuper de vieux chevaux de cirque en Espagne ?

— Oh, madame la comtesse t'a parlé, à ce que je vois. Je ne pouvais pas lui raconter qu'Alfred avait passé la dernière décennie à la prison de Wormwood Scrubs, fit-elle, dédaigneuse. Mais il sera d'une grande utilité pour notre groupe de protestation. Tu verras.

— Ça me fait penser à une chose. Lavinia va t'appeler à propos d'un de ses vieux amis, un certain Benedict Scroope…

— Pas mal, comme nom, ça aussi. Je devrais le noter.

— C'est un écologiste. Plein de relations, apparemment, poursuivis-je. Il a même réussi à sauver de la démolition un village entier dans le Kent, lors de la construction du tunnel sous la Manche. Ils veulent se donner rendez-vous ici.

Ma mère s'illumina.

— Ici ? Pas au manoir ?

— Lavinia considère, je la cite, qu'ils « doivent garder un certain mystère et une certaine distance vis-à-vis de leurs gens ». Pour faire bref, elle veut s'impliquer sans se mêler au petit peuple.

— C'est un honneur ! (Le visage de ma mère s'était empourpré sous l'effet du plaisir, jusqu'à ce qu'elle grimace.) Est-ce qu'Eric va venir ?

— Lavinia affirme que vous serez seulement tous les trois.

— Pas même monsieur le comte ?

— Il est parti à Londres.

Comme par un fait exprès, le téléphone de ma mère sonna.

— Je parie que c'est Lavinia, dis-je.

Elle se saisit du combiné et, après plusieurs « Oui, madame », un « Je promets de ne pas en souffler mot à monsieur le comte », puis un « Parfait. Demain à 9 h 30 », elle raccrocha et se tourna vers moi.

— Pourquoi est-il exclu de parler de ça à monsieur le comte ?

— Rupert a ordonné à Lavinia de ne pas s'en mêler.

— Rien d'étonnant à cela, lâcha ma mère avec mépris.

Elle n'avait pas une opinion particulièrement flatteuse de lord Honeychurch depuis que nous avions découvert ses manigances pour essayer de vendre le domaine à une entreprise qui entendait en faire un parc d'attractions. Ma mère ne croyait pas au changement de Rupert, persuadée qu'il cherchait seulement à se voir restaurer dans le titre d'héritier d'Edith. Je devais bien admettre qu'elle avait sans doute raison.

— Rupert a reconduit Harry à l'école, puis il s'est rendu à Londres, ajoutai-je. Lavinia en était plutôt contrariée. Enfin, je ne dis pas ça pour faire ma commère…

Sauf qu'à bien y réfléchir, c'était tout le contraire.

— Des commérages ? Mais si, continue. Qu'est-ce qui s'est passé ? Ils se sont disputés à propos de Harry ? Ils se sont séparés ? (Elle avait les yeux écarquillés.) Il a rencontré quelqu'un ? Ça ne m'étonnerait pas. Elle est tellement froide. Et cette manie de toujours rentrer ses cheveux sous un filet, c'est tellement peu séduisant !

— Je laisse ces informations à ton entière imagination, dis-je. Je vais prendre une douche de luxe dans ta toute nouvelle et magnifique salle de bains.

— Je l'ai fait installer exprès pour toi, répliqua ma mère avec un regard au coucou de la pendule. Ça t'embêterait de t'occuper de notre souper, ce soir ? Si je reçois la visite d'aristocrates demain, je vais avoir besoin de me mettre tout de suite à la correction de mon manuscrit.

— Je pensais faire un tour au Hare & Hounds.

— Pourquoi ? s'enquit-elle, soupçonneuse. Ce n'est pas là-bas que loge ce Valentin ?

Je me sentis rougir et soupesai dans tous les sens la question de savoir si je devais mentir ou non.

— Ils font une tourte à la viande et aux rognons délicieuse.

— Tu es une menteuse lamentable, constata ma mère. Tu vas le voir, c'est ça ? Tu as l'intention de discuter avec lui dans mon dos.

— Pourquoi ne pas simplement écouter ce qu'il a à dire au sujet des options qui s'offrent à nous ?

Ma mère attrapa la boîte contenant son manuscrit et se dirigea vers la porte de la cuisine.

— J'espère que vous serez très heureux ensemble tous les deux. Après tout, il vit à Londres, tu vis à Londres...

Et soudain, cela m'apparut comme une évidence. Comment avais-je pu manquer une évidence pareille ?

— Tu aimerais que je reste ici un peu plus longtemps ? demandai-je doucement. Au moins jusqu'à l'installation d'Alfred ?

— À toi de voir, répondit ma mère, mais je distinguai une lueur d'espoir dans ses yeux.

Quelle idiote je faisais ! À mesure que le jour de mon départ approchait, nous nous chamaillions de plus en plus. Pourquoi n'avais-je pas compris que j'allais manquer à ma mère, moi aussi ? Pendant les quarante dernières années, j'avais presque vécu collée à elle.

— J'imagine qu'Alfred pourrait dormir sur le canapé du salon, ajouta-t-elle.

— C'est toujours plus confortable qu'une cellule de prison, remarquai-je. Edith a évoqué l'idée qu'Alfred occupe l'appartement de William dans la cour des écuries.

— Je ne suis pas sûre qu'il soit d'accord, répliqua-t-elle d'un air sombre.

— Viens là.

— Pourquoi ?

J'attirai ma mère entre mes bras et lui chuchotai :

— Tu vas me manquer, toi aussi, mais je ne m'en vais pas sur la lune.

— Tu pues, maugréa ma mère en se tortillant pour se libérer.

Je jetai un œil aux habits que j'avais portés toute la journée. Mon jean était maculé de taches de purin et les poignets de mon sweater noirs de la boue du Bourbier de la mort.

— Attends ! Il me vient une idée brillante ! (Le visage de ma mère se fendit d'un sourire tatoué du qualificatif « perfide ».) Tu pourrais être notre espionne !

— De quoi tu parles ?

— Il faut que tu rencontres Valentin, ce soir. Je parie qu'il est dans le secret…

— Dans le secret ? grognai-je.

— Arrête de grogner. Oui, dans le secret de toutes sortes d'informations confidentielles que nous pourrions transmettre à monsieur Scroope. Tu vas devenir un agent infiltré. (Elle sortit un dictaphone du tiroir de la cuisine.) Tiens, planque ça dans ton sac à main.

— Je pense que c'est une très mauvaise idée, protestai-je, tout en m'emparant de l'appareil.

— Mais ne va pas t'attifer de cette affreuse jupe à motifs. Tu as vraiment l'air mal fagotée avec ça. (C'était exactement la tenue que j'avais eu l'intention de porter.) Je ne resterai pas éveillée jusqu'à ce que tu rentres, conclut-elle avec clin d'œil entendu.

6

Une heure plus tard, vêtue de la jupe à motifs qui, selon ma mère, me donnait l'air mal fagotée, je parcourais les deux kilomètres et demi qui séparaient le manoir de Honeychurch du village de Little Dipperton. C'était une localité de carte postale, typique du Devonshire, bâtie de cottages blanchis à la chaux et coiffés de chaume ou de toits en ardoise, au milieu desquels on trouvait une poignée de magasins et un pub du XVIIe siècle. On y voyait aussi une forge abandonnée, un marchand de légumes et une supérette qui faisait par ailleurs office de bureau de poste.

À une époque, les propriétaires de Honeychurch avaient possédé tout le village de Little Dipperton, mais désormais, seuls quelques cottages étaient encore occupés par leurs locataires, ce qu'indiquaient des portes et des cadres de fenêtres peints dans un bleu foncé caractéristique.

Ma mère et moi avions effectué de nombreuses promenades jusqu'au village afin de boire un verre à midi au Hare & Hounds ou de goûter d'une tasse de thé et d'un gâteau fait maison au salon de thé.

Les six semaines que j'avais initialement prévu de passer auprès de ma mère pour l'aider en raison de sa main cassée s'élevaient maintenant à huit. Mon père avait été bien avisé de me demander de garder un œil sur elle et je devais avouer que la perspective de notre séparation imminente soulevait de pénibles débats en moi. Je commençais tout juste à vraiment connaître ma propre mère.

Mon père et moi pestions jadis contre ses « migraines » à répétition, qui la tenaient recluse dans sa chambre pendant des heures. L'un comme l'autre, nous ignorions sa vie secrète d'écrivain et je n'avais pas la moindre idée du passé haut en couleur qu'elle avait vécu sur les routes, avec un ring de boxe itinérant. Pour des raisons qui n'appartenaient qu'à eux seuls, mes parents m'avaient laissée dans l'ignorance de ce dernier fait et, loin d'en être intriguée et excitée, j'avais l'impression que mon enfance entière n'avait été que mensonge. Pourquoi s'étaient-ils tus ? J'avais posé plusieurs fois la question à ma mère et sa réponse était toujours la même : « Nous ne voulions pas que les voisins soient au courant. L'époque était différente. C'était une tare que d'être rattaché aux forains. »

Tandis que je descendais la colline et m'approchais de Bridge Cottage, mes pensées revinrent vers la HS3. Je trouvai difficile à croire qu'un jour, cet endroit puisse être transformé en une hideuse tranchée de voie ferrée. Je n'avais toujours pas abandonné l'espoir de voir ma mère réemménager à Londres et adhérer à notre projet originel de travailler ensemble.

Ce matin-là, j'avais reçu un coup de fil de mon agent immobilier à Londres, qui m'annonçait qu'un magasin surplombé d'un deux pièces venait d'être mis en vente aux abords de Brick Lane à Shoreditch, tout près de Spitalfields Market. J'étais emballée par cet emplacement. Spitalfields tenait son nom d'un hôpital et d'un prieuré, connus comme le « St. Mary's Spital », qui avait été fondé en 1197. Le marché en lui-même, fondé en 1680, était une énorme attraction touristique, l'endroit parfait pour commencer mon commerce d'antiquités. Je décidai, quoi qu'il arrive, de faire le trajet samedi, afin d'aller y jeter un coup d'œil, de passer la nuit dans mon appartement de Putney Bridge et de rentrer dimanche dans le Devon.

Je fus brusquement tirée de mes pensées quand mes phares croisèrent l'éclat orange du manteau de laine de Patty. Je m'approchai et pressai le bouton qui actionnait l'ouverture de la vitre.

— Je peux vous déposer quelque part ? demandai-je.

Sans répondre, elle ouvrit la portière passager et s'installa. Je fus quasi enveloppée par l'odeur de bacon grillé qui émanait de ses vêtements.

— Où allez-vous ? demandai-je.

— Au travail. Où voulez-vous que j'aille ? répondit Patty. Stan était censé passer me prendre à 18 h 30, mais il n'est pas venu. Il oublie tout le temps et ensuite, me voilà obligée de marcher.

— Je suis contente d'être passée par ici, alors, lâchai-je d'un ton badin. Vous n'avez pas téléphoné à Stan ?

— On n'a pas le téléphone, répliqua Patty. On peut pas se le permettre. Et on peut pas non plus se payer de voiture, vu qu'on n'arrive pas à joindre les deux bouts avec la retraite de ma mère et sa pension d'invalidité, mais les gens comme vous comprennent pas ce genre de choses.

Elle avait raison. Je ne pouvais pas savoir, tout comme je ne pouvais pas non plus gagner cet échange.

Je me creusai la cervelle pour trouver quelque chose à dire.

— Grâce à Joyce, l'intrus d'aujourd'hui a certainement matière à réflexion. Je n'ai jamais vu quelqu'un courir aussi vite.

— Ouais, ben, merci d'en avoir parlé à la police, fit froidement Patty. Shawn s'est pointé et on a eu droit à un avertissement officiel.

— Je n'ai rien dit à la police, protestai-je. Shawn avait déjà entendu parler de l'incident.

— Et vous espérez que je vais avaler ça ? ironisa Patty. Ma mère était tellement furax qu'elle a piqué une crise. Elle voulait venir ce soir, elle aussi, mais je l'ai mise au lit. Elle est dans un état pas possible.

— Désolée de vous l'entendre dire.

Je regrettais déjà de m'être conduite en bon Samaritain et je fus soulagée quand je me garai sur le parking du pub.

— Quand on parle du loup ! s'exclama Patty.

Pendu à son portable, Valentin paraissait échanger des propos animés avec son interlocuteur. Il déambulait à proximité d'un SUV bleu métallisé, dont la plaque d'immatriculation affichait « LUXRY1 ». La Suzuki dernier cri ressortait comme le nez au milieu de la figure parmi les innombrables Land Rover couvertes de boue – le véhicule de prédilection dans la campagne du Devonshire.

Même si je n'avais aucun indice de la présence d'une arme dans le filet à provisions que Patty serrait contre sa poitrine, je jugeai plus sage de me garer aussi loin que possible de la voiture de Valentin.

Patty sortit, claqua sa portière et se dirigea vers l'arrière du pub, là où se trouvaient les cuisines.

Je vérifiai mon apparence dans le rétroviseur. Pour une fois, je n'avais pas de rouge à lèvres sur les dents. Même si Valentin était séduisant – en dépit du commentaire désobligeant de ma mère concernant sa claudication –, je n'étais pas en quête d'une histoire sentimentale. Ma rupture avec David était encore fraîche et sensible, et la dernière chose dont j'aie envie, c'était de l'amour et des complications qui allaient avec.

J'entrai dans le pub. Le Hare & Hounds était l'une de ces longères typiques du Devon, avec un plafond bas à grosses poutres et un grand coin cheminée. Si imposant que des sièges avaient été creusés dans les briques de l'âtre qui entourait la grille où flambait un feu de bois, devant une plaque de cheminée décorative en fonte, portant la date de 1635.

Deux tapisseries élimées, représentant des scènes de bataille de la Première Révolution anglaise, jouxtaient une pléthore de piques, massues et autres épées. Des dizaines de grosses clefs d'autrefois pendaient à des fils accrochés le long des poutres du plafond, et du cuivre sous toutes ses formes comblait le moindre espace de mur demeuré vide.

Les tables étaient soit flanquées de chaises en chêne, soit entourées de bancs arrondis à haut dossier, en chêne eux aussi, qui offraient une certaine intimité à leurs occupants. Par-delà une arche basse, on aboutissait à une petite pièce, appelée le « Cocon », d'où l'on pouvait accéder, par-delà une porte à verrou, à un escalier conduisant à une poignée de chambres en formule « Bed and Breakfast ». Une autre porte ouvrait sur les toilettes.

Dans un coin, à gauche de la cheminée, il y avait une chaise Wainscot, garnie d'un coussin de tapissier en lambeaux. Je m'étais demandé pourquoi elle restait toujours inoccupée jusqu'à ce que le propriétaire m'informe qu'elle était réservée à Sir Maurice qui, des siècles plus tôt, avait courtisé lady Frances Honeychurch.

Selon la rumeur, Sir Maurice était le fameux Cavalier fantôme qui errait sur Hopton's Crest avec son gigantesque étalon noir. Au cours de la nuit fatale pendant laquelle il avait leurré un détachement de Têtes-Rondes en l'entraînant jusqu'au Bourbier de la mort, il aurait fait halte au pub pour s'y désaltérer et occupé cette fameuse chaise Wainscot. À partir de là, la légende devenait floue, mais il en ressortait que quiconque aurait le malheur de s'asseoir dans la chaise de Sir Maurice se verrait poursuivi par la malchance. Des bouteilles auraient explosé à proximité, des chiens refusé de s'allonger devant le feu, et moi-même, j'avais éprouvé une « fraîcheur » très perceptible dans ce coin, en dépit de la chaleur émanant des flammes.

Le Hare & Hounds était aussi populaire chez les autochtones que parmi les touristes. Cela faisait dans les quarante ans que Stan et Doreen Mutters tenaient ce pub, et ils étaient réputés pour les animaux inhabituels qui déambulaient autour du bar. Je n'avais jamais rencontré Deidre, leur furet de quatorze ans, qui était mort la semaine précédant mon arrivée, mais ma mère, si. Leur nouvelle pupille était un canard, un coureur indien appelé Fred, qui tenait salon au bout du comptoir, affublé d'un nœud papillon noir.

Ce soir-là, il somnolait près d'un grand seau rouge destiné à une collecte libellée : « Sauvons Fred et ses amis ! Stop à l'opération Bullet ! »

Je gratouillai la tête blanche et soyeuse du canard, ce qui me valut un « coin-coin » de remerciement.

Le bar me parut bien animé pour un lundi soir et je reçus plusieurs saluts étonnamment chaleureux de la part de visages familiers.

— Kat ! Je savais que vous viendriez ! s'exclama Stan avec un grand sourire.

En raison de son visage rond et rougeaud, de sa crinière blanche et de sa silhouette corpulente, ma mère l'avait affublé du sobriquet de Bonnet Blanc et avait décerné celui de Blanc Bonnet à Doreen, sa gironde épouse.

Toutes les tables avaient été rassemblées et les chaises réarrangées. Il y avait de la détermination dans l'air et quand Suzi, l'une des serveuses, commença à disposer des blocs-notes et des stylos, je compris que quelque chose se tramait.

— Nous attendons pas mal de gens ce soir, pas vrai, Fred ? demanda-t-il au canard. Vous êtes en avance, Kat. La réunion ne commence pas avant une heure. Où est Iris ?

— Quelle réunion ?

— Eric ne vous a rien dit ? s'étonna Stan. Il a avancé la réunion de jeudi à ce soir.

Eric ne nous avait effectivement rien dit, ni à l'une ni à l'autre, et j'étais prête à parier mon dernier cent que son silence s'expliquait par les « mots » que ma mère et lui avaient échangés.

— Vous avez vu ça ? me demanda Doreen en rejoignant son mari derrière le comptoir.

Elle posa une pile de prospectus verts montrant certains sites exceptionnels de la région avant la construction de la HS3, puis, grâce à Photoshop, ce qu'ils deviendraient ensuite. Les images étaient bouleversantes et franchement choquantes.

Sauvons Fred et ses amis ! Stoppons l'opération Bullet !
Pour gagner quelques minutes, vous perdez des siècles !
Introduction de Benedict Scroope, spécialiste environnemental
Trajet proposé/Trajet alternatif
Indemnités/Options
Collecte de fonds pour la procédure d'appel

— Fred est notre mascotte, poursuivit Doreen. Nous voulons attirer l'attention du public sur le fait que ce ne seront pas seulement notre village et le domaine de Honeychurch qui seront détruits, mais également une vie sauvage qu'il s'agit de protéger.

— Ces images sont très parlantes, fis-je, surprise de constater à quel point elles m'avaient mise en colère.

— Les fermiers vont perdre leur moyen de subsistance, reprit Doreen. Des bois et des haies seront rasés. Et qu'adviendra-t-il de la faune et de la flore ? Nos chauves-souris, nos putois, nos renards et nos cerfs… sans parler des loirs de Honeychurch.

Stan lui passa un bras autour des épaules.

— On sait tout ça, ma belle. C'est pour ça qu'on essaie d'agir. Qu'est-ce que vous en pensez, Kat ? Vous êtes de notre côté ?

— Oui, répondis-je d'une voix ferme. À cent pour cent.

— C'est merveilleux ! (Le visage de Stan s'illumina d'un

grand sourire.) Avoir une véritable célébrité à nos côtés, ça fera une différence.

— Eh bien… je ne suis pas tout à fait sûre de vouloir utiliser…

— Ça ne me dérange pas d'admettre que je me suis trompé…

— Stan prédisait que vous ne voudriez pas faire partie de ce mouvement, mais je savais que si. (Doreen adressa un signe de tête triomphal à Stan et lui tendit la main.) Tu me dois dix livres.

— C'est bon, c'est bon, marmonna-t-il. Maintenant, tu ferais mieux de t'assurer de la venue d'Iris.

— Je vais lui passer un petit coup de fil, assurai-je avant d'être subitement frappée par une pensée. Il y a quelqu'un chez vous qui s'appelle Valentin Prince-Avery ?

— Sacrément bien vu, confirma Doreen d'un air mécontent. Je voulais lui refuser une chambre, mais Stan a objecté que nécessité fait loi. Or on a besoin de travailler.

— Il ne fait que son travail, ma belle, renchérit Stan. Je n'aimerais pas être à sa place ce soir. Le pauvre gars va s'en prendre plein la tête. C'est l'objectif de cette réunion : le pousser dans ses retranchements.

Je trouvais étrange que Valentin n'y ait pas fait allusion lors de notre conversation téléphonique. À présent, j'étais dans une position pour le moins inconfortable. Prendre un verre avec l'« ennemi » n'était probablement pas une bonne idée.

— Veuillez m'excuser une petite minute, dis-je en brandissant mon téléphone. Je vais passer un coup de fil à ma mère et voir où elle en est.

— Je vous prépare un gin tonic, lança Stan. Sur le compte de la maison.

Je passai sous l'arche pour me rendre dans le Cocon. Les deux tables et leur banc étaient déserts, mais un petit poêle à bois rendait cette pièce extrêmement douillette.

Je n'avais aucun mal à comprendre pourquoi on lui avait attribué ce nom.

À l'évidence, ma mère travaillait encore, car elle ne répondit pas, alors même que le téléphone de son bureau se trouvait à quelques centimètres seulement de sa machine à écrire, je le savais. Je sortis la carte de visite de Valentin et le rappelai.

— C'est Kat, fis-je après avoir entendu sa voix. Je suis en bas. Vous saviez qu'il y avait une réunion de protestation, ce soir ?

— Non, répondit Valentin. La date a été modifiée tout d'un coup, sans raison apparente. J'ai le sentiment qu'on va me jeter dans la fosse aux lions. Est-ce que l'horrible bonne femme en manteau violet est là, elle aussi, avec son fusil ?

— Non. Joyce ne se sent pas bien, répondis-je. Mais Patty, sa fille, est là. Elle travaille en cuisine.

— Autrement dit, elle a accès aux couteaux ? (Je m'esclaffai.) Dites, vous êtes toujours d'accord pour un petit verre ? J'ai besoin d'un remontant.

— Où ça ? Pas ici, en tout cas.

— Ça vous dérangerait de monter dans ma chambre ? s'enquit Valentin. J'y ai fait entrer du vin en contrebande. Je suis dans l'unique suite, ajouta-t-il après avoir perçu mon hésitation. Ce sera en tout bien tout honneur.

— Eh bien…

— Vous pouvez vous faufiler en haut par l'escalier qui part du Cocon, insista Valentin. Personne ne vous verra.

Je me rappelai que Stan m'avait servi un verre, qui m'attendait sur son comptoir.

— OK. J'arrive dans cinq minutes.

Je regagnai le bar au moment même où la porte d'entrée s'ouvrait pour laisser entrer un souffle d'air froid et Eric Pugsley, relativement élégant pour une fois, grâce à la veste en tweed dont il avait accompagné son jean. Sans le bonnet qui constituait son signe distinctif, ses sourcils avaient l'air encore plus indisciplinés que d'ordinaire.

À ma grande surprise, je vis Angela Parks entrer dans le sillage d'Eric. Elle portait la tenue des domestiques d'antan lors de leur jour de congé : un long manteau gris descendant à mi-mollet, de délicates bottines à boutons et un chapeau cloche.

— Eric s'est déjà trouvé une nouvelle petite amie, constata Doreen en se renfrognant. La pauvre Vera est à peine dans la tombe qu'il fait des cabrioles. Cela dit… (Elle considéra l'allure d'Angela.) Elle n'a pas l'air d'être son genre. Ah les hommes ! Ils ne supportent pas la solitude.

— Elle s'appelle Angela Parks, précisai-je. C'est la nouvelle gouvernante, ou domestique, ou servante, quel que soit le nom qu'on leur donne, de nos jours.

— Une bonne à tout faire, une boniche, quoi, en conclut Doreen. Disons que ça explique certaines choses. Pauvre Patty.

Elle désigna l'intéressée qui venait tout juste de passer la porte des cuisines, portant un bocal de citrons. Elle le déposa dans un grand fracas et s'en retourna d'un pas lourd d'où elle était venue.

— Elle nous fait pitié, à Stan et à moi, c'est pour ça que nous lui avons donné un travail – même si nous ne pouvons guère nous le permettre, expliqua Doreen avant de baisser la voix. Ce n'est pas facile pour elle en ce moment, avec sa mère, vous savez. Elle devait espérer que ça marcherait au manoir, parce que s'ils l'avaient gardée, ils lui auraient attribué l'un des cottages du domaine. Elle aurait été assez proche pour garder un œil sur Joyce, mais elle aurait aussi eu un peu de liberté et de l'argent pour elle.

— Cela fait combien de temps que Patty s'occupe de sa mère ? demandai-je.

— Attendez que je réfléchisse… (Doreen se concentra.) Depuis que le Dennis de Joyce – c'est-à-dire le père de

Patty – est mort d'une crise cardiaque. Il y a une vingtaine d'années… et naturellement, elle est fille unique.

Frappée par la ressemblance de nos situations, j'éprouvai un élan de compassion envers Patty. Je devinais que ça ne devait pas être évident d'être elle.

— Oh ! Par pitié ! s'écria Angela avec son accent prononcé du Devonshire. Regardez-moi ce canard !

— C'est Fred, le nommai-je en caressant une nouvelle fois la tête de l'animal. Tenez, gratouillez-le. Il adore ça.

Angela recula.

— Oh, non, je ne pourrais pas. J'aurais peur qu'il me morde. Les canards me flanquent la frousse.

Elle adressa un sourire radieux à Doreen et un petit signe de la main à Patty qui la dévisageait d'un air mauvais.

— Avez-vous besoin d'aide pour servir les sandwichs ? demanda Angela.

— Non, je vous remercie. Je suis à peu près capable de servir les encas que j'ai préparés, répliqua Doreen en reniflant. C'est notre contribution à la cause.

— Sois gentille avec elle, Doreen, lança Eric en nous rejoignant. C'est une nouvelle venue… Oh ! Kat, je ne savais pas que vous veniez.

— Eh bien, si, répliquai-je, ravie de son air penaud. Pourquoi ne pas avoir dit à ma mère que vous aviez changé la date de la réunion ?

Eric bomba le torse.

— Je ne sais pas quel est le problème d'Iris. Je faisais juste mon travail. Madame la comtesse m'a ordonné de récurer les fossés, c'est donc ce que j'ai fait et Iris est devenue dingue, elle s'est mise à me crier dessus et d'autres choses du genre…

— Je n'arrive pas à imaginer qu'on puisse te crier dessus, Eric, intervint Angela avec une timidité affectée.

— Donc ça expliquerait pourquoi vous ne l'avez pas informée du changement de date de la réunion ? insistai-je.

— Nous n'avons pas besoin de son aide.

— Je pense que ma mère s'est emportée à cause du bruit sous la fenêtre de son bureau, c'est tout, répliquai-je.

— De son bureau ? répéta Angela. Elle a un bureau ? Je pensais qu'elle était retraitée.

J'avais été sur le point d'ajouter « pour écrire ses livres », mais je m'étais souvenue que seules quelques personnes sur le domaine de Honeychurch étaient au courant de la vie secrète de ma mère. Or Angela n'en faisait certainement pas partie.

— Je voulais parler de la fenêtre de sa chambre, rectifiai-je sans conviction. Ma mère souffre de migraines.

— Elle aura bien pire que des migraines si votre maison est inondée, ironisa Eric. Avec toute cette pluie, vous avez intérêt à déblayer les fossés des branches et des feuilles, et c'est ce que je lui ai dit. Elle me doit des excuses.

Heureusement, mon téléphone, en vibrant, me dispensa de répliquer.

— Ça doit être ma mère, lançai-je en l'agitant, sans regarder personne en particulier. Excusez-moi.

J'étais heureuse d'avoir cette excuse pour m'éclipser. Un rapide coup d'œil à l'écran confirma mon intuition qu'il s'agissait en fait d'un texto de Valentin.

Où êtes-vous ? Je meurs de soif.

— Je file aux toilettes, informai-je toute personne à portée d'oreille.

Je me faufilai dans le Cocon et gravis l'escalier, en proie à un étrange sentiment de culpabilité.

7

— Je me suis dit après coup que mon invitation visant à vous attirer dans mon boudoir était des plus inappropriées, déclara Valentin en m'introduisant dans sa minuscule chambre.

Vêtu d'une veste de sport, d'un pull de cachemire bleu canard, d'un élégant pantalon et de chaussures de cuir italiennes, il évoqua brièvement David.

— Je croyais qu'il s'agissait d'une suite, fis-je.

— Vous devriez voir ce qu'ils appellent une « chambre simple ». Cette pièce est vraiment luxueuse, par comparaison, s'esclaffa Valentin. D'autant qu'elle dispose de sa propre salle de bains.

Je me sentais mal à l'aise, non parce qu'il me rendait nerveuse, mais voir toutes ses affaires personnelles étalées à travers la chambre suscitait une espèce d'intimité à laquelle je n'étais pas prête.

— Vous buvez du rouge ? me demanda-t-il. En fait, je n'ai que ça.

Je lui montrai mon gin tonic.

— Je suis déjà pourvue, je vous remercie. Avec les compliments de la maison.

— Voilà qui est bien. Je n'ai qu'un verre à dents. Asseyez-vous. (Il me désigna une bergère installée devant une cheminée victorienne dont l'âtre était occupé par une composition de fleurs séchées.) Vous pouvez prendre le fauteuil. (Il disparut dans la salle de bains.) Je ne voyage jamais nulle part sans emporter mon propre vin, l'entendis-je préciser. Les piquettes qu'ils servent dans les pubs sont ignobles.

Je balayai la pièce du regard. Avec ses poutres apparentes, la chambre aurait pu se voir reconnaître un charme suranné : rideaux à motifs roses, tentures assorties autour du lit à baldaquin. Lequel était naturellement une copie, et bien trop large pour la petite pièce, mais je devinai qu'il jouissait de son petit succès auprès des touristes traversant Little Dipperton pour se rendre dans les localités voisines de Dartmouth, Totnes et Greenway, là où se trouvait la résidence d'été qu'Agatha Christie avait tant aimée.

Une grande armoire en acajou, une commode et un bureau à cylindre constituaient le reste du mobilier. Derrière la porte, un rack à bagages hébergeait un fourre-tout en vachette souple, dont le cuir marron clair était orné d'un monogramme. La canne en os de bœuf de Valentin, aisément reconnaissable grâce à son pommeau à tête de bouledogue, était appuyée dessus.

Je m'installai dans la bergère – jamais très confortable, ce genre de siège me faisait penser aux salles d'attente des hôpitaux – et posai mon verre sur une jolie console hexagonale. Un jeu de clefs attira mon attention. Le porte-clefs était une pièce ronde de cuir épais, teint dans un rouge éclatant. Le centre en était occupé par un croissant de lune entourant une étoile à cinq branches sous l'inscription « Île de Pemba » dessinée au pochoir.

Valentin ressortit de la salle de bains en tenant sa bouteille de vin ouverte et un verre à dents plein à ras bord.

— C'est mon trousseau de clefs porte-bonheur, expliqua-t-il. Je l'ai acheté cet été, en voyage. Il est censé me porter chance.

— J'ai une mascotte porte-bonheur, moi aussi. Une souris Jerry Merrythought baptisée Jazzbo Jenkins.

Une lueur d'amusement passa sur les traits de Valentin.

— Une souris ?

— Vous vous rappelez le dessin animé *Tom & Jerry* ? demandai-je.

— Qui pourrait oublier une petite souris qui réussit sans cesse à damer le pion à un chat ?

— C'est pour ça que je vois un porte-chance en Jazzbo, dis-je.

— Pourriez-vous me le prêter ce soir ? demanda-t-il en avalant une grande gorgée. Je vais avoir besoin de toute la chance que je pourrai trouver.

— Je l'ai laissé chez moi.

Je mentais, bien sûr : Jazzbo se trouvait à sa place habituelle, sur le tableau de bord de ma voiture, mais j'étais très sourcilleuse quant au choix des personnes à qui je le confiais, surtout s'agissant d'étrangers.

— Vous savez pourquoi la date de la réunion a changé ? demanda Valentin en tirant la chaise qui se trouvait devant le bureau pour s'y asseoir. Ça m'a beaucoup ennuyé. Je n'ai pas eu la possibilité de parler en tête à tête à toutes les personnes dont les propriétés vont être affectées par la ligne de chemin de fer.

— Donc ça vous place en quelque sorte dans une position défavorable ?

— Les gens paniquent, voyez-vous. Sauf votre respect, regardez ce qui s'est passé cet après-midi ! Au moins votre mère ne m'a-t-elle pas tiré dessus.

— Je pense que c'est l'expression « entrepôt de matériel roulant » qui a produit cet effet-là, dis-je. Pourquoi aurions-nous besoin d'une extension de ligne par ici, de toute façon ?

— Laissez-moi vous montrer, répliqua Valentin en ouvrant le bureau à cylindre pour en tirer son iPad.

— J'ignorais que le pub était connecté à Internet ! m'exclamai-je.

— Il ne l'est pas, me détrompa Valentin. Mais si je me tiens devant ma fenêtre sur une jambe et que je me penche à quatre-vingt-dix degrés, j'arrive à capter la borne Wi-Fi de British Telecom.

— J'ai essayé l'astuce au Logis du palefrenier, mais impossible de capter le signal où que ce soit. Le coin est trop reculé.

Valentin ouvrit un document et me tendit son iPad.

— J'aimerais que vous jetiez un œil à la carte du Great Western Railway que j'ai téléchargée aujourd'hui. C'est une vieille carte, datant de 1930, mais elle vous donne une idée de l'étendue du réseau ferroviaire à cette époque. Il existe dix-sept gares désaffectées entre Plymouth dans le Devon et Penzance dans les Cornouailles.

J'étais stupéfiée. Des dizaines de lignes rouges sillonnaient le sud de la péninsule du Devon et des Cornouailles – certaines droites, d'autres décrivant des courbes soignées pour suivre le tracé naturel des collines et des rivières ; d'autres encore se terminaient en cul-de-sac dans des gares au nom désuet, comme « Arrêt de Copperhouse » ou « Quai de Defiance ».

— Je ne me serais jamais doutée qu'il y en avait autant, murmurai-je.

— Les tempêtes de l'hiver dernier leur ont vraiment porté le coup de grâce, reprit Valentin. Les inondations qui ont frappé le Sud-Ouest ont complètement balayé la ligne au sud de Dawlish, et même si elle a été réparée, cela illustre bien la vulnérabilité de l'ancien réseau. Il a besoin d'être modernisé.

Je me rappelai ces tempêtes. J'avais vu les images à la télévision, choquée par le déchaînement des éléments et la misère où il avait jeté les gens, leur souffrance, coupés du monde pendant des semaines. Les inondations avaient été particulièrement brutales dans les plaines du Somerset.

— Certes, mais je ne vois pas bien le rapport avec l'opération Bullet, objectai-je.

— C'est du pareil au même, répliqua Valentin avant de

boire une gorgée de vin. Le Devon a besoin d'un nouveau réseau ferroviaire. C'est inéluctable.

Je jetai un nouveau coup d'œil à la carte.

— Mais pourquoi la ligne doit-elle être prolongée si loin vers le sud ?

— Je ne suis pas en mesure de vous répondre, admit Valentin. Mon travail se cantonne à l'évaluation des propriétés concernées en vue d'indemnisation.

— Vous devriez utiliser cette carte, ce soir, suggérai-je. Il me semble que les gens sont toujours plus réceptifs aux images.

— Avez-vous essayé de faire imprimer quoi que ce soit à Little Dipperton ? demanda Valentin en vidant le contenu de son verre à dents, avant de se le remplir à nouveau. Mais allez faire comprendre ça au ministre. Ils m'ont littéralement jeté du train… sans mauvais jeu de mots.

— Vous êtes vraiment dans une position très inconfortable, admis-je.

— Et ce n'est pas tout, ajouta-t-il. Je me suis arrangé pour qu'on m'envoie mon matériel de présentation depuis Londres jusqu'au pub, mais il n'est jamais arrivé. Pour être honnête, je pense que quelqu'un l'a volé.

— Vraiment ? (L'idée me semblait un peu tirée par les cheveux.) Comment cela ?

Valentin haussa les épaules.

— Au bureau de poste ? En tout cas, ça me met dans un sacré pétrin.

— Pourtant les pancartes sont bien arrivées en temps et en heure.

— Ça oui. En effet, elles sont arrivées. (Il poussa un gros soupir.) Bon, laissons là ce sujet. Je voulais vous parler de votre mère. Elle vit sur le domaine du manoir de Honeychurch, il me semble ?

— Ma mère habite le Logis du palefrenier, répondis-je. Mais le manoir figure sur la liste des monuments classés d'intérêt exceptionnel. Cela fait six cents ans qu'il existe. Des Honeychurch résident dans le manoir depuis le règne d'Henry V. Il a hébergé des prêtres en fuite pendant la Réforme anglaise et a été l'un des derniers bastions royalistes contre Oliver Cromwell pendant la Première Révolution anglaise. Il y a même un tunnel, là-bas. En fait, toute la région est chargée d'histoire. (Je me rendis compte en disant ces mots que je m'échauffais beaucoup.) Ça doit compter pour quelque chose, non ?

Valentin ne se départit pas de son sourire badin, mais je remarquai dans ses yeux un éclair de ce qui me sembla s'apparenter à de l'inquiétude.

— Mon travail, c'est uniquement d'évaluer les propriétés qui seront directement concernées par la construction et de discuter des indemnités. C'est tout.

— Ça paraît plutôt vague.

— Cela dépend beaucoup de l'emplacement des propriétés : de si elles se trouvent dans ce que l'on appelle une zone de sauvegarde.

— C'est-à-dire ?

— Il s'agit de l'éloignement d'une propriété par rapport à la voie ferrée. Si elle passe dans cette zone, les propriétaires seront payés au prix du marché. Dans certains cas, ils peuvent même relouer leur maison avant d'avoir à déménager quand elle sera démolie.

Je secouai la tête, dégoûtée.

— Relouer leur maison ?

— C'est mieux que pour ceux qui n'ont droit à aucune indemnité et sont destinés à surplomber la tranchée du chemin de fer… ce qui, j'en ai bien peur, sera le cas pour la plupart des propriétaires du coin.

— Comme celles de Bridge Cottage, supposai-je en me rappelant l'explosion des Gully un peu plus tôt dans la journée. Donc pour le dire simplement, ces deux femmes sont coincées.

— Je suis désolé, déclara Valentin. Je ne fais qu'énoncer les faits. Tout ce que je peux leur conseiller, c'est de se battre contre cette décision.

— Comment ?

— Un spécialiste de l'environnement va prendre la parole ce soir, un certain Benedict Scroope. Peut-être aura-t-il des suggestions. Il pourrait y avoir moyen de proposer un trajet alternatif. Vous avez dit vous-même que vous ne compreniez pas pourquoi le train devait venir si loin au sud.

— Mais ça coûterait une fortune ! m'exclamai-je. On aurait besoin de géomètres, de permis et d'ingénieurs du génie civil.

Valentin prit un air piteux.

— J'essaie juste de vous aider.

— Ces gens-là n'ont pas les moyens, précisai-je. On n'est pas dans l'un de ces villages cossus des Cotswolds, dont les habitants vont travailler à la City de Londres et gagnent des salaires exorbitants. Ici, ce sont des fermiers.

— Et les propriétaires terriens ? s'enquit Valentin. Les Honeychurch doivent être plutôt aisés.

— Les Honeychurch sont comme la plupart des vieilles familles britanniques, répondis-je. Riches en terre, mais pauvres en liquidités.

— Mais ils doivent avoir des relations, s'entêta Valentin. Notamment le réseau des anciens élèves de leurs écoles privées. Ils ne peuvent pas lever des fonds ?

— Vous avez raison. C'est ce qu'ils font, affirmai-je, avant de marquer une pause, le temps de réfléchir. Et c'est ce que je fais, moi aussi.

Mes années de concubinage avec David Wynne m'avaient, entre autres avantages, permis de rencontrer des gens occupant des postes de pouvoir. Les compétences de David pour ce qui était de la recherche d'œuvres d'art à travers le monde étaient extrêmement appréciées. C'était un arriviste notoire qui tutoyait un certain nombre de ministres.

— Pour qui travaillez-vous, au ministère des Transports ?

Valentin eut l'air médusé.

— Pourquoi ?

— Je connais des gens là-bas, moi aussi.

— J'en ai déjà trop dit, marmonna Valentin, perturbé. Nous avons eu cette conversation à titre confidentiel et je travaille pour un bureau d'études, pas directement pour le ministère des Transports.

— Ne vous inquiétez pas, le rassurai-je. Il existe peut-être une manière différente d'aborder le problème. Je peux la découvrir toute seule. Et je ne mentionnerai jamais votre nom, je vous le promets, ajoutai-je en consultant ma montre. Il est tout juste 19 h 30. Je ferais mieux de descendre. Ce serait vraiment gênant si on me voyait en train de quitter votre chambre.

— Juste une minute, me pria Valentin. Je n'avais pas l'intention de parler affaires uniquement. Je voulais vraiment savoir ce que vous pensiez de la vente de Chillingford.

— Bien sûr ! Je suis toujours partante pour aborder un sujet qui touche mon secteur d'activité. J'adore ça.

Valentin prit le catalogue de la vente sur sa table de chevet. Il l'ouvrit et désigna la photo d'un automate vêtu en gentleman-farmer, avec manteau rouge et haut-de-forme.

— C'est celui-là. Le lot numéro 62.

L'objet était décrit comme suit : « Rare automate de gentleman anglais fumant, de chez Roullet & Decamps, environ 1880 », et assorti de l'estimation ahurissante de vingt à trente mille livres. À l'évidence, quel que soit l'employeur de Valentin, il rémunérait bien son travail de consultant.

— C'est plutôt spécialisé, fis-je. Vous avez vu le film *Le Limier* ?

— Bien sûr, et tout comme le personnage joué par Laurence Olivier, je collectionne les objets étranges et merveilleux.

— En parlant d'étrange et merveilleux, vous devriez voir

le musée du manoir de Honeychurch. En plus d'un ours polaire grandeur nature, ils ont une tête de girafe empaillée, une boîte à musique Polyphon et un sac à main en tatou.

— Je pense que je vais l'appeler George, ce gaillard, déclara Valentin tout à trac. Vous ne trouvez pas qu'il a une tête de George ?

— Un George pur jus.

— Pourquoi n'irions-nous pas à la vente aux enchères ensemble ?

— Je ne pense pas que ça vous plairait, répondis-je. J'aurai ma mère avec moi et, si vous avez l'impression que je suis dure avec vous ce soir, ce ne sera rien par comparaison avec ce qu'elle vous fera subir.

— Bien vu, admit-il. Vous pourriez peut-être me donner votre numéro de portable pour qu'on se fixe au moins un lieu de rendez-vous… à supposer que je survive au lynchage de ce soir.

— Vous avez déjà mon numéro dans votre téléphone, répliquai-je en me levant et en récupérant mon verre vide.

En sortant de la chambre, je me heurtai à Angela qui se tenait sur le palier.

— Flûte ! marmonnai-je, mais je réussis à grimacer un sourire. Salut, Angela.

— Vous voilà ! s'exclama-t-elle. Qu'est-ce que vous fabriquez ici, bon sang ? Eric et moi, on vous a cherchée partout.

— Eh bien, vous m'avez trouvée, répliquai-je.

Valentin apparut

— Je crains que le pot aux roses ne soit découvert, me chuchota-t-il.

— Oh ! s'exclama Angela dont le visage vira au rose tandis qu'elle examinait Valentin d'un air soupçonneux.

— Je reviens dans une minute, annonça-t-il avant de rebrousser chemin dans sa chambre.

— Hmm. Désolée de vous avoir dérangée, balbutia Angela.

— Mais pas du tout, répliquai-je en me creusant la cervelle pour trouver quelque chose à dire.

Malheureusement, Angela n'était pas la seule à nous avoir aperçus quittant ensemble la chambre de Valentin. Au moment où je passai devant elle, Patty se trouvait en haut des escaliers et, à en juger par son expression, elle m'avait vue en compagnie de Valentin et en avait tiré une conclusion erronée, j'en étais certaine.

J'étais sur le point de lui dire quelque chose, mais elle me lança un énième regard fielleux et se détourna.

— Venez, m'intima Angela. Ils vous attendent. Tout le monde est surexcité.

— Pourquoi donc ?

— Pourquoi donc ? répéta Angela dont le visage s'éclaira d'un sourire. Mais parce que vous êtes la marraine de « Stop à l'opération Bullet » !

8

La foule était bien plus importante que je ne l'avais imaginé, peuplée de visages familiers : Tom Jones de Home Farm – qui avait exactement la même allure que son homonyme, avec son pantalon de cuir moulant et une banane rockabilly –, Muriel, la postière, et son mari, ainsi que les deux sœurs âgées, Violet et Lavender Green, qui tenaient le salon de thé. Tous les sièges étaient occupés, ce qui obligeait de nombreuses personnes à rester debout, notamment Roxy Cairns qui avait troqué son uniforme contre un jean et un sweat-shirt. Je ne pus repérer Shawn et entendis quelqu'un dire qu'il assistait à un récital de piano à l'école de ses enfants.

L'assistance n'avait fait qu'une bouchée des sandwichs. Les assiettes étaient vides, mais les verres étaient continuellement remplis par la cruche de Stan qui semblait receler des réserves sans fond de cidre artisanal. L'air était lourd, combinaison de la chaleur provenant du feu de cheminée et de tous les corps massés dans la pièce. L'ambiance était au défi et les conversations animées.

Un pupitre indépendant avait été dressé sur le devant de la pièce. Valentin, à l'évidence nerveux, était planté à côté d'Eric. De l'autre côté se tenait un homme dégingandé, la quarantaine bien entamée, à la tignasse blonde. Il portait un pull Guernsey vert aux épaules et aux coudières en daim, ainsi qu'un pantalon en velours côtelé beige. La lourde monture de ses lunettes lui donnait des airs de Clark Kent en dépit de son bronzage artificiel. Je supposai qu'il s'agissait de Benedict Scroope, l'ami de Lavinia.

— Et voici la marraine de « Stop à l'opération Bullet ! », s'écria Eric. Un tonnerre d'applaudissement pour Kat.

La « marraine de "Stop à l'opération Bullet" » ! Les soutenir était une chose, mais devenir l'emblème de la campagne en était une tout autre. Je ne parvenais pas à trouver quoi que ce soit de pire, mais avant que j'aie pu protester, les applaudissements se turent brusquement et la salle se fit silencieuse. Les membres de l'assistance qui étaient debout s'écartèrent, telle la mer Rouge, devant Angela qui transportait la chaise Wainscot depuis la cheminée.

— Laissez passer, lançait-elle gaiement. Laissez passer.

Il y eut un cri d'horreur général. Une femme se mit même à pleurer.

— Qu'est-ce qu'il y a ? Qu'est-ce que j'ai fait ?

— Vous avez déplacé la chaise de Sir Maurice, hurla Patty de quelque part dans la foule. Vous êtes maudite.

Les gens ne bougeaient toujours pas. Angela poussa un cri et repoussa la chaise, qui tomba par terre avec fracas. La mine atterrée, elle balaya l'assistance du regard, à la recherche d'un soutien. Je me précipitai vers elle.

— Allez vous asseoir au premier rang, lui conseillai-je avant de lui passer un bras autour des épaules et de lui chuchoter : Ils sont juste superstitieux. N'y prêtez aucune attention.

Angela hocha la tête d'un air piteux.

La chaise de Sir Maurice gisait toujours sur le sol dallé. Par chance, je n'étais pas superstitieuse. Je m'avançai donc et la ramassai.

— Désolée, Sir Maurice, lançai-je à voix haute. Laissez-moi vous remettre auprès du feu. Il n'y a pas eu de mal.

Un murmure d'approbation et de soulagement mêlés parcourut l'assemblée, puis les conversations repartirent de plus belle.

— Hourra pour Kat ! s'écria Stan.

Nouveau tonnerre d'applaudissements pleins d'enthousiasme. Stupidement, j'esquissai une révérence. Angela s'était décalée sur le banc et je parvins tout juste à me coincer entre elle et une jeune fille d'apparence sérieuse envoyée par le journal local, le *Dipperton Deal.* Elle se présenta – Ginny – et se hâta de me photographier.

— Ça va ? chuchotai-je à Angela.

Elle me répondit d'un petit sourire pâlichon, mais je devinai que l'« incident de la chaise » l'avait ébranlée.

— Pour commencer, veuillez accueillir chaudement monsieur Benedict Scroope, reprit Eric. (Nouveaux applaudissements et nouveaux sifflets.) Comme vous le savez, Benedict est ici pour nous aider à arrêter l'opération Bullet ! (Nouvelle salve d'applaudissements.) Et à ma gauche, vous découvrez Valentin Prince-Avery qui, j'en suis sûr, n'a plus besoin de présentation officielle.

Un silence glacial lui répondit, jusqu'à ce que quelqu'un esquisse un sourire compatissant.

Benedict s'avança et tendit sa main à serrer à Valentin. Lequel l'accepta. Les deux hommes s'adressèrent un hochement de tête un peu brusque, comme s'ils étaient sur le point de se livrer à un duel.

— Monsieur Prince-Avery, pourquoi ne commenceriez-vous pas par nous expliquer exactement ce qui va arriver à notre communauté, reprit Eric. Puis monsieur Scroope discutera avec vous de l'impact qu'aura tout ceci sur notre environnement. Ensuite de quoi, nous laisserons la salle vous poser des questions.

— Je vais vous demander de me pardonner de n'être pas aussi préparé que je l'aurais souhaité, commença Valentin. Mon matériel de présentation n'est pas arrivé.

— Ce n'est pas grave, intervint Eric. Nous avons mis la main sur des images d'archives montrant d'autres réseaux ferrés à grande vitesse à travers le monde. Je suis sûr qu'elles donneront à chacun une idée très nette de ce qui nous attend.

Valentin sourit de nouveau, mais je décelai une pointe d'inquiétude dans son attitude. Une partie de moi se demandait s'il n'avait pas été piégé pour échouer. Peut-être son matériel avait-il bel et bien été volé.

— Merci, Eric, répliqua-t-il aimablement. J'avais espéré pouvoir parler avec chacun de vous avant cette réunion, mais je tiens à souligner que j'ai toujours l'intention de rendre visite à tous les propriétaires et de leur parler individuellement et en privé des options qui s'offrent à eux.

Cette déclaration fut accueillie par un silence et des regards hostiles.

Eric hocha la tête et jeta un regard vers le bar. Les lumières baissèrent pour permettre à une présentation PowerPoint d'apparaître sur un écran blanc.

Les images, très dures, produisaient l'effet recherché, à savoir donner l'impression d'un terrible chaos. Des clichés « Avant » et « Après » montraient une belle campagne, des églises anciennes, des villages idylliques, des demeures d'époque et de riches régions boisées éventrées par d'ignobles bandes de béton et de gravier larges d'une centaine de mètres. Les pistes étaient interdites d'accès par de hautes clôtures de sécurité et des portiques métalliques tout aussi élevés. Pire, de nuit, les délimitations étaient illuminées et répandaient une lumière quasi extraterrestre.

Cette présentation s'acheva par un court extrait sonore d'un volume assourdissant, des éclats de bruits enregistrés à quatre-vingt-dix décibels, nous apprit ensuite Eric. Chacun durait plusieurs secondes. On nous expliqua que ces trains passeraient toutes les deux ou trois minutes de l'aube à minuit. Le bruit serait assez fort pour faire vibrer les vitres à cinq cents mètres à la ronde.

La dernière image était un pêle-mêle d'animaux des bois entassés dans un enclos. Bien entendu, elle était lourdement photoshoppée, mais le message était clair. Le commentaire de Doreen sur la vie sauvage me frappa à nouveau.

Quand la lumière revint, l'assistance vitupérait, appelait à agir. Eric émit un sifflement perçant afin de rétablir l'ordre. L'auditoire revint lentement au calme.

Quelqu'un aboya :

— Il est où, Prince-Avery ?

Un autre constata bruyamment :

— Il a foutu le camp !

C'était vrai. Valentin avait disparu et, franchement, je ne l'en blâmais pas.

— Il a pas supporté, ricana méchamment Eric. Un vrai poltron.

Benedict souriait lui aussi, tandis que de nouvelles insultes fusaient à l'adresse de la virilité de Valentin. Bientôt, tout le monde se retrouva à persifler.

Eric émit un nouveau sifflement et, cette fois encore, le calme revint.

— Le moment est maintenant venu d'écouter notre expert environnemental. C'est à vous, Benedict.

La réunion avança rapidement pendant que Benedict déroulait les faits, les statistiques et des lois inédites datant de l'époque féodale. Il était charismatique et chacun paraissait captivé, moi comprise. Ce fut seulement quand Benedict punaisa une grande carte de la région sur le pupitre que l'atmosphère changea.

À l'aide d'un stylo laser, il désigna les zones touchées, qui étaient colorées en rouge, bleu pâle et orange. Il sautait aux yeux qu'un quart du village – notamment l'église normande de Sainte-Mary – était en rouge, autrement dit voué à la démolition. Le reste – le manoir de Honeychurch, son domaine, une large de bande de terres cultivées, incluant le boqueteau du Cavalier et Bridge Cottage – relevait de la zone de sécurité bleu pâle et surplomberait la tranchée. Deux larges pâtés orange occultaient le Logis du palefrenier, la décharge d'Eric et le cimetière équin. Ces espaces étaient étiquetés « Entrepôt de matériel roulant ».

Pour faire court, la communauté entière serait détruite si ce plan était mené à bien. Personne n'ouvrit la bouche. Tout le monde était sous le choc, et moi aussi. Je me réjouis que ma mère n'ait pas été au courant de cette réunion.

Benedict s'éclaircit la gorge et se tourna vers nous.

— Ce que monsieur Prince-Avery vous aurait dit, c'est que toutes les propriétés colorées en bleu pâle – la soi-disant « zone de sécurité » – n'étant pas assignées à la démolition, elles ne donneront pas lieu non plus à des indemnités.

Patty se leva.

— Donc c'est vrai. Bridge Cottage se trouve dans la zone bleu pâle…

— Comme la grande majorité de Little Dipperton, hurla-t-on depuis le fond de la salle.

Les cris de consternation redoublèrent quand ceux dont les maisons tombaient dans la zone de sécurité réalisèrent qu'ils ne pourraient vendre leur propriété et qu'ils seraient condamnés à vivre près de la tranchée. Ils auraient en plus à subir le bruit monstrueux et les vibrations causées par le passage des trains.

— C'est dément ! Ça va pas ! vociféra Patty. Prince-Avery devrait pas être autorisé à s'en tirer comme ça !

Plusieurs personnes se levèrent, agitant leurs poings, une femme était en larmes. Le spectacle était affreux.

Je songeai à leur rappeler que ce n'était pas vraiment la faute de Valentin, qu'il faisait juste son travail, mais je n'en eus pas le courage.

— Tu aurais dû le flinguer quand tu en as eu la possibilité, Patty, l'interpella Doreen.

À quoi répondirent des acclamations qu'un énième sifflement d'Eric fit lentement taire.

Benedict grimpa sur la table la plus proche et frappa dans ses mains.

— Écoutez, appela-t-il. Écoutez-moi ! Nous pouvons combattre cette décision. Nous pouvons nous y opposer si nous agissons tous main dans la main.

Les gens se rassirent peu à peu, mais l'humeur avait tourné au vinaigre.

— Nous pourrions leur suggérer un trajet alternatif, poursuivit-il. Comme vous le savez, je suis écologiste. Par ici, la plupart des bois et des haies sont vieux de plusieurs siècles. Quelqu'un parmi vous a-t-il entendu parler de la proposition concernant la forêt de South Cubbington ? (Personne n'en avait eu vent.) Vous pouvez trouver les informations sur Internet. La communauté des environs a constitué un groupe d'action qui a élaboré un projet dont l'objectif était le percement d'un tunnel sous la forêt.

— Comment est-ce qu'on fait ce genre de choses ? demanda Roxy. Aucun d'entre nous n'y connaît rien, ni vous non plus, d'ailleurs.

— Nous embaucherions des géomètres et des ingénieurs du génie civil, exactement comme ils l'ont fait, répondit Benedict. Et ensuite, nous soumettrions le projet.

— Et que dites-vous de l'angle de la Première Révolution anglaise ? s'enquit Eric. Une bataille décisive s'est déroulée sur les terres Honeychurch.

— Des tas de coins dans le sud-ouest du pays peuvent revendiquer cet honneur. Non, fit Benedict en secouant la tête. Nous devons nous montrer malins. J'ai le sentiment que nous pouvons vraiment soumettre un projet solide, si ce n'est pour le percement d'un tunnel, au moins pour un nouveau tracé de la ligne.

— Pourquoi la voie ferrée ne peut-elle pas simplement contourner Little Dipperton ? demanda Roxy, ce qui lui valut un concert d'approbations.

— J'ai bien peur que la technologie moderne n'exige des rails rectilignes, objecta Benedict. C'était valable à l'époque victorienne, les voies ferrées contournaient les sites archéologiques, les monuments anciens et les maisons, mais plus maintenant.

— J'imagine que vous ne nous offrez pas vos services par simple bonté d'âme, reprit Roxy. Vous ne vivez même pas dans la région.

— Pour tout vous dire, je suis né à la frontière entre le Devon et les Cornouailles, répliqua Benedict. Donc si, je me qualifierais volontiers d'autochtone.

— Et comment on va se débrouiller pour payer tout ça ? insista Roxy.

— Mes honoraires sont très modestes, répondit Benedict.

— Nous allons organiser des collectes de fonds, déclara Eric. Et pour ceux qui savent utiliser un ordinateur… (Un éclat de rire l'interrompit, indiquant clairement que la compétence était loin d'être largement partagée.) Nous avons déjà créé un fonds de donation en ligne, dont le nom de domaine est « Stop_a_loperation_Bullet ».

— Et bien entendu, Kat ici présente a très gentiment accepté d'être la marraine de notre campagne, ajouta Benedict, en tendant le bras pour m'inviter à le rejoindre.

Cette dernière réplique avait été accueillie par des applaudissements redoublés et des cris de joie.

— Kat, c'est à vous, lança Benedict avec un grand sourire. Des idées ?

Je me creusai la cervelle pour trouver quelque chose à dire.

— Que pensez-vous de l'organisation d'une vente aux enchères ? demandai-je. Jetez un coup d'œil à vos maisons et voyez s'il n'y aurait pas des objets dont vous pourriez vous séparer. Je suis prête à les évaluer gratuitement. Ce serait un vide-greniers amélioré…

— Joyce et Patty sont super au point sur les vide-greniers, aboya quelqu'un. Elles vivent dedans.

Ce persiflage déclencha une vague de rires malveillants.

— Nous pourrions organiser une vente aux enchères

dans la salle des fêtes, repris-je. Et l'agrémenter de gâteaux faits maison…

— Nous contribuerions, pour les gâteaux, lancèrent en chœur les sœurs du salon de thé.

— Vous pourriez nous obtenir une couverture télévisuelle ? s'enquit Ginny, la journaliste. Vous avez toutes les relations qu'il faut.

— Je vais voir ce que je peux faire.

C'était la dernière chose dont j'avais envie, mais il semblait bien que j'étais là-dedans jusqu'au cou, que ça me plaise ou non.

— On pourrait peut-être impliquer les Dartington Morris Men[1], intervint Tom Jones.

— Et que pensez-vous d'une « randonnée du patrimoine » ? suggéra Roxy. Vous savez, une promenade subventionnée qui passerait par tous les endroits menacés de destruction. On pourrait aussi faire venir la télévision.

J'avais bien l'impression que mon projet de rentrer à Londres allait devoir être de nouveau différé.

— On pourrait vendre des T-shirts avec « Stop à l'opération Bullet : pour gagner des minutes, vous perdez des siècles » écrit dessus, s'enthousiasma Ginny.

— Comment on va financer tout ça ? redemanda Roxy.

— Je te l'ai déjà dit, répondit Eric. On a créé un fonds de combat.

— Un fonds de combat pour Fred, lui fit écho Doreen en se frayant un chemin vers le devant de la salle, le canard dans les bras – en dépit de ses battements d'ailes. (Des acclamations retentirent çà et là.) Et nous allons commencer tout de suite.

Stan apparut avec un assortiment de seaux qu'il fit circuler dans l'assistance. On vida ses poches et sortit les portemonnaie. Je donnai dix livres. Même Angela y alla d'un

1. Groupe de danseurs spécialisés dans le *morris*, danse traditionnelle anglaise qui faisait partie des fêtes destinées autrefois à assurer la fertilité de la terre (*NdT*).

billet de cinq. Patty, en revanche, se leva et se dirigea vers les toilettes des femmes.

Sa sortie poussa tout le monde vers le bar. La réunion était terminée. Je pris congé de Ginny et nous échangeâmes nos numéros de téléphone.

— Je sais qu'on doit vous le dire tout le temps, me glissa-t-elle timidement, mais je suis l'une de vos plus grandes fans.

— Merci, répliquai-je. Et je vais voir ce que je peux faire pour une équipe de prise de vues.

— On se réunit de nouveau dans un mois, aboya Eric pour essayer d'être audible par-dessus les raclements de chaise et l'animation des conversations.

Benedict vint me trouver

— Merci de votre aide, dit-il. Je crois que Lavinia et moi sommes censés rencontrer votre mère demain matin, au Logis du palefrenier.

— C'est exact.

— C'est dommage pour ce Prince-Avery, ajouta-t-il. Je dois dire que j'ai été assez déçu de le voir détaler comme ça. J'attendais un peu plus de combativité de sa part.

J'avisai Muriel, du bureau de poste, qui descendait un grand verre d'eau-de-vie de cerise, et cela me fit penser aux soupçons de vol dont Valentin m'avait fait part.

— Vous pensez que le matériel de présentation de monsieur Prince-Avery a vraiment été volé ?

Regardez autour de vous, répondit Benedict. À votre avis ?

— Les pancartes sont pourtant arrivées à bon port.

Je n'avais pas pensé à demander à Valentin combien de panneaux exactement avaient été expédiés dans le Devon et où ils avaient été livrés.

— Des pancartes ? répéta Benedict en fronçant les sourcils. Quelle sorte de pancartes ?

— J'en ai compté dix, lui répondis-je. Il se peut qu'il y en ait davantage. Elles indiquent : « Croisement avec la HS3 à partir d'ici » et sont plantées dans les deux champs qui bordent Hopton's Crest et descendent vers le boqueteau du Cavalier.

— Voilà l'élément parfait pour une photo, déclara Benedict. On pourrait vous voir plantée devant l'une d'elles, l'air furieuse.

— D'accord.

Je me sentais écartelée. D'un côté, bien sûr, je voulais leur apporter mon soutien, mais me retrouver presque le fer de lance de la campagne n'était absolument pas dans mes projets.

Angela surgit de nulle part.

— Coucou ! lança-t-elle avec un grand sourire. (À l'évidence, elle avait surmonté sa mésaventure récente avec la chaise de Sir Maurice.) Désolée de vous interrompre, mais j'aurais besoin de demander quelque chose à Kat.

— Pas de problème, la rassura Benedict. Excusez-moi, je suis appelé par la foule.

— Ça vous dérange si je vous demande de me ramener ? me demande Angela. Eric n'a pas l'intention de partir et je suis vraiment fatiguée. Je dois me lever à 5 heures, demain matin, pour allumer les cheminées.

— Vous savez que nous sommes au XXIe siècle ? la taquinai-je.

Angela s'empourpra.

— J'aime bien faire ça. Vraiment.

Nous parvînmes tant bien que mal à atteindre la porte d'entrée, mais nous fûmes arrêtées par Doreen, Fred toujours coincé sous un bras.

— Patty m'a demandé si ça vous embêterait de la ramener chez elle, me lança-t-elle. Ça ne vous éloigne pas de votre route et Stan est coincé au bar.

— Pas de problème, répondis-je.

— Patty ! hurla Doreen. Kat te ramène.

Patty arriva d'un pas traînant, serrant son filet à provisions, désormais plein de boîtes de conserve, de crackers et d'une barquette en aluminium.

— Il ne te reste qu'à chauffer ton four à 220 °C et à y mettre cette tourte pendant vingt-trente minutes, expliqua Doreen à Patty. Dis à Joyce que j'ai été désolée d'apprendre qu'elle ne se sentait pas très bien. Je t'appellerai demain si jamais Stan n'est pas en mesure de venir te chercher. Il faut vraiment que tu fasses réparer ton téléphone, ma belle.

Patty se contenta de grimacer, grogna quelques paroles inaudibles et fonça vers la porte.

— Doreen, je vous en prie, n'oubliez pas de distribuer les tracts de mon club de lecture des Ravissantes Romantiques, lança Angela.

Les « Ravissantes Romantiques » ? Sérieusement ? Ma mère allait adorer.

Les yeux d'Angela brillaient et elle tituba un peu. Combien de verres de cidre avait-elle ingurgité ? En dépit de son goût toujours traîtreusement inoffensif, le breuvage était fatal.

— Pour la cinquantième fois, lâcha Doreen avec lassitude, je n'oublierai pas.

Dehors, sur le parking, je ne fus guère surprise de constater que la Suzuki de Valentin avait disparu. Étant donné la quantité de vin qu'il avait bue un peu plus tôt, j'espérais qu'il n'allait pas se faire arrêter par la police et convier à souffler dans un éthylotest.

J'aidai Patty à grimper à l'arrière de ma Golf. Comme je m'y attendais, elle ne m'adressa pas le moindre mot de remerciement.

Angela monta à l'avant et attrapa Jazzbo sur le tableau de bord.

— Quelle mignonne petite souris ! Elle est adorable. Bonjour, souricette.

Elle empestait bel et bien le cidre et jacassait avec l'accent le plus particulier que j'aie jamais entendu.

— Vous pensez vraiment que nous avons une chance

de gagner ? demanda-t-elle tandis que nous filions sur les routes de campagne.

— Nous ? Nous ? lâcha finalement Patty. Qu'est-ce que ça peut vous faire, à vous ? Vous êtes pas d'ici.

— Pas plus que moi, intervins-je d'une voix douce. Il n'empêche que c'est important pour moi.

— J'aime votre idée de vente aux enchères, Kat, dit Angela. C'est vrai que vous avez l'habitude des vide-greniers, Patty ?

— En quoi ça vous regarde ?

— Je voulais juste dire que vous pourriez peut-être vendre quelques trucs de votre bazar pour la campagne.

— Quel toupet ! s'exclama Patty. J'ai des trucs qui sont vraiment de qualité, mais personne les achète plus, de nos jours. C'est des émissions comme *Fakes & Treasures* qui nous ont ruiné le business. Impossible de faire une bonne affaire.

— Eh ben, justement, vendez-les aux enchères de Kat, insista Angela.

— Si je vends quoi que ce soit, l'argent va droit dans mes poches, déclara Patty. Charité bien ordonnée commence par soi-même.

— Pas toujours, répliqua Angela. Je crois qu'on récolte ce que l'on sème.

— Comme vous le dites, fit Patty en se penchant vers elle pour lui chuchoter à l'oreille : Vous vous êtes assise dans la chaise de Sir Maurice. Il apprécie pas trop. Il va vous arriver quelque chose d'horrible. Attendez de voir.

— Que voulez-vous dire ? s'alarma Angela. Pourquoi me dites-vous une chose pareille ?

— Ne faites pas attention à Patty, lui glissai-je. Ce sont juste des superstitions absurdes.

— Pensez bien ce que vous voulez, répliqua Patty. Mais allez pas prétendre que je vous avais pas prévenue.

Nous ne prononçâmes plus un mot jusqu'à ce que nous

arrivions sur la route étroite qui descendait la colline en pente raide de Bridge Cottage. Les eaux du ruisseau qui longeait la route étaient hautes à cause de toutes les précipitations que nous avions eues.

Tout à coup, Angela poussa un cri.

— Un animal ! Ne lui roulez pas dessus.

Je pressai la pédale du frein.

— Bon sang…

— Ce n'est pas un animal ! s'écria Angela. Non, attendez… qu'est-ce c'est sur le bas-côté ?

— Il y a quelque chose dans l'eau. (Mon estomac se crispa.) Oh, mon Dieu !

Mes phares illuminaient un fauteuil roulant électrique renversé, gisant à moitié dans le ruisseau. Patty poussa un cri.

— C'est ma mère ! Elle est tombée ! Oh !

— Attendez ici, m'empressai-je de lui ordonner avant de couper le moteur. Angela, appelez une ambulance et restez avec Patty.

Mais celle-ci s'était déjà précipitée hors de la voiture, hystérique.

— Maman, oh, maman !

J'attrapai le bras de Patty et l'attirai contre mon épaule, où je la maintins fermement.

— Ne regardez pas. Ne regardez surtout pas.

Moi, en revanche, je regardai.

Vêtue de son manteau de tricot violet, Joyce gisait à plat ventre dans l'eau. Son chapeau était tombé, révélant un halo de cheveux gris flottant au fil du courant.

Doucement, j'éloignai Patty que je ramenai à la voiture.

9

Heureusement, les secours n'étaient pas loin. Les secouristes Tony et John Cruickshank – de vrais jumeaux au visage rubicond et aux cheveux bruns bouclés – avaient assisté à la réunion de protestation, de même que Roxy. Ils supposèrent que, vu le terrain glissant et l'âge de son fauteuil roulant, Joyce avait simplement perdu le contrôle et quitté la route. Malgré ces premières conclusions, il y aurait forcément une enquête.

Toutes affaires cessantes, Doreen ramena une Patty presque catatonique au Hare & Hounds. Roxy insista pour qu'on ne touche pas au fauteuil roulant avant que Shawn puisse y jeter un œil.

— Pourquoi ? s'enquit Angela pour la troisième fois. Vous pensez qu'il s'est passé quelque chose de louche ?

— Non, répondit sèchement Roxy. Je vous ai dit qu'il s'agissait juste de la procédure. (Pourtant, elle paraissait préoccupée en dirigeant sa lampe de poche ici et là sur la surface glissante de la route couverte de feuilles et de boue.) On dirait que ses freins ont lâché.

Moi aussi, je distinguais ce qui ressemblait à des traces de dérapage.

— Ce que je veux dire, c'est : pourquoi Joyce était-elle dehors, à une heure pareille ? insista Angela. Doreen nous a dit qu'elle ne se sentait pas bien.

— Elle a dû changer d'avis, intervins-je.

— Mais pourquoi ?

— J'espère que vous ne conduisez pas, Angela, répliqua froidement Roxy. Vous avez un peu trop bu.

— Ne vous inquiétez pas, c'est moi qui la ramène, dis-je. On s'en va, d'ailleurs. Nous venions juste… J'aurais bien aimé…

— Vous vous sentez bien ? me demanda Roxy.

— Pas vraiment.

Je ne mentais pas. Je me sentais nauséeuse. Il m'arrivait encore de faire des cauchemars où je découvrais le cadavre de Vera dans la grotte, et maintenant, j'étais devant un nouveau corps ! Peut-être y avait-il un semblant de vérité dans cette histoire de malédiction de Sir Maurice.

Angela et moi remontâmes en voiture et gravîmes la colline pour regagner nos pénates.

— Peut-être que Joyce a vu quelque chose ? radotait Angela. Madame Cropper m'a parlé d'un cheval et de son cavalier fantôme, qui ont attiré un détachement de Têtes-Rondes vers le Bourbier de la mort… Oh, mon Dieu ! C'est Sir Maurice, n'est-ce pas ? C'est lui qui a fait ça. Oh. Mon. Dieu. Ça aurait pu m'arriver à moi.

— Je ne savais pas que vous circuliez en fauteuil roulant, ironisai-je.

— Non, mais… Joyce ne s'est même pas assise dans la chaise de Sir Maurice, tandis que moi, si. Si un malheur pareil lui est arrivé…

— Oh, nom d'un chien, Angela, la coupai-je brusquement, ressaisissez-vous.

— Muriel du bureau de poste m'a raconté que Vera, la femme d'Eric, avait vu un fantôme dans la grotte et qu'elle en était morte de peur. Je ne l'ai pas crue, mais maintenant, je comprends mon erreur.

— Je n'accorde aucun crédit aux ragots du coin et vous devriez en faire autant.

Angela s'avachit dans son siège.

— C'est la première fois que je vois un cadavre, pas vous ?

— Si, mentis-je en priant pour qu'elle se taise enfin.

Le trajet jusqu'aux cottages de Honeychurch ne dura que quelques minutes, mais il me sembla prendre des heures.

— Muriel m'a appris que William, le responsable d'écurie, ne s'appelait pas vraiment William, mais j'ai oublié quel était son vrai nom. Il a pris une année sabbatique. Une espèce d'excursion dans l'Himalaya. (Angela émit un rot des plus déplaisants, chargé de cidre rance.) Je me sens un peu bizarre.

— Un effet du cidre brut, répliquai-je. Il vous suffira de boire beaucoup d'eau avant de vous mettre au lit.

Je sentis les yeux d'Angela se poser sur moi.

— Vous avez vraiment de belles dents et vous êtes vraiment une belle personne. (Elle poussa un lourd soupir et appuya la tête contre la vitre de la voiture.) Vous êtes vraiment gentille. Vraiment. Vrai-ment. Gentille. Pas du tout le genre « célébrité snob ». Rien d'étonnant à ce que David veuille vous récupérer.

Je la laissai divaguer, sachant qu'elle regretterait tout le lendemain matin, quand elle se réveillerait avec une vilaine gueule de bois.

— Mais vous, vous avez rencontré quelqu'un maintenant, n'est-ce pas ? hasarda Angela avec mélancolie. Je ne le blâme pas d'avoir quitté la réunion. C'est vrai que Patty a essayé de lui tirer dessus ? (Elle lâcha un nouveau rot.) Pardon.

— À vrai dire, c'est Joyce qui a tiré, rectifiai-je.

— Oh ! Et maintenant, regardez ce qui lui arrive. Raide morte.

Je changeai de sujet.

— Et qu'en est-il de vous ? Il y a quelqu'un dans votre vie ? Où en êtes-vous avec Eric ?

— Eric ! s'exclama Angela, si surprise qu'elle fut prise d'une quinte de toux. Bon sang, vous plaisantez ? Avec les sourcils qu'il se paie ? On dirait qu'ils sont vivants.

Bien malgré moi, j'éclatai de rire.

Quelques minutes plus tard, nous arrivions aux cottages de Honeychurch qui se trouvaient à côté du jardin clos victorien. Cet alignement de trois maisons avait été bâti à la fin du XIXe siècle, pour les jardiniers du manoir, alors en plein âge d'or.

Ce soir-là, une lumière brillait à l'étage de la fenêtre centrale, dans le cottage numéro 2, où monsieur et madame Cropper avaient passé toute leur vie d'époux.

— Voudriez-vous entrer ? me demanda Angela. Juste le temps que j'allume les lumières ?

Nous sortîmes dans l'obscurité. Le silence était tel par ici que, dans les premiers temps, je n'arrivais pas à dormir, chez ma mère. L'absence de bruit me faisait bourdonner les oreilles. Un renard poussa un cri de tueur. Angela se cramponna à mon bras.

— Vous avez entendu ce bruit ?

— Vous êtes plutôt froussarde pour une fille de la campagne, la taquinai-je même si j'avais eu la même réaction en entendant l'appel du mâle, si caractéristique chez les renards.

J'aidai Angela à regagner sa demeure où elle tâtonna à la recherche de l'interrupteur. Comme les deux autres cottages, il s'agissait d'un logis comprenant deux pièces au rez-de-chaussée, deux à l'étage, la cuisine et les sanitaires ayant été ajoutés en bas, sous un appentis. J'avais entendu dire que le cottage d'Angela était resté inoccupé pendant une très longue période. Il n'était guère meublé, mais s'avérait propre et bien chauffé, grâce à un petit poêle à bois dans un coin.

Angela, toujours vêtue de son manteau et agrippée à son sac à main, se jeta sur le canapé.

— Vous avez déjà vu un fantôme ?

— Pas vraiment, répondis-je, bien qu'en vérité, j'aie senti

une présence à plus d'une occasion et en plus d'un endroit au manoir de Honeychurch.

— Attendez ! Je sais ! s'écria Angela en fouillant dans son sac à main pour en sortir une énorme gousse d'ail. Au moins, j'ai ça.

— Il me semble que c'est pour se protéger des vampires.

— Oh ! s'esclaffa-t-elle avant de replonger dans son sac d'où elle tira cette fois une affichette rose. Je suis désolée qu'Iris n'ait pu venir ce soir. Ça vous dérangerait de lui donner ça ?

Club de lecture des Ravissantes Romantiques
Lisez et venez discuter de La Séductrice tzigane de Krystalle Storm
Le 22 octobre à 19 heures
Lieu : Buzz café
Téléphonez au 07781 80529 si vous avez des questions

Bien que sidérée par le choix d'Angela, je m'efforçai de ne pas trahir ma surprise.

— Vous saviez que, selon la rumeur, cette auteure vivrait dans le Devon ? fit-elle. J'ai entendu dire que ça pourrait bien être dans les environs.

— Vraiment ? Très intéressant. (J'agitai l'affichette.) En tout cas, je transmettrai à ma mère. Bonne nuit. Dormez bien… et n'oubliez pas ce que je vous ai dit : buvez beaucoup d'eau.

Je fis demi-tour pour repartir vers le Logis du palefrenier, longeant la décharge d'Eric avant de pénétrer dans la cour de ma mère par l'entrée de service. Songeant au club de lecture d'Angela, je me souvins que le site web de ma mère avait évoqué le fait qu'en plus de posséder une villa italienne sur la côte amalfitaine, elle détenait aussi un manoir dans le Devon. C'était probablement une coïncidence si Angela avait choisi *La Séductrice tzigane*, sauf que je n'avais jamais vraiment cru aux coïncidences.

Cette journée avait été pour le moins étrange, qui avait commencé par la révélation que le frère adoptif de ma mère allait bientôt venir vivre chez elle, continué par la découverte de la nouvelle fugue de Harry, de toute cette histoire d'opération Bullet, des mensonges ridicules que cela déclenchait dans le clan Honeychurch, et qui s'achevait sur l'horrible accident de Joyce.

J'eus le soulagement de découvrir que ma mère s'était déjà mise au lit. Mon épuisement était tel qu'en cet instant, j'aurais eu le plus grand mal à lui parler de la réunion de protestation et de la mort de Joyce.

En m'approchant de mon lit, je découvris un autre bouquet de fleurs envoyé par David, pour compléter la demi-douzaine de compositions florales, orchidées et autres plantes qui s'accumulaient déjà dans ma chambre. Ma mère avait raison : on aurait dit un salon funéraire.

Je posai le message de David dans le tiroir du haut de ma table de nuit, où il rejoignit ses semblables. Je devais bien lui concéder quelques points pour sa persévérance, mais cela m'était égal. Tout simplement, il était trop tard.

J'étais sur le point d'appeler Valentin pour savoir s'il avait pu regagner le pub sain et sauf, mais décidai de repousser au lendemain matin.

Mon téléphone sonna. C'était David, j'en étais certaine, sans doute désireux de savoir si j'avais reçu ses dernières fleurs. Aussi décidai-je de l'ignorer.

Ce fut seulement en sortant de la salle de bains, après m'être lavé les dents et mise en pyjama que je réalisai une chose : j'étais arrivée à la maison aux environs de minuit et David ne passait jamais le moindre coup de fil au-delà de 22 heures. Il prétendait que c'était impoli. À ma grande surprise, je découvris que j'avais en fait reçu un message de Valentin. Sa voix était inintelligible et il paraissait haleter.

— Rappelez-moi, c'est urgent. Je dois…

La fin du message était tronquée. Perplexe, je pressai le bouton de rappel automatique, mais tombai directement sur son répondeur. J'essayai deux fois encore, sans plus de succès. Je savais qu'il avait bu et en fus agacée. Je le connaissais à peine, ce type. Cela attendrait le lendemain.

Une fois ma décision prise, je grimpai dans mon lit où je m'endormis aussitôt.

10

— Comment se portait ton Valentin ? s'enquit ma mère, pleine d'impatience. Sans jeu de mots.

Nous étions en train de petit-déjeuner, dévorant le dernier des pains faits maison de madame Cropper, tartiné d'une bonne couche de beurre et de confiture.

— Tu es une sacrée comique, ce matin. Pour répondre à ta question, Valentin allait bien.

— Et ?

— Et rien.

— Tu me caches quelque chose.

— Pas le moins du monde.

Pas en ce qui concernait Valentin, en tout cas. Je repoussais le moment de parler à ma mère des événements de la nuit dernière, j'en étais bien consciente. Sachant qu'elle serait furieuse d'avoir manqué la réunion, je devais juste choisir une circonstance propice.

— Je pensais que tu l'aimais bien, insista ma mère.

— Il est sympathique, mais je ne suis pas d'humeur à aimer, ces temps-ci. Tu le sais parfaitement.

Avant le petit déjeuner, j'avais essayé une fois de plus de joindre Valentin, mais sans succès. Puis j'avais décidé de laisser tomber. Il y avait de fortes chances pour que je tombe sur lui à la vente aux enchères du lendemain, de toute façon.

— Donc tu n'as recueilli aucune information sur la ligne de chemin de fer, conclut ma mère. Tu n'as pas utilisé mon dictaphone ?

— Non. Je ne m'en suis pas servie. (Pour tout dire, j'avais oublié de l'allumer.) J'ai une très bonne mémoire. Est-ce que je pourrais d'abord finir mon petit déjeuner ?

— À une condition, répliqua ma mère en se penchant pour me chuchoter : Est-ce qu'il a au moins essayé de t'embrasser ?

— Non, répondis-je en la regardant droit dans les yeux. Mais on s'est accordé un petit quatre-heures entre cinq et sept dans le Cocon.

— Bien, approuva ma mère en attrapant un stylo et son bloc de Post-it si pratiques qui traînaient sur le plan de travail. Où exactement, dans le Cocon ? Il n'y a pas beaucoup de place… même s'il y a ce siège près de la fenêtre… Oh ! (Elle reposa son stylo.) Tu te moques de moi, c'est ça ?

— Maman, voyons ! m'exclamai-je, sidérée. Tu plaisantes ? Tu as vraiment cru que je ferais une chose pareille ? (Elle poussa un profond soupir.) C'est quoi encore, le problème ?

— Depuis *Cinquante nuances de Grey*, il semblerait que les femmes veuillent davantage… (Elle frissonna.) Je ne retrouve pas ton expression…

— Un quatre-heures entre cinq et sept.

— Voilà.

— Bon sang ! Quand je dactylographiais ton manuscrit, j'étais sans arrêt obligée de prendre des douches froides.

— C'était comment, avec Dylan ?

— Maman ! Je n'ai aucune intention de discuter de ma vie sexuelle avec toi, pour qu'elle apparaisse dans un roman.

On tambourina juste à ce moment-là à la porte d'entrée.

— Dieu merci, sauvée par le gong ! m'exclamai-je. J'y vais.

Je tombai sur Angela dans le vestibule.

— La porte n'était pas verrouillée, se justifia-t-elle.

— Je sais, le verrou est cassé, une fois de plus.

Le teint blafard et maladif, elle n'avait pas l'air au mieux de sa forme, avec ses immenses cernes noirs sous les yeux. Elle apportait un panier en osier couvert d'un linge à carreaux blancs et rouges, qui laissait échapper l'odeur de pain tout juste sorti du four la plus merveilleuse qui soit.

Je devinai aussitôt ce qui risquait de se produire. Angela allait révéler le pot aux roses avant que j'aie la moindre chance de tout expliquer à ma mère.

— Écoutez, lui dis-je à voix basse. Vous ne voudriez pas me faire une faveur ?

— À vous ? me chuchota-t-elle en retour.

— Ne parlez pas de l'accident de Joyce ou de la réunion de protestation à ma mère.

— Pourquoi ?

— Comme elle se fâche pour un rien, je dois choisir le bon moment pour l'en informer, répondis-je, bien consciente que mon excuse avait l'air bidon. Ma mère est quelqu'un de très sensible.

Les yeux d'Angela s'écarquillèrent.

— Si je comprends bien, vous voulez que je garde un secret ?

— Pour aujourd'hui seulement.

— D'accord, je suis votre amie, acquiesça Angela. Donc bien sûr, je vais garder votre secret.

— Merci. Suivez-moi, enchaînai-je alors, en la guidant vers la cuisine.

— Quels arômes délicieux, constata ma mère tandis que nous entrions.

— Madame Cropper a fait cuire une nouvelle fournée, ce matin, expliqua Angela.

— Super ! Nous venons juste de manger la dernière miche. J'accepte bien volontiers ce panier, répondit ma mère avec gourmandise.

— Elle voulait vous remercier pour la cueillette des prunelles, précisa Angela.

Ma mère posa le panier sur le plan de travail, mais heurta accidentellement la boîte à biscuits métallique de son coude, laquelle tomba avec fracas sur le sol.

Angela se prit la tête à deux mains, avec un grognement plein d'angoisse.

— Comment va votre mal de tête ? demandai-je.

— La vache ! Comment avez-vous su ? demanda-t-elle. C'est quelque chose d'atroce.

— Bienvenue dans le Devon, répliquai-je. Vous devriez demander à madame Cropper qu'elle vous concocte l'un de ses remèdes contre la gueule de bois. Elle connaît tous les vieux trucs de bonnes femmes.

— Je sais, confirma Angela. Elle a un bouquin… Elle m'a conseillé de trouver une sorte de mousse qui pousse sur les crânes humains et que j'étais censée gratter, puis réduire en poudre et priser comme du tabac.

Ma mère lui adressa un sourire espiègle.

— Oh, oui. Je le connais, ce remède-là. Ça marche à tous les coups.

— Vrai de vrai ? insista Angela qui paraissait sceptique. Où est-ce que je pourrais bien me procurer un crâne humain ?

— Vous pourriez aller faire un tour au cimetière.

— Oh ! s'écria Angela en rougissant. Vous plaisantez, n'est-ce pas ? Mais bref, qu'est-ce que ça veut dire : « priser » ?

— C'était à la mode au XVIIIe siècle, répondis-je. Les aristocrates avaient coutume de broyer leur tabac pour le réduire en poudre et l'aspirer par les narines. Au Hare & Hounds, ils conservent le tabac à priser dans de petites boîtes, sur le bar. Vous n'avez jamais vu la collection de tabatières de lady Edith ? Ce sont de petites boîtes en argent avec un couvercle orné d'une peinture laquée.

— Est-ce que madame la comtesse prise ? (Angela grimaça.) Je crois que je vais rester à l'aspirine.

Ma mère ôta le pain du panier.

— Est-ce que madame Cropper a remarqué que j'avais percé les prunelles pour elle ?

— Percé quoi ? redemanda Angela.

— Pour faire de l'eau-de-vie de prunelles, cxpliqua ma mère, on pique chaque fruit avec une aiguille, puis on ajoute du sucre et de l'alcool. Vous devriez savoir comment ça se fabrique.

— Oh, regardez !

Angela fonça droit sur l'immense buffet en chêne qui exhibait la vaisselle en porcelaine dont ma mère faisait collection en l'honneur des couronnements et autres événements royaux. La place de choix était réservée à une photographie du duc et de la duchesse de Cambridge le jour de leur mariage.

— Vous ne trouvez pas que Kate est belle ? demanda Angela avec mélancolie. Elle a la plus jolie dentition que j'aie jamais vue… Oh, je voulais vous demander quelque chose.

— Qu'y a-t-il ? voulut savoir ma mère.

— Vous êtes allée dans les toilettes du rez-de-chaussée ?

— Pardon ? (Ma mère semblait ne pas comprendre.) Où ? Ici ?

— Dans les toilettes du manoir, juste à côté de la bibliothèque, précisa Angela.

— Pourquoi ?

— Il y a des tas de photos des domestiques qui ont travaillé pour les Honeychurch dans les toilettes du rez-de-chaussée.

— Ils ont travaillé dans ces toilettes ? s'étonna ma mère.

— Non ! Je ne voulais pas dire ça, s'esclaffa Angela. Seulement qu'il y a là-dedans une galerie de photos de tous les domestiques au fil des années.

— Pourquoi ? Vous espérez y avoir votre portrait, vous aussi ?

Je saisis le sarcasme dans la voix de ma mère, mais Angela parut ne se rendre compte de rien.

— Et à côté des domestiques, poursuivit-elle, il y a des tas de photos d'un ring de boxe itinérant qui s'installait ici tous les étés, autrefois.

D'instinct, je compris vers quoi tendaient ces questions et je tentai – mais sans succès – de croiser le regard de ma mère. Angela la dévisageait avec intensité.

— Vous ne trouvez pas que c'est bizarre ?

— Figurez-vous que j'ai des toilettes à moi, ici, ma chère, rétorqua froidement ma mère. Je n'ai pas besoin d'aller jusqu'au manoir pour utiliser les leurs. Et quoi qu'il en soit, pourquoi trouverais-je cela bizarre ?

— Parce que… le ring itinérant s'appelait Bushman et madame Cropper m'a dit que l'un de vos parents allait bientôt venir travailler ici et qu'il s'appelait Bushman, lui aussi.

— C'est un nom courant, se hâta de répliquer ma mère.

— Ah bon ? Pour ma part, je ne crois pas aux coïncidences. (Peut-être Angela n'était-elle pas aussi stupide qu'il paraissait.) Pardonnez-moi, j'allais oublier. (Elle se tourna vers moi.) Seriez-vous d'accord pour m'accompagner ? Je dois encore cueillir des prunelles. Madame Cropper m'a précisé que le seul endroit favorable était le boqueteau du Cavalier et je sais qu'il est hanté. En plus, il faut couper par un champ de vaches. Mais je ne les aime pas, ces bêtes-là.

Je n'en avais vraiment aucune envie.

— Nous pourrons peut-être y aller après la vente aux enchères.

— Je suis sûre que vous êtes trop occupée pour rester boire une tasse de thé, insinua ma mère en désignant la pendule. Ça fait une trotte, pour retourner au manoir.

— Flûte ! madame Cropper va se demander où je suis passée, marmonna Angela. Mais en fait, je suis venue en voiture. Avec toutes ces histoires de fantômes et puis la chute de Joyce… Je veux dire… Rien.

Elle me lança un regard tout en m'adressant un « Désolée » silencieux.

— Joyce ? intervint brutalement ma mère. Qu'est-ce qui s'est passé avec Joyce ?

— Oh, Iris, est-ce que Kat vous en a parlé ? répliqua Angela dans une tentative désespérée pour changer de sujet. Nous avons choisi notre livre, pour les Ravissantes Romantiques.

— Les Ravissantes Romantiques ? fit ma mère. Qu'est-ce que c'est que ce truc ?

— Le nom de mon club de lecture. Nous en avions un, à Lindridge. Il avait beaucoup de succès.

— Je suis trop occupée pour faire partie d'un club de lecture, répliqua ma mère.

— Maman supervise la rénovation du Logis du palefrenier, m'empressai-je d'expliquer. Nous venons tout juste de faire installer une nouvelle plomberie.

— Vous devriez bien pouvoir vous dégager une petite heure par mois, persista Angela. Notre premier livre sera *La Séductrice tzigane* de Krystalle Storm. Vous en avez entendu parler ?

— Krystalle Storm ? hoqueta ma mère.

— Nous allons parler du racisme envers les minorités ethniques, précisa Angela.

— Pourquoi donc ? s'enquit ma mère, perplexe.

— À cause de la discrimination, expliqua Angela. Avec toutes les controverses en France, à propos des Roms, nous pensons que le sujet est d'actualité. Vous avez déjà entendu parler de Krystalle Storm, n'est-ce pas ?

— Ma mère n'a pas beaucoup le temps de lire. Je me trompe, maman ?

Angela était décidément plus fine qu'elle ne l'avait laissé paraître. Les minorités ethniques ? Les Roms en France ?

— C'est une histoire tellement romantique, lança-t-elle. Ça parle d'une Tzigane qui tombe amoureuse du fils d'un pasteur vraiment coincé. Elle trahit sa famille et ils s'enfuient. Elle abandonne tout pour lui.

— C'est tout à fait fascinant, constata ma mère.

— Ce livre constitue le premier tome de la série des *Amants maudits*. Le suivant s'intitule *Défendu*, mais il n'est pas encore sorti.

Je décelai un petit sourire vaniteux sur les lèvres de ma mère.

— Je devrais peut-être me laisser tenter.

— Je suis étonnée que vous n'ayez pas entendu parler de Krystalle Storm, s'obstina Angela. Vous saviez que la femme d'Eric Pugsley – celle qui est morte de peur dans la grotte – a gagné un concours qui lui permettait de rencontrer l'auteure et de passer un week-end dans sa villa en Italie ? Vous imaginez ça ?

— Difficilement, marmonnai-je.

— Eh bien, moi, je serais sidérée si cela m'arrivait, répondit ma mère. Mais non, je l'ignorais. Kat, tu étais au courant, toi ?

— Incroyable.

— Eric m'a dit qu'il allait quand même y aller, poursuivit Angela, avant d'ajouter, mine de rien : J'adorerais rencontrer Krystalle Storm. Je pourrais peut-être le convaincre de m'emmener. (Elle récupéra le panier en osier.) Enfin, ça fait quand même de la peine pour Vera, la femme d'Eric. Elle ne devait pas être bien vieille.

— Certes, ma chère, intervint ma mère. Mais si Vera n'était pas morte, vous ne seriez pas ici.

— Oui, vous avez raison, admit Angela avec un sourire. Vous saviez que, si l'on en croit la rumeur, Krystalle Storm habite dans la région ?

— Vous n'allez tout de même pas croire tout ce que vous lisez sur un site web, grommela ma mère.

Cette réplique lui valut un regard suspicieux de la part d'Angela.

— Je croyais que vous ne saviez pas qui était Krystalle Storm.

— C'est bel et bien le cas.

— Je confirme, ajoutai-je.

Sur quoi, ma mère se saisit d'une banane dans le compotier et se précipita vers la porte de derrière.

— Vous m'excuserez, je dois nourrir les vaches, lança-t-elle avant de claquer la porte.

Angela se tourna vers moi, les sourcils froncés.

— J'ignorais que les vaches mangeaient des bananes.

Elle n'avait pas plus l'air d'une fille de la campagne que moi. Je commençais à me poser des questions à son sujet. Quelque chose sonnait faux, chez cette femme.

Cinq minutes plus tard, Angela partie, je dénichai ma mère tapie à l'arrière du Logis du palefrenier, tremblant de froid.

— Elle est partie ? Je suis frigorifiée.

— Oui, la voie est libre.

— Quel culot ! Tu as entendu parler de cette soi-disant rumeur ? Un pur bobard ! s'exclama-t-elle. Et je parie que je sais de qui elle tient l'information.

— Comme tu l'as dit, elle figure sur le site web.

Ma mère secoua la tête.

— Non, Eric lui a sans doute tout raconté, en dépit de sa promesse de tenir sa langue.

— Si Eric en avait parlé à Angela, elle te l'aurait demandé, objectai-je. Même si ce n'est pas une lumière.

— Sur ce dernier point, j'hésite, lâcha lentement ma mère. C'était quoi, ce baratin sur la discrimination des minorités ethniques et les Roms en France ?

— Oui, j'ai noté ça, moi aussi.

— Et pourquoi avoir mentionné le ring itinérant Bushman dans la galerie de photos ? ajouta ma mère en fronçant les sourcils.

— Aucune idée.

— En tout cas, il y a quelque chose de louche chez cette fille. C'est peut-être dû à sa dent de travers.

— Vous semblez partager la même obsession pour les dents, Angela et toi.

En regagnant la cuisine, nous eûmes la stupeur d'y découvrir Lavinia et Benedict – lequel tenait un grand porte-documents de cuir noir –, en train de tourner autour du poêle Rayburn. Ils étaient tous deux en manteau et bottes de caoutchouc.

Mon cœur se serra. Cette fois-ci, le pot aux roses allait bel et bien être découvert et il était hors de mon pouvoir d'arrêter la machine.

Ma mère parut troublée.

— Madame la comtesse ! s'écria-t-elle. Je suis tellement gênée. Oh, ma chère, vous attendez depuis longtemps ?

— Je suis terriblement confuse de débarquer ainsi, répliqua Lavinia. Nous avons frappé, mais la porte s'est ouverte toute seule, n'est-ce pas, Benedict ?

— On dirait bien que le verrou est cassé.

— Il faut que je le fasse réparer, confirma ma mère.

— C'est mignon et bien chauffé, chez vous, constata Lavinia. Ça change du froid affreux qui règne au manoir. Edith n'allume le chauffage que dans trois pièces.

— Vos manteaux ! s'exclama ma mère tout à trac. Katherine, débarrasse-les de leurs manteaux. Vous devez penser que nous n'avons pas de savoir-vivre.

Lavinia et Benedict me tendirent leurs manteaux et, bien entendu, je me rendis compte alors que je n'avais nulle part où les suspendre. Aussi les entassai-je tous les deux en haut du frigo.

Pour une fois, même si Lavinia portait un jodhpur, elle n'avait pas les cheveux retenus par un filet. Au lieu de quoi, ils étaient attachés en arrière par une barrette en écaille de tortue et j'étais prête à jurer qu'elle avait appliqué une touche de gloss sur ses lèvres.

— Enchantée de vous revoir, Kat, et de faire la connaissance de l'adorable madame Stanford.

Benedict tendit sa main libre à ma mère.

— Appelez-moi Iris, je vous en prie, répliqua ma mère en me jetant un regard curieux. (« Il est enchanté de te *revoir* ? », me lança-t-elle silencieusement.) Ne devrions-nous pas passer au séjour ?

Je grimaçai. Le terme « séjour » était réservé aux grandes demeures dans le genre du manoir. La plupart des gens disaient « salon ».

— Nous sommes très bien dans la cuisine, répliqua Lavinia. N'est-ce pas, Benedict ?

— Katherine, me lança ma mère, va chercher le plateau à thé, s'il te plaît.

— Le plateau à thé ? Mais il n'est que 9 heures.

— Il se trouve dans le cellier, répliqua-t-elle en me désignant la porte fermée du menton.

Le cellier abritait des étagères du sol au plafond et une table de boucher carrée, poussée contre une haute fenêtre étroite qui donnait sur une haie, qu'une taille récente avait ratiboisée presque au ras du sol. La petite pièce regorgeait de conserves et de matériel de secours, une habitude de mon père que ma mère semblait avoir prolongée, en cas d'attaque nucléaire.

Sur la table de boucher, ma mère avait disposé tasses et soucoupes, pot à lait et sucrier de porcelaine, tous fabriqués en l'honneur d'un événement royal, sur un plateau de métal vintage, affichant le portrait de la reine Elizabeth II et la date du 2 juin 1953. Il y avait également un plateau de porcelaine garni de biscuits McVitie's disposés sur un napperon en papier.

La situation menaçait de devenir embarrassante.

Je passai la tête dans l'embrasure de la porte.

— Quelqu'un préférerait-il du café ?

Par chance, Lavinia et Benedict convinrent que le café leur irait et qu'il ne fallait pas nous déranger.

— Nous pourrions peut-être utiliser l'un de vos adorables mugs en l'honneur du couronnement, suggéra Benedict avec un petit sourire que je remarquai et n'appréciai guère.

Ma mère ne se le fit pas dire deux fois et en attrapa quatre sur le buffet. Chaque mug était décoré du portrait d'un monarque et encadré de petits drapeaux britanniques. Ils étaient d'un kitsch affreux.

— Benedict prend son café noir, sans lait ni sucre, précisa Lavinia en s'empourprant. Je crois. Enfin, ce n'est pas comme si je pouvais savoir ce genre de choses.

Je préparai un pot de café avec la machine sophistiquée que j'avais achetée à Dartmouth et nous nous installâmes enfin.

— Nous avons été déçus que vous n'ayez pu assister à la réunion de protestation d'hier soir, Iris, déclara Benedict.

— La réunion de protestation ? répéta ma mère en se tournant vers moi. La réunion de protestation ?

— Il y a eu un sacré raffut, ajouta Lavinia. Et apparemment, cet affreux Prince-Avery a décampé, fou de rage.

— J'ai essayé de t'appeler plusieurs fois, maman, plaidai-je, en désespoir de cause.

Je perçus nettement les vagues de fureur qui émanaient de ma mère, mais je savais qu'elle ne voudrait pas faire une scène pour l'instant. Je lui adressai une série de gestes silencieux pour lui indiquer que je lui expliquerais tout plus tard, mais elle m'ignora ostensiblement.

— Elle était censée se tenir jeudi ! s'insurgea-t-elle.

— Eric l'a avancée, expliqua Lavinia. Je ne sais pas du tout pourquoi.

— Vraiment ? ironisa ma mère. Je pense que je sais, moi.

— En tout cas, avoir Kat comme marraine pour notre campagne, c'est fantastique, intervint Benedict, rayonnant de joie. Son idée de vente aux enchères est excellente.

— C'est fantastique d'avoir Kat pour marraine, enchérit ma mère avec douceur. Un vrai régal.

Un « boum-boum-boum » sonore se fit entendre à la porte d'entrée.

— J'y vais, fis-je.

— Ça doit être pour toi de toute façon, répliqua-t-elle avant d'expliquer : C'est sa livraison de fleurs quotidienne.

— Elle exagère, dis-je en quittant la pièce.

J'ouvris la porte d'entrée sur une jeune femme, le nez orné d'un piercing, qui tenait une grande orchidée blanche.

— Encore une orchidée, constata-t-elle. Je suis désolée, j'essaie de varier, mais on est en octobre et il n'y a plus grand-chose dans les environs.

— Merci, Bethany.

David m'avait envoyé tellement de fleurs que j'appelais la livreuse par son prénom.

— Comment s'est passée la réunion de protestation, hier soir ? demanda Bethany. Je n'ai pas pu y aller, mais ma tante Muriel m'a dit qu'ils avaient recueilli cinq cents livres au pub.

— Sauriez-vous si Muriel a par hasard rencontré l'un des consultants en indemnités ? demandai-je.

— Oui, hier matin, répondit la jeune femme dont l'expression se durcit. Un abruti au nom compliqué.

— Valentin Prince-Avery ?

— C'est ça. Il l'a vraiment mise en rogne. J'ai entendu dire qu'il avait quasiment quitté le pub sous les huées, hier soir. Du balai et bon débarras.

— Sa tâche est plutôt ingrate, répliquai-je, soudain plus qu'un peu désolée pour Valentin.

Inutile de préciser que je n'avais pas reçu le moindre signe de sa part, ce matin-là.

— Enfin, c'est lui qui l'a choisie, objecta Bethany.

J'en convins et, après lui avoir lancé un « À demain » en guise de plaisanterie, je refermai la porte. L'orchidée remisée dans le salon, je regagnai la cuisine. La carte que Benedict m'avait montrée la nuit précédente était étalée sur la table.

— Que signifient ces différentes couleurs ? entendis-je ma mère demander. C'est quoi, une « zone de sécurité » ?

Je réécoutai le discours de Benedict tout en observant le visage de ma pauvre mère qui se décomposait de plus en plus. Ce fut seulement quand Benedict exposa son idée de suggérer un tracé alternatif que je remarquai une lueur d'espoir.

— Pour ce qui me concerne, vous êtes engagé, déclara ma mère d'un air sombre.

— Bien, dit Benedict. Je vais contacter les gens avec qui je travaille et nous nous mettrons à l'ouvrage.

— Génial ! s'exclama Lavinia, rayonnante. Et je me dis que, puisque Iris et moi jouissons d'une meilleure situation financière que la plupart de mes gens, nous devrions supporter le plus gros des coûts… du moins au tout début. Qu'en pensez-vous, Iris ?

Je jetai un coup d'œil à ma mère qui hochait la tête.

— Peu importe ce qu'il en coûtera.

— De quel montant parlons-nous, en fait ? demandai-je.

— Je dirais cinq mille livres chacune, pour commencer, répondit Benedict.

— Cinq mille livres ! m'exclamai-je.

— Ne faites pas attention à elle, intervint ma mère. Vous acceptez l'argent liquide ?

— Le liquide, les chèques, les bijoux, plaisanta Benedict, hilare. Tout ce que vous avez.

— Comment allez-vous retirer cette somme sans en informer monsieur le comte ? s'enquit soudain ma mère.

Lavinia eut l'air surprise.

— Je suis titulaire d'un fonds fiduciaire, vous savez... Mais puisque vous avez mentionné Rupert... (Son visage vira au rose.) Nous sommes tous d'accord que ma participation à ce mouvement ne sera pas divulguée en dehors de ces quatre murs.

— Naturellement, madame, répondit ma mère.

— Et appelez-moi Lavinia. Maintenant que nous sommes de mèche, je pense que nous pouvons abandonner les formalités, vous ne croyez pas ?

Elle se leva de sa chaise, si bien que nous l'imitâmes tous.

— Où séjournez-vous dans le Devon, Benedict ? demanda ma mère. Je suppose que le manoir est exclu.

— Tout autant que ma vieille maison de famille, ajouta Benedict avec une trace d'amertume.

— La famille de Benedict possédait Thornton Park, au bord du Tamar, expliqua Lavinia. Une honte terrible. C'est devenu une maison de retraite, maintenant. Ab-so-lu-ment épouvantable.

— Thornton Park a été répertorié dans le *Domesday Book*[1], renchérit Benedict. Donc vous voyez, je suis bien placé pour savoir à quel point il est important de préserver notre héritage.

— Voilà pourquoi vous comprenez, convint ma mère avec gratitude.

— Iris, je vous contacte demain pour ce qui concerne les sous, afin que Benedict puisse s'y mettre, intervint Lavinia.

---

1. Livre réalisé en 1086 sous Guillaume le Conquérant, qui répertoriait toutes les propriétés de l'Angleterre d'alors (*NdT*).

— Vous verrai-je aux écuries à 11 heures ? voulus-je savoir.

Le rose lui remonta aux joues.

— En fait, pas ce matin. Je vais montrer le domaine à Benedict, pendant qu'Edith et vous monterez les chevaux.

— Et les affreuses pancartes de l'HS3, lui rappela ma mère. N'oubliez pas de les lui montrer.

— J'ai déjà demandé à Eric de les ôter, répliqua Lavinia.

— Vous ne vouliez pas les photographier ? m'étonnai-je.

— Je suis complètement d'accord avec Lavinia sur la nécessité de protéger autant que possible la comtesse douairière, répondit Benedict. Il ne sert à rien de l'alarmer à ce stade-ci. Nous trouverons un autre décor où vous photographier pour notre campagne.

Benedict rangea sa carte dans son porte-documents pendant que je rapportais leurs manteaux.

— C'est affreux, ce qui est arrivé à Joyce Gully, déclara Lavinia.

— De quoi parlez-vous ? s'enquit ma mère.

Lavinia parut stupéfaite.

— Katherine ne raconte jamais rien à sa mère, lâcha froidement l'intéressée.

— J'allais t'en parler, intervins-je. Malheureusement, Joyce se rendait à la réunion…

— Donc Joyce était au courant pour la réunion, alors même qu'elle n'a pas de téléphone…

— Maman, la coupai-je, horrifiée. Joyce a eu un tragique accident. Elle est morte.

— Oh, pardonne-moi. Je suis désolée, balbutia ma mère. Je ne savais pas.

— Madame Cropper m'a dit que la police hésite entre une crise cardiaque et un problème de freins, expliqua Lavinia. Ces fauteuils roulants sont des engins mortels.

— Ça confirme en tout cas une chose : que nous ne savons jamais quand notre heure a sonné, commenta

Benedict en dévisageant Lavinia avec une telle admiration que cette dernière en rougit. La vie est trop courte, c'est tout. N'est-ce pas, Vinnie ?

Vinnie ?

Je les regardai s'éloigner puis regagnai la cuisine, me préparant à affronter les foudres de ma mère. Au lieu de quoi, je la trouvai occupée à griffonner sur ses Post-it jaunes.

— Je devine que Lavinia et Benedict sont les prochaines victimes d'une de tes futures histoires d'amour torrides.

— Ah ! Tu as remarqué ça, toi aussi, lança joyeusement ma mère. La pauvre fille. Elle est tellement ingrate quand elle pique un fard.

— Au moins, il l'a appelée Vinnie, notai-je. Rupert lui donne du Lav[1].

— Mais il est bizarre, ce type, reprit ma mère. C'est peut-être dû à ses grosses lunettes ? Je ne ferais jamais confiance à un homme avec une petite tête. En plus, il a un teint vraiment particulier. Presque orange.

— Pas de bol, nuançai-je. Ils sont juste amis. Ils se connaissent depuis des années. Lavinia est très éprise de Rupert, tu le sais parfaitement.

— Peut-être bien, mais quand il y a de l'eau dans le gaz, une femme comme Lavinia est une proie facile.

— Dixit l'experte qui a été mariée pendant quarante-neuf ans au même homme, me moquai-je avant d'ajouter : Maman, je suis désolée, mais j'ai vraiment essayé de te téléphoner.

— Je sais. Dis-moi plutôt : il y a vraiment eu une émeute ?

Je lui racontai la soirée, en laissant néanmoins de côté l'appel nocturne de Valentin.

— Je sais que ça ne me regarde pas, mais cinq

1. « Lav » signifie « toilettes, WC » (*NdT*).

mille livres, c'est beaucoup d'argent, ajoutai-je. Tu as cette somme disponible en liquide ?

— N'avons-nous pas un fonds fiduciaire, tous autant que nous sommes ?

— J'ai déjà vu ce genre de choses se produire, répliquai-je. Les géomètres dessinent de nouveaux plans, qui demandent encore plus d'argent, et avant même de t'en rendre compte, tu as dépensé une telle fortune que tu ne peux plus te retirer du programme.

— Je ne suis pas idiote.

— J'espère juste que tu sais ce que tu fais.

11

À 11 heures exactement, Edith et moi, chevauchant respectivement Fée Clochette et Duchesse, quittâmes les écuries dans le claquement des sabots. Mister Chips bondissait autour de nous en transportant un encombrant bâton. Observer ses incursions dans les sous-bois ou ses courses vers l'avant suivies de retours à fond de train suffisait à m'épuiser.

Cela faisait trois semaines que je montais en amazone et je me sentais toujours bancale en adoptant cette position, la plus malcommode jamais inventée pour monter un cheval.

Edith avait loué mes « mains légères » et mon « excellent équilibre », avant d'insister pour que j'essaie l'amazone, car elle estimait que c'était « la seule façon de monter pour une dame ». Une partie de moi étant assez vaniteuse pour vouloir apprendre, je m'étais retrouvée mordue. Il y avait quelque chose d'élégant et de romantique à porter une tenue d'équitation, même si je devais passer un tablier par-dessus mon jodhpur pendant nos randonnées quotidiennes. Edith, pour sa part, montait toujours en tenue de la tête aux pieds, bombe et voile compris.

En fait, je m'étais offert de dispendieux habits d'équitation, en dépit des commentaires de ma mère, comme quoi je jetais mon argent par les fenêtres. Elle me disait : « Où vas-tu monter en amazone à Londres ? »

Comme Lavinia faisait visiter les environs à Benedict, je me retrouvai pour une fois seule avec Edith. Ce matin-là, elle paraissait particulièrement sombre et chevauchait en tête. J'en étais heureuse. Edith n'était pas stupide et je trouvais difficile à croire qu'elle ignore ce qui se déroulait littéralement dans son arrière-cour.

Il avait beaucoup plu la nuit précédente, et un vent violent avait cassé des dizaines de branches, si bien que les routes étaient jonchées de rameaux brisés. D'immenses flaques d'eau jalonnaient les chemins et les sentiers équestres n'étaient qu'une boue épaisse. En soufflant par rafales, le vent faisait tourbillonner les feuilles mortes entre les pattes des chevaux. Mister Chips plongeait sous les haies pour en arracher des bâtons qu'il emportait plus loin afin de les enterrer.

Duchesse détestait le vent, mais je m'en sortais presque quand une bourrasque ouvrit en grand un portillon à cinq barreaux dans un fracas assourdissant. Ma monture bondit alors sur le côté.

Ce fut seulement une fois parvenue sur Hopton's Crest qu'Edith arrêta finalement Fée Clochette et attendit que je la rattrape. Elle regardait par-delà le sommet des haies. Je rassemblai tout mon courage en vue des questions qu'elle n'allait pas manquer de me poser à propos des pancartes pour la HS3, mais quand je la rejoignis, je constatai avec soulagement qu'elles avaient toutes été démontées. Il ne subsistait rien d'autre que quelques monticules de terre révélateurs. Eric avait obéi aux ordres de Lavinia.

— C'est l'un de mes paysages favoris, murmura Edith en se tournant vers moi pour me regarder droit dans les yeux. Qu'a dit Harry, déjà ? Quelque chose à propos d'une piste d'atterrissage en construction ? À moins qu'il n'ait voulu parler d'une ligne de chemin de fer ?

Je n'avais vraiment aucune envie de mentir à Edith et j'étais sur le point de tout lui avouer quand je ressentis une crispation familière dans mon estomac. De l'autre côté de la vallée, garée à côté d'un portillon à cinq barreaux, je remarquai un SUV bleu métallisé.

Edith l'avait remarqué, elle aussi. Elle me le désigna de la pointe de sa cravache.

— Harry m'a raconté qu'un homme dans une voiture bleu métallisé creusait des trous et plantait des poteaux avec de gros panneaux rouges.

— Comment va Harry ? demandai-je dans une tentative désespérée pour orienter la conversation sur un terrain pour sûr. Il est retourné sain et sauf à son école ?

— Mais on dirait bien que nous avons un problème de taupe dans ce champ… (Edith me fixait d'un regard dur.) Et plutôt sérieux, vu la taille des taupinières.

— Oui, très sérieux, confirmai-je en me sentant rougir.

— Bon alors, vous allez me dire ce qui se passe ?

— Je ne pense simplement pas que ce soit à moi de…

— Balivernes ! Je vois. Si vous ne voulez rien me dire, allons demander à ce prétendu intrus ce qu'il fabrique.

Sur quoi, intimant à Mister Chips de se tenir au pied, Edith lança Fée Clochette dans un trot rapide.

Le cœur lourd, je la suivis sur Duchesse.

Quelques minutes plus tard, nous atteignions la voiture de Valentin qui, Dieu merci, se révéla vide. Une bannière publicitaire s'étalait sur sa vitre arrière teintée : « Location de voiture Ogwell : votre choix du luxe ».

De la pointe de sa cravache, Edith tapota le toit du véhicule de Valentin.

— Un sans-gêne complet. Il a complètement bloqué l'entrée. C'est un véhicule de location, à ce que je vois. Bon, ceci explique cela. Il n'est pas du coin, c'est évident. (Edith scruta les alentours.) Nous pouvons entrer dans ce champ par le bas, en passant par Bridge Cottage. Suivez-moi.

À la lumière du jour, la maison des Gully paraissait plus déprimante que jamais. Faite de l'habituel torchis, elle avait cruellement besoin d'une couche de peinture, son toit de chaume était irrégulier et son portail en arceau pendait sur ses gonds. Des rideaux à demi tirés ornaient des fenêtres crasseuses. Deux d'entre elles étaient clouées de planches et la chaux de l'enduit, toute craquelée, avait viré au gris. Des palettes de bois avaient été appuyées contre le mur extérieur, à côté de vieux pneus et de tôles ondulées.

Je songeai à la pauvre Patty, condamnée à vivre désormais seule ici, et je me demandai ce qu'elle allait faire, maintenant que sa mère était morte. Comme elle l'avait amèrement souligné, l'opération Bullet réduisait à néant ses chances de vendre le cottage.

Par-delà la haie, le moteur d'un tracteur démarra dans une explosion qui fit paniquer Duchesse. Je tins bon au péril de ma vie, alors qu'elle s'écartait brusquement de la source du bruit. Ses sabots arrière s'agitaient dans tous les sens pour escalader la berge. Elle se précipita vers l'avant et emboutit Fée Clochette qui hennit et rua, manquant de peu ma cheville. Mister Chips courait autour de nous en aboyant, sans doute persuadé que tout ceci était un jeu des plus amusants.

— Éteignez-moi ça ! hurla Edith qui bataillait, elle aussi, pour reprendre le contrôle de Fée Clochette, mais sa voix fut étouffée par le raffut du moteur diesel.

Eric et son tracteur Massey Ferguson rouge apparurent dans l'entrée. Il coupa le moteur à l'instant où il nous vit et s'écria :

— Désolé, madame. Je ne savais pas que vous étiez ici. Je ne vous avais pas vue.

Mais nos chevaux continuaient à bondir et tournoyer, sourds à nos tentatives pour les apaiser.

Eric sauta de son siège.

— Je suis vraiment désolé, répéta-t-il.

— Qu'est-ce que vous fabriquez ici, bon sang ? demanda Edith. Vous avez déjà fini de récurer les fossés dans les Cromwell Meadows ?

Les yeux d'Eric croisèrent les miens. Il m'adressa un léger hochement de tête, quasi imperceptible, que je traduisis par : « J'ai déplacé les pancartes du champ, sur ordre de Lavinia. »

— Eh bien ? insista Edith. Vous avez perdu votre langue ?

Eric semblait nerveux. Il se passa la langue sur les lèvres.

— Euh… Eh bien… Tom m'a dit que l'abreuvoir ne se remplissait pas, alors je suis venu vérifier.

— Pourquoi ? s'insurgea Edith. C'est le travail de Tom, ça.

— On avait besoin de deux paires de bras, marmonna Eric. Et ensuite, je me suis rendu compte que je ne pouvais plus utiliser le portail du haut. Cette foutue voiture est garée là depuis ce matin très tôt. Tom l'a vue quand il est descendu nourrir les vaches, au lever du jour.

— Il n'y a pas trace de son conducteur ? demandai-je sèchement.

La voiture de Valentin ne pouvait pas avoir passé la nuit ici.

— Je vais faire remorquer ce truc, s'il n'est pas parti avant la fin de la journée, déclara Eric.

Edith ne semblait pas entendre. Elle examinait le tracteur silencieux qui, à mes yeux, s'apparentait au monstre que Duchesse avait cru voir en lui.

— Passez devant, Katherine, m'ordonna Edith. Et soyez ferme avec Duchesse. Elle n'appréciera pas.

Edith avait raison. Duchesse s'ébroua, effrayée par le gros monstre rouge, avant de se résoudre à passer devant à toute vitesse, non sans ruer frénétiquement.

— Rasseyez-vous sur la selle, me hurla Edith. Les mains basses. Montrez-lui qui commande.

Ce fut seulement un peu plus tard, alors que nous chevauchions à travers le champ, que je réalisai une chose : la remorque-plateau d'Eric était vide. Où avait-il dissimulé les pancartes ? À en juger par son expression horrifiée quand il avait vu nos chevaux se précipiter de-ci de-là dans le champ, il ne s'attendait vraiment pas à nous voir.

— Que pensez-vous de Parks, notre nouvelle gouvernante ? demanda Edith, interrompant le cours de mes pensées.

— Je n'ai jamais vu quelqu'un d'aussi empressé à nettoyer l'argenterie, répondis-je. Mais j'aimerais bien vous poser une question.

— Allez-y.

— A-t-elle fait allusion au club de lecture qu'elle compte lancer dans le village ?

— Dieu du ciel ! Quelle question extraordinaire ! Pourquoi serais-je intéressée par un club de lecture ? Surtout quand il est organisé par une gouvernante ?

— Eh bien… (Le mépris d'Edith me désarçonna pendant quelques secondes, mais je me lançai.) Si je vous en parle, c'est que le premier livre sélectionné sera *La Séductrice tzigane*.

— Excusez-moi, répliqua Edith, mais en quoi cela devrait-il me concerner ?

— C'est le livre de ma mère, lui rappelai-je. Elle écrit des romances sous le pseudonyme de Krystalle Storm.

J'espérais ne pas avoir à lui réexpliquer qui était l'alter ego complexe de ma mère.

— Naturellement, naturellement, je m'en souviens, maintenant, dit Edith. Nous avons tous juré le secret.

— Vous ne pensez pas…, commençai-je, hésitante. Je me demandais juste si Eric pouvait avoir laissé échapper par mégarde la véritable identité de ma mère.

— La fuite ne viendrait jamais d'Eric, répondit Edith d'une voix ferme. Il n'oserait pas contrevenir à l'ordre que j'ai donné de conserver le secret d'Iris aussi longtemps qu'elle le jugera bon.

— C'est bien ce que je pensais, confirmai-je. Angela a baptisé son club les « Ravissantes Romantiques ».

— Les Ravissantes Romantiques ? Bonté divine. Quel nom extraordinaire ! s'esclaffa Edith.

Je ne l'avais jamais entendue rire aussi fort et je l'imitai à mon tour.

— Quel dommage que vous repartiez à Londres, ajouta-t-elle dans un dernier soubresaut d'hilarité. Je vous apprécie vraiment. Vous avez un bon sens de l'humour. Pas comme cette pauvre Lavinia. Je me demande… (Edith marqua une pause avant de me considérer d'un œil perspicace.) N'avez-vous jamais songé à diriger votre affaire en vous installant ici ?

— Vous voulez dire, ici ? Dans le Devon ? lui fis-je préciser, étonnée. Non, ma vie est à Londres.

— Je dois avoir mal compris alors, rétorqua-t-elle sèchement. Je croyais que vous n'aimiez plus les attributs de la célébrité.

— C'est bel et bien le cas.

— Dans ce cas… Ça doit être le charme des théâtres, des musées et des galeries d'art que vous trouvez irrésistible ?

— Pas vraiment, répondis-je.

— Le bruit ? L'agitation ? Je comprends qu'on puisse y être sensible quand on est jeune.

— Je n'appartiens plus à cette catégorie, constatai-je avec regret.

— À moins que votre bon ami, l'expert en œuvres d'art, n'ait enfin divorcé de sa femme ?

Même si Edith avait souvent admis qu'elle se régalait des colonnes consacrées aux ragots, j'étais embarrassée.

— Non, c'est terminé, m'empressai-je de répondre. Je pense juste que Londres est le meilleur endroit pour faire fructifier mon affaire.

— C'est absurde ! déclara Edith. À l'évidence, vous n'avez pas passé suffisamment de temps dans les ventes aux enchères de notre région. Les prix à Londres sont bien trop excessifs. Il y a des tas de bonnes affaires à dénicher dans le sud-ouest de ce pays. Prenez Chillingford Court, par exemple.

— Oui, je vais d'ailleurs à la vente aux enchères, demain.

— J'ai bien connu Binky Chillingford, naturellement. (Edith secoua la tête, comme si elle cherchait à se rappeler un souvenir.) C'était un homme affreux, avec des goûts particuliers. Mais peut-être que vous avez des amis à Londres, qui vous manqueraient ?

— Oui, j'ai des amis.

Pourtant, je n'avais pas plutôt répondu que je me demandai si c'était bel et bien le cas. Le commentaire d'Edith avait touché une corde sensible.

À dire vrai, j'avais une poignée d'amis, mais nous n'étions plus vraiment proches. J'avais commis l'erreur d'être si entichée de l'homme avec lequel je sortais que je les avais laissés tomber pour la plupart, parce que David considérait ses amis et relations comme plus importants ou du moins plus susceptibles de faire avancer ma carrière à la télévision.

À mesure que ma célébrité avait grandi, j'étais devenue très méfiante vis-à-vis des gens qui voulaient devenir mes amis pour ce qu'ils pouvaient obtenir de moi plus que pour la personne que j'étais. Tout cela s'était produit si lentement que je ne l'avais pas vraiment remarqué jusqu'à maintenant.

— Les amis, ça va et ça vient, mais en définitive, c'est la famille qui compte, reprit Edith. À votre avis, pourquoi aurais-je accepté, sinon, que cet Alfred, le frère adoptif d'Iris, travaille ici ? Parce qu'il appartient à sa famille. William aussi, fait partie de la famille, peu importe ce qu'il a fait. Je considère tous ceux qui vivent sur le domaine comme une partie de la famille Honeychurch. (Edith se retourna pour me lancer un autre de ses regards rusés.) Oui, même vous.

J'étais à la fois touchée et surprise par l'émotion que les commentaires contradictoires d'Edith m'avaient fait éprouver.

— À l'époque de mon grand-père, nous possédions tout le village de Little Dipperton, poursuivit-elle. Tous les cottages appartenaient au domaine. Quand j'étais enfant, nous avions coutume de respecter la tradition du Boxing Day, le lendemain de Noël, en offrant de la nourriture et des vêtements à nos fermiers du village. En été, nous organisions une foire annuelle au manoir… C'est d'ailleurs à l'occasion de l'une d'elles que j'ai rencontré votre mère, comme vous le savez très certainement. (Edith parut dériver vers un lointain souvenir.) Mais à présent, il ne nous reste plus que quelques cottages.

— Ceux qui ont des portes peintes en bleu ? hasardai-je.

— J'ai dit à Rupert que nous devrions les faire rafraîchir. Leur rendre leur toit de chaume. Sauf que nous avons déjà bien du mal à conserver le manoir en l'état. Enfin, chacun fait ce qu'il peut.

Je percevais le désespoir d'Edith et commençais à comprendre pourquoi Rupert et Lavinia avaient décidé de ne pas lui parler de l'opération Bullet.

Nous n'ouvrîmes plus la bouche jusqu'à ce que les loges inoccupées, à l'entrée du manoir de Honeychurch, soient en vue.

— Que diriez-vous de transformer l'une d'elles en bureau ? suggéra Edith. Vous pourriez utiliser l'autre comme salle d'exposition ou comme boutique ?

— Vous êtes sérieuse ?

J'avais toujours apprécié ces logis du XVIIIe siècle, ornés de la croix et de la devise de la famille Honeychurch : « *Ad perseverate est ad triumphum.* » Persévérer, c'est triompher. Je m'étais souvent dit qu'ils pourraient être retapés et mis à profit.

— Bien entendu, il est exclu que vous viviez en permanence avec votre mère, poursuivit Edith. Le Jane's Cottage est de l'autre côté du jardin encastré. Cela fait des décennies qu'il est inoccupé… Certes, il n'a pas le chauffage et sa plomberie est à refaire, mais si vous êtes intéressée, nous pourrions trouver un arrangement… Oh, espèce d'idiote ! hurla Edith. Éloignez-moi ce sac !

Duchesse se figea, avant de s'ébrouer furieusement. J'entrevis des éclairs de rose fluorescent, puis j'entendis comme le bruit d'un battement d'ailes. Soudain, ma monture se cabra. Instinctivement, je me penchai en avant, mais me cognai l'estomac contre le pommeau de la selle, qui me projeta sur le côté. Les rênes me glissèrent des doigts et le sol se rapprocha de moi à la vitesse de l'éclair.

J'entendis un craquement quand ma bombe heurta un gros rocher, puis mon visage et mon épaule rencontrèrent la poussière. J'avais mal. Pendant ce qui me sembla durer plusieurs minutes mais ne compta probablement que quelques secondes, je demeurai immobile, le souffle coupé, et désorientée, tandis que le bruit des sabots disparaissait au loin.

Abasourdie, je tentai de restaurer la netteté de ma vision.

Le visage d'Angela se pencha sur moi.

— Vous êtes blessée ? (Elle était au bord des larmes.) Oh, mon Dieu, c'est ma faute. Je suis tellement désolée.

— Qu'est-ce qui s'est passé ? demandai-je en essayant de m'asseoir, mais j'avais la tête qui tournait et je me sentais à deux doigts de vomir. (La panique me submergea.) Où est Duchesse ?

— Madame la comtesse est partie à sa poursuite. Elle a filé vers les stalles. (Angela agita un sac de grand magasin rose fluorescent.) Je crois que je l'ai effrayée avec ça. (Elle m'aida à me relever, scrutant mon visage avec anxiété.) Vous aurez un vilain coquard demain matin. Voulez-vous que je demande un remède à madame Cropper ? Vous pouvez marcher ? Appuyez-vous sur moi, je vous en prie.

— Non, répliquai-je. Ça va.

— Laissez-moi au moins vous raccompagner jusqu'aux écuries, insista Angela, éperdue. Madame Cropper voulait davantage de prunelles et je me suis dit qu'il devait y en avoir par ici. (Elle m'indiqua son iPhone.) J'ai même pris une photo de celles que vous avez ramassées, histoire de savoir à quoi ça ressemble.

Je laissai Angela radoter tout en priant pour qu'elle se taise. Ma tête me lançait et je me sentais secouée. Ce qui me préoccupait le plus, c'était Duchesse. Pourvu qu'elle ait regagné sa stalle au galop.

Angela et moi nous séparâmes à la bifurcation de l'allée.

— S'il vous plaît, laissez-moi demander un remède à madame Cropper, supplia-t-elle pour la énième fois. Je suis désolée. Vraiment.

— C'est bon, Angela, lâchai-je avec lassitude quand je la quittai pour échapper à ses excuses plaintives qui continuaient de striduler à mes oreilles.

Je retrouvai Edith dans la stalle de Duchesse, occupée à lui ôter sa selle.

— C'est vraiment gênant, fis-je. Elle va bien ?

— Quelle imbécile ! s'exclama Edith. Elle pensait à quoi, cette Parks, en venant agiter son sac sous le nez de la pauvre Duchesse ?

— Je n'ai pas vu ce qui s'est passé, avouai-je. Tout s'est déroulé trop vite.

— Eh bien, dépêchez-vous de rentrer, m'ordonna Edith. Vous feriez mieux de mettre quelque chose sur cet œil. Je m'occupe des chevaux. Filez !

De retour au Logis du palefrenier, je fonçai droit dans ma chambre. La dernière chose dont j'avais envie, c'était que ma mère me voie dans cet état et commence à en faire toute une histoire. La maison me parut d'un calme inhabituel, mais quand j'atteignis le palier, j'eus la surprise de découvrir un escabeau de bois appuyé contre une trappe béant sur ce qui devait être les combles. La perche qui servait à l'ouvrir et à la fermer gisait au sol.

— Maman ? appelai-je. Tu es là-haut ?

— Va-t'en, me répondit sa voix étouffée.

S'ensuivirent le glissement d'un objet qu'on traînait au-dessus de ma tête, un bruit sourd, puis un cri de douleur.

— Tu veux de l'aide ? demandai-je en commençant à gravir l'escabeau.

— Je t'ai dit de t'en aller ! hurla de nouveau ma mère.

Je regardai par-dessus le bord de la trappe. Il était difficile de distinguer quoi que ce soit dans l'obscurité sous la faible hauteur des avant-toits, principalement parce que ma mère était agenouillée, me tournant le dos, et qu'elle me cachait la lumière.

Quand elle commença à reculer, je reçus un nuage de poussière en plein visage.

— Fais attention aux rats, la taquinai-je.

Elle se redressa et se cogna la tête dans un bruit sec.

— Nom de Dieu !

— Je suis désolée. Je plaisantais, fis-je, en me sentant coupable. On dirait que ça a fait mal.

Elle pivota pour me regarder. Ses cheveux étaient couverts de toiles d'araignée et son visage maculé de saleté. Elle se mit à ramper pour regagner la sortie et je perçus un morceau de plastique bleu coincé sous son pull Marks & Spencer à col V.

— Qu'est-ce que tu mijotes ?

— T'occupe, répliqua ma mère. Ôte-toi de mon passage. J'ai besoin de l'escabeau.

Pourtant, je ne bronchai pas.

— Qu'est-ce que tu as planqué sous ton pull ? Tu te drogues ?

— Bon sang ! s'écria ma mère. Qu'est-ce qui t'est arrivé au visage ? Quelqu'un t'a flanqué un coup dans l'œil ?

— Ce n'est pas exactement comme si, de ton côté, tu avais l'air prête à rencontrer un membre de la famille royale.

Comme ma mère se penchait pour mieux voir, l'objet bleu tomba et dégringola sur le palier.

— Ne touche pas à ça, vociféra ma mère.

Je me précipitai en bas de l'escabeau et examinai un paquet de la taille d'un livre, enveloppé dans du plastique bleu transparent. Je n'en croyais pas mes yeux. On aurait dit des liasses de billets de cent livres.

Je relevai les yeux pour observer ma mère qui descendait précautionneusement l'escabeau.

— Ne me dis rien, laisse-moi deviner, fis-je. Alfred et toi, vous avez dévalisé une banque.

12

— C'est mon argent et je l'ai gagné, déclara ma mère.

— Il y en a pour combien, là-dedans ? demandai-je. Non, en fait, ce que je devrais plutôt te demander, c'est combien d'argent il y a là-haut, rectifiai-je en désignant les combles.

— Tu es vraiment impossible, Katherine, répliqua ma mère. Tu es pire que ton père avec toutes ces questions et ta manie de fouiner.

Elle me regardait d'un air de défi, une expression dont j'avais été témoin à l'occasion, après une dispute avec mon père sur ses dépenses pour l'entretien de la maison.

— Tu es au courant qu'il existe des banques ? revins-je à la charge.

— Je peux difficilement faire un saut sur les îles Anglo-Normandes quand j'ai besoin de retirer du liquide, rétorqua ma mère.

— Tu as un compte offshore ? hoquetai-je.

— Mon éditeur me verse mes droits d'auteur sur un compte à Jersey…

— Dans les îles Anglo-Normandes !

— Oui, c'est en effet là que se trouve Jersey, ironisa ma mère. Je ne vois pas pourquoi le gouvernement devrait taxer l'argent que j'ai si durement gagné. C'est tout à fait légal.

J'accueillis cette nouvelle information avec consternation.

— Je croyais qu'il n'y avait que les multimillionnaires pour ouvrir un compte à l'étranger.

— Ne sois pas ridicule. Il suffit de connaître les bonnes personnes.

— Ce qui est ton cas, à l'évidence. (Je n'avais pas envie de demander, mais je le devais.) Et qui sont-elles, ces bonnes personnes ?

— Aucune idée, répondit-elle en haussant les épaules. C'est Alfred qui a organisé ça.

— Quoi ? m'écriai-je. Je croyais qu'il venait tout juste d'être libéré sur parole.

— Il l'a fait il y a des lustres, répliqua ma mère avec désinvolture. Je ne pouvais absolument pas courir le risque que ton père découvre tout ça. Je n'avais pas le choix. C'était une idée d'Alfred.

— Mais comment s'y est-il pris ?

— Disons qu'il a beaucoup de relations, ma chérie, aussi bien à l'intérieur qu'à l'extérieur de la prison.

— Et… comment tu accèdes à ton argent ?

— En bateau.

— Comment ? Quand ?

— Pas quand ton père était vivant, cela va de soi, répondit ma mère. J'ai été assez surprise de découvrir que j'avais bien plus d'argent que je ne croyais. J'ai simplement pris le ferry depuis Weymouth. Il ne faut que quatre heures aller et retour, donc j'étais de retour pour le thé. Ça reste très civilisé.

Je tentai de saisir un autre détail de la vie secrète de ma mère.

— Et comment fais-tu pour rapporter l'argent ?

— Dans ma valise.

Je la dévisageai, horrifiée.

— Mais enfin, ça équivaut à de la contrebande !

— N'importe quoi ! s'écria-t-elle. Je peux rapporter dix mille livres à chaque voyage et ne pas les déclarer. Je connais mes droits. C'est tout ce qu'il y a de plus légal.

— Ça n'a rien de légal, au contraire, protestai-je. Sans

quoi tu aurais ton argent sur un compte ici. Tu sais aussi bien que moi que les lois sont très strictes en ce qui concerne la possession de comptes dans les îles Anglo-Normandes. C'était un des projets de prédilection de papa. (Ma mère ne répondit rien.) Et tes relevés de banque, ils sont envoyés où ?

— On ne me les envoie pas. J'ai souscrit à une banque en ligne.

— Mais enfin, tu n'as pas d'ordinateur et encore moins d'Internet.

— Et à quoi ils pourraient bien me servir, l'un et l'autre ?

— C'est un compte en ligne, fis-je, exaspérée.

Ma mère haussa de nouveau les épaules.

— Je tiens mes propres comptes. J'ai un petit carnet pour ça. De toute façon, je ne vois pas en quoi ça te concerne. C'est ma vie.

Certes, et je n'aurais pas dû m'en préoccuper, pourtant c'était bel et bien le cas. Je n'avais pas tout à fait compris comment fonctionnait le montage de ma mère, mais cela semblait plus que louche.

— Tu as raison, c'est ta vie, admis-je de guerre lasse.

— Parfait. Alors maintenant que nous avons tiré les choses au clair, pourquoi ne descendrions-nous pas manger un bout ?

Sur quoi elle me passa devant et je la suivis au rez-de-chaussée jusque dans la cuisine.

— Aide-moi juste à comprendre, repris-je. Tu as payé cette maison en liquide.

— Exact.

— Et je sais que tu as dépensé beaucoup d'argent dans une nouvelle salle de bains.

— Exact.

— Donc tu as dû faire entrer en douce bien plus de dix mille livres. Il y a quelque chose qui cloche, là-dedans… (Je poussai la porte de la cuisine.) Oh, salut, mon beau ! (Mister

Chips virevoltait autour de la table de la cuisine et paraissait plus excité qu'à l'ordinaire.) Qu'est-ce que tu… ?

— Angela !

Ma mère me lança un regard horrifié, par lequel tout son visage demandait : « Nous a-t-elle entendues ? »

— Bonjour. Qu'est-ce qui s'est passé ? demanda-t-elle. Vous avez toutes les deux l'allure de femmes qui reviennent de la guerre.

— On peut dire ça comme ça.

Nous devions avoir une sacrée dégaine, effectivement. J'étais certaine que mes joues avaient joliment enflé, tandis que l'incursion de ma mère dans ses combles dégoûtants avait couvert ses habits de toiles d'araignée.

— Oh ! Vous avez une araignée, là ! s'écria Angela en désignant les cheveux de ma mère.

— C'est une banale tégénaire, la rassurai-je en retirant doucement la bestiole.

— Très douée, constata sèchement ma mère.

— Tuez-la ! s'exclama Angela.

— Ça porte la poisse de tuer une tégénaire, répliqua ma mère.

— La poisse ? couina Angela. Mais… il y en avait des centaines quand j'ai nettoyé les celliers. Je… Je les ai chassées au balai.

— J'ai entendu dire que vous vous étiez également assise sur la chaise de Sir Maurice, donc vous feriez mieux d'être méfiante, il me semble, ajouta ma mère plutôt méchamment.

— Qu'est-ce qui cloche avec Mister Chips ? demandai-je.

L'écume aux babines, le jack russell s'attaquait à un pied de table. Des filets de bave gouttaient par terre.

— Il flaire la viande, expliqua Angela en pointant du doigt le sac en papier sur la table de la cuisine. Madame Cropper m'a donné un steak cru pour votre œil.

— Un sachet de petits pois fera aussi bien l'affaire, répliquai-je, mais merci quand même.

— C'est ce que vous tenez là ? s'enquit la jeune femme en scrutant le paquet bleu dans la main de ma mère.

Même moi je distinguais le dessin d'un billet de banque à travers le plastique transparent.

Angela se rapprocha d'un pas.

— C'est de l'argent ? Vous avez cambriolé une banque ?

— De l'argent ? De l'argent ! Quelle supposition idiote. Ce sont des petits pois, s'empressa de démentir ma mère. Kat allait justement les remettre au congélateur. Tiens, Kat, attrape !

Ma mère me jeta le paquet. Si mal que j'échouai à le rattraper. Il tomba par terre. Angela s'avança pour le ramasser, mais en fut empêchée quand, de façon inexplicable, ma mère l'écarta d'un coup de pied. Il glissa sur le sol où – à notre immense stupeur – Mister Chips le ramassa, avant de s'enfuir à toute allure de la cuisine.

— Oh ! Le chien ! Le chien ! hurla ma mère. Vite, Kat. Dépêche-toi !

— Excusez-moi.

Je me précipitai à ses trousses, laissant Angela plantée là, bouche bée.

Je découvris avec consternation que la porte d'entrée avait été laissée entrouverte. Je me ruai dehors, juste à temps pour voir Mister Chips se faufiler à travers la haie qui nous séparait de la décharge d'Eric.

— Mister Chips ! m'époumonai-je. Ici, mon garçon. Viens là.

Enfer et damnation. Comme je portais mes chaussures d'intérieur, je choisissais avec précaution l'endroit où je posais les pieds entre les flaques pour me diriger vers la porte de fortune en tôle ondulée. Ignorant le « Toute entrée par effraction sera punie. Les braconniers seront tirés au fusil » qui avait été tracé à la bombe carmin, je passai un temps infini à tenter de décrocher le complexe enchevêtrement de chaînes qu'utilisait Eric pour que la porte reste verticale. Enfin parvenue à tirer le maudit truc, je jetai un coup d'œil dans la décharge. Mes pires craintes s'étaient réalisées.

Mister Chips avait disparu.

— Enfer et damnation, grommelai-je de nouveau, en examinant mes pieds.

Mes chaussures étaient déjà maculées de boue et, si je perdais du temps à courir chercher mes bottes en caoutchouc au Logis du palefrenier, je n'arriverais jamais à le rattraper.

J'hésitai quelques instants. Je n'aimais pas du tout l'idée de traverser la cour d'Eric, mais vu que sa Land Rover n'était pas garée devant sa vieille caravane, j'en conclus qu'il ne devait pas être dans les parages.

Dès que je me fus faufilée à travers le portail, je le manœuvrai pour le remettre en place, raccrochant rapidement la chaîne, puis j'entrepris de patauger à travers la décharge.

À tous les coups, aussitôt que Mister Chips réaliserait que son butin ne recelait pas de steak sanguinolent, il l'abandonnerait. Non, erreur ! Il ne ferait jamais ça. Il allait plutôt l'enterrer.

Oh, bon sang ! Comme c'était énervant ! Je sentis quelques gouttes et, quand je levai la tête vers le ciel, je découvris une couverture de nuages sombres au-dessus de ma tête. C'était tout moi, ça. Je n'avais pas pensé à prendre de manteau.

— Mister Chips ! hurlai-je, lorsque j'eus la vision fugitive de quelque chose de marron et blanc passant à travers les broussailles, de l'autre côté de la décharge d'Eric. Enfer et damnation ! marmonnai-je pour la énième fois, en me lançant au petit trot à sa poursuite, rasant la haie et gardant un œil sur les endroits propices à l'enfouissement comme les terriers de putois ou de lapins.

Deux champs plus loin, j'avais perdu toute trace de Mister Chips ou du paquet bleu.

Mes pieds étaient mouillés, j'avais froid et je mourais de faim, m'étant lancée dans cette quête inutile avant de déjeuner. J'éprouvais aussi une colère irrationnelle contre ma mère, moins parce qu'elle s'était contentée de garder son argent chez elle que pour sa réaction face à Angela.

Alors que je grimpais sur l'échalier et redescendais vers le boqueteau du Cavalier, sur le point d'abandonner et de rentrer chez ma mère, j'aperçus quelque chose qui gisait dans l'herbe, quelque chose qui me glaça les sangs.

Il s'agissait de la canne en os de bœuf de Valentin, avec son pommeau en forme de tête de bouledogue, si reconnaissable.

Fouillant la vallée des yeux, je fus tout à coup saisie d'un affreux pressentiment.

Le SUV de Valentin était toujours là, garé devant le portillon à cinq barreaux.

Le vent se leva et un frisson me parcourut. Quelque chose clochait et clochait de façon horrible.

Récupérant la canne en os de bœuf, je grimpai la colline pour m'approcher de sa voiture, sans plus songer à Mister Chips ni à ma mère.

Comme je m'y attendais, le SUV de Valentin était verrouillé. Je regardai à travers chaque vitre, mais si l'on exceptait une paire de gants de cuir marron et le catalogue de la vente de Chillingford Court, le véhicule était vide. Je composai encore une fois le numéro de Valentin. J'entendis le « clic » qui me redirigeait vers un message d'accueil préenregistré annonçant que son répondeur était plein.

J'étais plongée en plein dilemme. Ma première impulsion fut d'appeler la police.

Je devinais que ma requête paraîtrait pour le moins incongrue et se heurterait à ce genre de questionnement :

« Connaissiez-vous Valentin Prince-Avery depuis longtemps ?

— Moins de vingt-quatre heures.

— Quand l'avez-vous vu pour la dernière fois ?
— Hier. Quand il s'est enfui de la réunion de protestation.
— Pourquoi avez-vous l'impression qu'il a disparu ?
— Il m'a laissé un message étrange et n'a pas répondu à mes appels. J'ai trouvé sa canne dans un champ et sa voiture est toujours garée sur la route d'en haut.
— Où séjourne-t-il et avez-vous essayé de l'y contacter ?
— Au Hare & Hounds et non, je n'ai pas essayé. »

Peut-être me montais-je la tête. Valentin avait beaucoup bu, la veille au soir, et il avait pris sa voiture pour aller je ne savais où. Si cela se trouvait, il avait jugé qu'il avait dépassé les bornes et qu'il valait mieux laisser sa voiture ici et regagner le pub à pied. Ce n'était pas loin. En revanche, il n'aurait certainement pas abandonné en plein milieu d'un champ la canne en os de bœuf de son arrière-grand-père.

Puisque j'étais déjà à mi-chemin du village de Little Dipperton, je décidai de marcher jusqu'au pub, sans égard pour mes pieds en chaussures d'intérieur. À ce stade, j'avais cessé de m'en préoccuper.

Et je passais tout juste devant Bridge Cottage quand il se mit à pleuvoir pour de bon.

Peut-être pourrais-je emprunter un parapluie à Patty. Et éventuellement une paire de bottes de caoutchouc.

Je frappai à sa porte d'entrée mais, n'obtenant aucune réponse, je contournai la bâtisse pour parvenir à l'arrière du cottage où un potager surélevé, abandonné et hérissé de mauvaises herbes, partageait la petite bande de terre qui faisait office de jardin. Une soute à charbon en béton se dressait à côté d'une remise au toit de tuile que je soupçonnais d'abriter encore des toilettes à l'ancienne. Une extension avait été ajoutée plus tardivement au toit initial du cottage. Un matelas moisi et un lit à ressorts rouillés traînaient sous la gouttière cassée. On aurait dit que quelqu'un venait juste d'ouvrir une fenêtre à l'étage et de précipiter le tout dehors.

Comme la plupart des arbres avaient perdu leurs feuilles, on voyait à travers champs jusqu'au boqueteau du Cavalier, depuis le jardin. J'espérais toujours apercevoir Mister Chips, mais je le soupçonnais d'être retourné au manoir, à l'heure qu'il était, avec ou sans l'argent de ma mère.

Quinze minutes plus tard, je pénétrai dans le pub, avec la sensation d'être un rat mouillé. Bien que Doreen et Stan affichent « Ouvert à toute heure », le bar était relativement désert. Fred le canard occupait son poste au bout du comptoir, juste à côté du seau recueillant les dons.

— Vous êtes trempée ! s'exclama Doreen. Et qu'est-ce qui est arrivé à votre visage ?

J'avais complètement oublié ma chute.

— Je suis tombée de Duchesse.

— Il faut que vous appliquiez un beau steak sur votre œil, me conseilla Doreen. Je vais voir ce que je peux trouver.

— Non, ce n'est pas la peine. Madame Cropper m'en a déjà donné un.

— Bonté divine, jeune fille ! s'écria Doreen en découvrant soudain mes souliers détrempés. Qu'est-ce qui vous est passé par la tête ? (Elle me jeta un regard intrigué.) Vous n'êtes quand même pas venue jusqu'ici chaussée comme ça ?

— En fait, si, répliquai-je gaiement. J'ai un ongle incarné particulièrement douloureux et ce sont les seules chaussures que je supporte.

— Et vous n'avez même pas de manteau !

— Il ne pleuvait pas quand je me suis mise en route.

— Vous auriez bien besoin d'un bon grog, décréta Doreen.

— J'aimerais beaucoup, oui, fis-je, avant de réaliser que je n'avais pas davantage d'argent que de manteau. Non, inutile. En fait, il faut que je rentre.

Doreen me lança un autre regard intrigué.

— Bon, dans ce cas, que pouvons-nous faire pour vous ? Êtes-vous venue voir Patty ?

Non.

— Pauvre Patty, répondis-je. Comment tient-elle le coup ?

— Comme ci comme ça, dit Doreen. Elle a insisté pour passer la nuit à Bridge Cottage, cela dit. Stan est passé la chercher ce matin. Vous désirez lui parler ?

— Non… c'est-à-dire, je suis ici à propos de Valentin Prince-Avery.

— Il est reparti pour Londres ce matin, répliqua Doreen.

— Ce matin ? (J'étais sidérée.) J'ai trouvé sa canne dans un champ et je voulais la lui rendre, expliquai-je en brandissant l'objet en question, avec l'impression d'être plus que ridicule. Il m'a confié qu'elle avait une valeur sentimentale pour lui.

— Apparemment, ça ne l'aura pas empêché de l'abandonner dans un champ, ironisa Doreen. Il a débarrassé le plancher sans même dire au revoir. Il avait payé par avance en liquide. J'imagine que nous lui avons flanqué une sacrée frousse, hier soir. Vous ne croyez pas ?

— Ça m'en a tout l'air, confirmai-je. Vous a-t-il laissé une adresse ?

— Je vais poser la question à Stan.

Doreen disparut dans la cuisine. Pendant que je l'attendais, j'examinai la pièce. Le panneau d'affichage au bout du bar présentait le prospectus du club de lecture d'Angela, ses Ravissantes Romantiques, et une photocopie couleur agrandie de la couverture de *La Séductrice tzigane. Encore une nouvelle catastrophe en prévision*, me dis-je.

La porte d'entrée s'ouvrit pour livrer passage à Benedict et Eric, en pleine conversation. Benedict portait un appareil Nikon haut de gamme, qui devait coûter, selon moi, des milliers de livres.

— Elle est là ! s'exclama Benedict, dont le visage s'illumina avant de s'assombrir quand il découvrit l'état du mien. Que vous est-il arrivé ?

— Je suis désolée. Comme vous pouvez le constater, il y

a peu de chances que je sois en mesure de participer à une séance photo.

Sur quoi j'expliquai comment j'étais tombée de Duchesse.

— Nous devrions nous voir à Londres, répliqua Benedict. Je pense que ce serait une meilleure idée. Je vous inviterais à dîner et nous pourrions discuter de cette vente aux enchères. Je vais y retourner en début de semaine prochaine et votre mère a laissé entendre que vous y seriez aussi. (Il se tourna vers Eric.) Nous n'avons pas de chance aujourd'hui, dites-moi.

— Où avez-vous caché les pancartes, Kat ? me demanda Eric avec une pointe d'agacement.

— Les pancartes ? Je pensais que c'était vous qui les aviez enlevées.

— Non, elles avaient disparu quand je suis monté, ce matin.

— Peut-être quelqu'un d'autre au village s'en est-il chargé ? suggérai-je.

— Peut-être, répliqua Eric, peu convaincu. Qui ça, par exemple ?

— Peu importe, intervint Benedict. J'ai une meilleure idée. Un de mes amis possède un hélicoptère. Nous pourrions prendre des clichés aériens. Il me doit une faveur. Tout ce que nous aurions à payer, c'est le carburant.

— Le projet est pour le moins excessif, objectai-je.

Mais les yeux d'Eric s'arrondirent comme des soucoupes.

— Je ne suis jamais monté dans un hélicoptère.

— De toute façon, nous avons besoin de ces clichés aériens, pour les transmettre à mon collègue qui travaille sur la nouvelle route et sur un éventuel tunnel… Ah, Doreen !

Celle-ci revenait de la cuisine avec Patty dans son sillage, portant des gants en caoutchouc jaune. Je fus surprise de découvrir qu'elle travaillait vraiment. Eric grommela quelque chose qui ressemblait à : « Toutes mes condoléances. » Benedict se fit l'écho de ce sentiment en laissant un silence gêné s'installer.

— Messieurs, prenez place et je suis à vous dans un instant, lança vivement Doreen.

— Nous préférerions jouer aux piliers de bar, répliqua Benedict.

Doreen se tourna vers moi.

— Stan dit que Prince-Avery n'a pas laissé d'adresse, m'informa-t-elle. Et c'est Patty qui a nettoyé sa chambre ce matin.

— Exact, confirma l'intéressée. Il m'a expliqué qu'il devait partir précipitamment et qu'il allait prendre un train pour rentrer à Londres.

Elle tripotait ses gants sans me regarder dans les yeux.

— Quel est le problème ? s'enquit Benedict en se rapprochant, même si je devinais qu'il avait prêté l'oreille à notre conversation.

— Monsieur Prince-Avery a fichu le camp pour Londres ce matin, expliqua Doreen.

— En laissant cela derrière lui, ajoutai-je en montrant la canne en os de bœuf de Valentin.

— C'est un objet d'une grande élégance, constata Benedict qui s'en saisit pour en caresser le bâton. D'une très grande élégance. Je pourrais l'emporter si vous voulez. À un moment ou à un autre, je finirai par le voir à Londres, surtout quand notre proposition sera prête.

— Ce n'est pas la peine. Je vais la garder. Vu que Valentin est le consultant en indemnités pour cette région, je suis certaine qu'il va revenir.

— Espérons-le, répliqua Benedict. Il doit encore rencontrer la moitié des habitants du village, mais si je tombe sur lui avant son retour, je le préviendrai que vous avez sa canne.

Je réfléchis quelques instants.

— Je me demande comment Valentin a pu se rendre à la

gare. Il a laissé son SUV sur Hopton's Crest, expliquai-je avant de me tourner vers Patty. Vous avez une bonne vue depuis Bridge Cottage. Où étiez-vous la nuit dernière ? Avez-vous vu… Oh… Je veux dire…

Trop tard ! Quelle affreuse bévue.

Patty poussa un cri, ses yeux s'emplirent de larmes. Elle pivota sur ses talons et reflua vers la cuisine en toute hâte.

J'étais mortifiée.

— Elle va s'en remettre, me rassura Doreen. Elle a déjà versé des seaux de larmes.

Benedict me posa une main sur le bras.

— Ce que Kat essayait de dire, me semble-t-il, c'est que le choix de l'endroit paraît étrange pour y abandonner une voiture de location.

— Pas s'il se dépêchait pour attraper le train de Newton Abbot, objecta Doreen. Ogwell est dans la mauvaise direction. Pourquoi cette question ?

— Je demandais ça comme ça, m'empressai-je de répondre.

— Visiblement, vous ne plaisez guère à votre Valentin, plaisanta Eric. C'est comme ça qu'on appelle un petit ami, de nos jours, non ?

— Très drôle, Eric, répliquai-je. Je ne l'ai rencontré qu'hier.

— Vous allez vite en besogne. Quelqu'un vous a vue sortir de la chambre de Prince-Avery, la nuit dernière.

— Vous voulez parler d'Angela ? m'emportai-je. Je n'ai fait que discuter avec lui des options qui s'offraient à ma mère, si vous voulez tout savoir.

— Waouh ! Belles pantoufles ! s'esclaffa-t-il en donnant un petit coup de coude à Benedict.

— En fait, ce sont des chaussures d'intérieur.

— Très sexy, ironisa Benedict.

— Elle a un ongle incarné, s'immisça Doreen.

— Si vous voulez bien m'excuser, maintenant, je vais devoir rentrer chez moi.

— Tu ne vas pas laisser Kat refaire le trajet à pied sous cette pluie, grommela Doreen, avec un regard à l'adresse d'Eric qui le défiait d'oser agir autrement. Tu parles d'un gentleman.

— Ça ira, je vous assure.

— Bien sûr que je vais la ramener chez elle, intervint Eric. On se voit demain, Benedict.

Eric et moi prîmes congé de l'assistance et je quittai le pub à sa suite, habitée par des sentiments mitigés. Je mentirais en prétendant ne pas lui avoir été reconnaissante de me ramener chez moi.

Même si le parking se révéla presque désert, une Prius se trouvait devant le panneau : « Interdiction de se garer ici. Et ça vaut pour toi ! » Des giclures de boue montaient jusqu'à mi-caisse et les vitres étaient constellées de saletés.

— J'ai fait un trajet avec Benedict là-dedans, déclara Eric. J'avais l'impression de me déplacer dans une boîte de conserve.

— Elles sont censées être très économiques.

— Ouais. N'empêche que je préfère une Land Rover. Vous auriez dû voir l'intérieur. De la boue partout.

— À ce propos, vous voulez que j'enlève mes chaussures ?

— Ne soyez pas bête, répliqua Eric. Je ne suis pas allergique à un peu de boue.

Il m'ouvrit galamment la portière passager et m'aida à m'installer.

— Vous êtes frigorifiée, mademoiselle, constata-t-il d'une voix douce. N'oubliez pas de boire un grog bien chaud en rentrant chez vous, sans quoi vous allez attraper la mort.

— Merci.

Dire que j'étais surprise de la sollicitude d'Eric serait un euphémisme.

— Aviez-vous déjà rencontré Benedict avant hier soir ? demandai-je alors que nous démarrions.

— Non. Il a quitté le pays voici des années. Mais je sais que madame la comtesse et lui sont amis depuis l'enfance, précisa-t-il. En fait, si vous voulez mon avis, avec le départ de monsieur le comte et tout ça, je me demande s'il ne leur arriverait pas de jouer un peu à la bête à deux dos.

J'étais partagée entre le désir d'apprendre tous les détails et celui de ne pas me faire entraîner dans les commérages du coin.

— Je pensais que Rupert n'était parti à Londres que pour affaires ?

— Ils sont tous très secrets à ce sujet, répondit-il. D'après madame Cropper, il n'a pas dit où il allait ni pour combien de temps.

— Comment Angela s'en sort-elle ? demandai-je, mettant précautionneusement le sujet sur le tapis.

— Vous voulez savoir si elle me plaît ?

— Non.

— Elle n'est pas mon genre, répondit-il malgré tout. Il faut qu'elle se fasse redresser cette dent.

D'où sortait cette obsession quasi générale – au point de concerner aussi ma mère – pour les dents ?

— Ma mère et moi avons l'impression qu'elle cherche à partir en Italie avec vous, puisque vous avez décidé d'accepter le prix de Vera, au bout du compte.

— C'est donc votre opinion sur le sujet ? Je fais ce que Vera aurait voulu. Elle a gagné ce concours à la loyale.

— Vous n'auriez pas préféré prendre l'argent, à la place, et le consacrer à une noble cause, cette campagne par exemple ?

— J'ai déjà eu cette conversation avec Iris et la réponse est non, répliqua Eric. En quoi Honeychurch vous concerne-t-il ? Vous êtes une étrangère, de toute façon.

L'agacement d'Eric parut se transmettre à son pied, car sa Land Rover bondit vers l'avant sous l'effet d'une accélération soudaine.

— Je ne suis pas plus une étrangère que Benedict Scroope… et pourriez-vous ralentir un peu ?

— C'est quand même un homme du Devon, répliqua Eric. Nous avons vécu toute notre vie ici, et nos parents et grands-parents avant nous ! C'est la seule vie que nous connaissons. Les gens du village, Doreen, Stan, Muriel du bureau de poste et les sœurs qui tiennent l'endroit miteux faisant office de café, c'est tout ce qu'ils connaissent, eux aussi. Si un train passe par ici… (Sa voix se brisa, mais il se débrouilla pour masquer son émotion derrière une grosse toux.) Ce sera comme mourir à petit feu.

— Je sais et j'en suis désolée.

— Benedict est notre seul espoir, poursuivit-il avec le plus grand sérieux. Saviez-vous qu'un martin-pêcheur vit près du fleuve, au pied du cimetière équin de madame la comtesse ?

— Un martin-pêcheur ? m'étonnai-je. Je suis au courant de l'existence des loirs de Honeychurch, dans le boqueteau du Cavalier…

— Eux aussi. Mais les martins-pêcheurs sont protégés par la loi et vous pouvez écoper de cinq mille livres si vous dégradez un nid.

— Je l'ignorais, fis-je.

— C'est ce qu'a déclaré Benedict. J'ai vérifié et il a raison. Donc vous voyez, il va agir au mieux pour nous. Opter pour la solution environnementale. Shawn nous a dit de travailler dans les règles et c'est ce que nous allons faire, donc cessez de vous mêler de ce qui ne vous regarde pas.

— Ce n'est pas ce que je fais !

— Bon Dieu, merde ! Où est-ce que vous avez fourré ces pancartes ?

— Je ne vous permets pas de me parler sur ce ton ! rétorquai-je, en proie à un vif accès de colère. Je vous ai dit que je ne les avais pas touchées. Peut-être que Lavinia vous a devancé ? Vous avez seulement songé à lui poser la question ?

— J'ai du mal à voir madame la comtesse faire une chose pareille, répliqua Eric. Benedict était vraiment furax.

— C'est peut-être la raison pour laquelle Valentin est retourné à Hopton's Crest ? suggérai-je. Peut-être qu'il les a remises dans le coffre de sa voiture ? Vous devez bien reconnaître que les choses ont été plutôt moches, hier soir.

Eric resta silencieux quelques secondes, puis il lâcha :

— Ouais, ça se pourrait.

— Vous ne pensez pas que Patty pourrait savoir quelque chose ? insistai-je. Elle est retournée chez elle. Peut-être qu'elle a justement vu Valentin faire ça. En cette saison, on a une vue dégagée sur le boqueteau du Cavalier depuis Bridge Cottage… (Soudain, une pensée me traversa l'esprit.) Vous n'avez pas vu Mister Chips, cet après-midi ?

— Il est tout le temps dans les parages. Surtout maintenant que je suis en train de creuser ces fossés. Pourquoi ?

— Est-ce qu'il portait un paquet bleu ?

— Un paquet bleu ? répéta Eric, hésitant. Non, je ne m'en souviens pas. Si ça se trouve, il l'a enterré quelque part. Dans la terre que j'ai remontée de mes fossés. C'est par là que je commencerais, si j'étais vous. Pourquoi ? C'est important ?

— Non. Absolument pas. (Mince alors ! Eric avait creusé des fossés à peu près partout sur le domaine.) Vous avez bien dit que vous l'aviez aperçu cet après-midi ?

— Non, répondit Eric. Après que je vous ai vues partir en promenade à cheval, madame la comtesse et vous, je suis allé retrouver Benedict dans son hôtel de Dartmouth. Nous avons passé ces dernières heures à tourner en voiture dans la région, pour prendre des photos.

Je restaurai mentalement la chronologie des faits. J'étais allée faire du cheval avec Edith à 11 heures pour revenir vers midi, puis Angela avait surgi et, peu de temps après, je m'étais élancée à la poursuite de Mister Chips. Il semblait bien qu'Eric disait la vérité.

Nous poursuivîmes notre route en silence.

— Eric, repris-je d'une voix hésitante, c'est très important que vous gardiez l'identité de ma mère secrète. Je sais que vous ne partagez pas toujours le même avis sur tout, mais elle apprécie vraiment votre silence là-dessus.

— Iris et moi, on ne se supporte pas, lâcha-t-il sans ménagement. Ne vous inquiétez pas. Si je tiens ma langue, ce n'est pas pour lui plaire, mais parce que lady Edith me l'a demandé. Et par ailleurs, la campagne a besoin de l'argent d'Iris.

— Waouh ! Au moins, vous êtes honnête !

Je ris de bon cœur et, pour la première fois, Eric sourit.

Nous étions parvenus à l'embranchement devant Bridge Cottage. Si nous avions pris sur la gauche, nous serions arrivés à l'entrée de service et, huit cents mètres plus loin, aux loges qui flanquaient l'allée principale conduisant au manoir.

Après quelques secondes d'hésitation, Eric s'engagea à droite et nous entreprîmes la lente ascension sinueuse vers Hopton's Crest.

La Land Rover suivit la courbe du sommet et longea la crête. Les phares d'Eric éclairaient une sorte de tunnel près de la longue piste rectiligne bordée de haies et de broussailles. Le vent s'était de nouveau levé et les feuilles volaient et tourbillonnaient devant nous.

Nous franchîmes le portillon à cinq barreaux et parvînmes à l'extrémité de la piste qui se muait en un étroit sentier équestre, encadré d'arbres en surplomb.

Plus la moindre trace de la voiture de Valentin. Elle avait disparu.

— Satisfaite ? s'enquit Eric.

— Oui, merci, répondis-je bien que, naturellement, ce ne soit pas le cas.

— Comme je vous l'ai déjà dit…, commença-t-il avec un sourire suffisant. Peut-être que c'est vos pantoufles qui ont refroidi votre Valentin.

— Chaussures d'intérieur, rectifiai-je.

Tout en regagnant le Logis du palefrenier à travers la décharge d'Eric, je composai deux fois de plus le numéro de Valentin pour tomber sur le même message préenregistré qui m'annonçait que son répondeur était saturé. En fin de compte, je lui envoyai un texto pour l'informer que j'avais trouvé sa canne et lui demander de m'appeler afin de venir la récupérer.

Puis, résolue à ne pas perdre une minute de plus avec Valentin Prince-Avery – un homme qui ne m'attirait vraiment pas –, je me dirigeai vers la porte d'entrée, m'armant de courage en prévision d'une inévitable crise d'hystérie.

Maman allait devenir dingue quand je lui apprendrais que son argent avait disparu.

13

À mon grand dépit, je trouvai la porte d'entrée verrouillée et je dus tambouriner puis crier pendant ce qui me sembla durer des heures. Finalement, ma mère ouvrit.

— Ça va ? hasardai-je prudemment. Tu as réparé le verrou ?

— Oui, il fonctionne maintenant. Hourra !

Elle avait les joues empourprées et ses yeux trahissaient une gaieté alcoolisée. Elle m'engloutit dans une étreinte vigoureuse.

— Oh, mais tu es trempée !

— Qu'est-ce qui se passe ?

— Je fête quelque chose, répondit-elle d'un ton enjoué. Devine qui attend dans la cuisine.

— Aucune idée.

— Allez, fais un effort. Devine !

— La reine d'Angleterre ?

— Pas encore, répliqua ma mère en tournant les talons et en sautillant presque jusqu'à la cuisine où elle lança d'une voix forte : La voilà !

Je posai la canne de Valentin et me débarrassai de mes chaussures, afin d'entrer à sa suite.

— Elle a l'air d'un rat mouillé, l'entendis-je annoncer. Et surtout, ne fais pas attention à son visage.

— Pourquoi ? répliqua une voix rocailleuse marquée par un fort accent cockney. Si elle te ressemble, ça doit être une beauté.

Je découvris, assis à la table de la cuisine, un homme d'environ soixante-quinze ans, portant le vieux peignoir rayé de mon père. Je sursautai. L'espace d'un instant, je fus transportée dans notre cuisine de Tooting, un dimanche matin, quand ma mère et lui remplissaient une grille de mots croisés ensemble.

Mais naturellement, il ne s'agissait pas de mon père.

Cet homme était maigre, avec une tignasse blanche et des lunettes à monture d'acier. Avec sa lourde mâchoire, il m'évoquait le bouledogue sur la canne de Valentin.

— Vous devez être Alfred ? supputai-je.

— Je t'avais dit qu'elle devinerait qui tu es, fanfaronna ma mère.

— Affublée d'un coquard, comme une véritable Bushman, constata Alfred, dévoilant les quelques dents qui lui restaient.

Il avait dû perdre les autres sur le ring.

— Sauf que je ne suis pas une vraie Bushman, n'est-ce pas ? ne pus-je m'empêcher de répliquer. Maman est votre sœur adoptive, non ?

— Ne fais pas attention à ses accès de mauvaise humeur, s'esclaffa ma mère.

— Prends-toi une chaise, me lança Alfred. Bois un verre avec nous. Et faisons connaissance. Quel poison tu choisis ?

Alfred sirotait un scotch – mon père avait été un amateur de whisky et ma mère devait en avoir conservé une bouteille dans un placard. Les phalanges d'Alfred étaient abîmées et tout en lui me paraissait dangereux. Des tatouages d'oiseaux de proie lui couvraient les deux avant-bras.

— Kat boit du gin, répondit ma mère en me versant un grand verre. Je lui ai tout raconté sur toi de A jusqu'à Z.

— Ne crois pas tout ce que tu as entendu, me lança Alfred avec un clin d'œil à ma mère. Iris adore les belles histoires, je le sais. Elle est toujours partante pour broder à l'infini. (Ma mère vint m'apporter ma boisson et administra une claque affectueuse sur l'oreille d'Alfred.) Assieds-toi avec nous. (Il tira un paquet de cigarettes de la poche de son peignoir et batailla pour trouver un briquet.) Tu en veux une ?

— Non merci. Nous ne fumons pas, répondis-je. Papa n'a jamais aimé ça.

— Ça ne te gêne pas si j'en grille une ? intervint ma mère en se saisissant d'une cigarette.

— Depuis quand tu fumes ?

Ma mère adressa un petit signe de la tête à son frère.

— Je t'avais prévenu que c'était une enquiquineuse.

Et tous les deux de glousser à mes dépens. Alfred alluma une cigarette pour ma mère avant de la lui tendre. Elle aspira une grande bouffée, qui ne la fit même pas tousser. Encore un secret de ma mère ! Il ne me restait plus qu'à découvrir son addiction à la cocaïne.

Comme la fumée de la cigarette emplit rapidement la cuisine, j'ouvris une fenêtre et me fis un devoir de l'en évacuer.

— Alfred a décidé d'arriver deux jours plus tôt, m'expliqua ma mère.

— J'ai dû faire du stop depuis Londres, ajouta-t-il. On ne sait jamais le temps que ça va prendre, or j'ai eu de la chance.

— Il est venu à pied depuis Dartmouth et s'est fait arroser par ce déluge, reprit ma mère. Je lui ai donné des habits de ton père. Il a fallu que je lave tout le reste.

Elle désigna un sac de lainage crasseux, jeté dans un coin de la cuisine.

— Voici toutes les possessions d'Alfred en ce bas monde.

— Et ouais, confirma l'intéressé. Ma vie tient dans ce sac.

J'accomplis un effort surhumain pour me montrer amicale.

— Ça a dû être plutôt pénible de marcher sous cette pluie.

— Non, je ne vais pas me plaindre, répliqua-t-il en souriant de nouveau. Pas après toutes les années que j'ai passées en cage. (Il se pencha par-dessus la table pour attraper la main de maman.) Mais maintenant je suis ici, et tout ça, c'est grâce à Iris.

Ils partagèrent quelques secondes d'une émotion sincère, je le vis bien. Les yeux de ma mère se mouillèrent de larmes.

— Tu es toute la famille qui me reste, Alfred, murmura-t-elle.

— Merci, maman, intervins-je à brûle-pourpoint. Crois-le ou non, mais tu m'as, moi.

— Tu ne le regretteras pas, Iris, je te le jure, aussi vrai que je vis et respire. Je ne te décevrai pas.

— Espérons-le, marmonnai-je.

Alfred balaya la cuisine d'un regard critique.

— Il me reste quelques jours avant de commencer à travailler officiellement avec les chevaux. Je me disais que je pourrais faire un peu de peinture, t'aider à rafraîchir un poil cet endroit.

— Il a déjà réparé le verrou de la porte d'entrée, me lança ma mère avec un regard qui sous-entendait clairement : « Tu vois, je t'avais dit que tout irait bien. »

— Je croyais que les peintres venaient la semaine prochaine, objectai-je.

— Annule-les, Iris. C'est dans mes cordes. Et toi, consacre-toi entièrement à l'écriture de tes livres, lui suggéra Alfred avant de se tourner vers moi. Et toi, explique-moi donc cette histoire : votre voisin, Eric Pugsley, se montrerait pénible ?

— Qu'est-ce que maman vous a dit, exactement ?

— Elle m'a raconté qu'il lui avait cassé la main et que maintenant, il propageait la rumeur selon laquelle Krystalle Diamond vivrait dans les parages.

— C'est Krystalle Storm, rectifia ma mère.

Alfred ricana.

— Tu vois, mon cerveau est toujours attiré par les diamants.

Les diamants ?

Alfred tira une longue bouffée de sa cigarette.

— Laisse-moi me charger de ce Pugsley. Je vais m'assurer qu'il ne te cause plus d'ennuis.

Alfred se décontracta le cou et fit craquer les articulations de ses doigts. Ma mère avait l'air ravie.

— Personne n'aurait envie de se frotter à mon Alfred.

— J'ai parlé à Eric, maman, intervins-je. Il a nié être à l'origine de ces rumeurs à ton sujet et je le crois.

— Bien sûr qu'il t'a répondu ça.

— Cet Eric ferait mieux de faire gaffe à ses fesses, menaça Alfred en esquissant quelques pseudo-coups de poing. Je suis toujours en forme.

Il bondit sur ses pieds et se mit à mimer un combat de boxe dans la cuisine. Ses efforts furent bientôt réduits à néant par une quinte de toux.

Alfred s'affala de nouveau sur sa chaise, le souffle court. Ma mère, hurlant de rire, se leva pour lui administrer quelques claques vigoureuses dans le dos.

— Mince alors ! Je suis un peu rouillé. Mais ça me fait tellement plaisir d'être ici ! (À présent, ses yeux étaient mouillés de larmes et, en observant ma mère, je notai que les siens larmoyaient de nouveau !) Bon sang, Iris, murmura-t-il. Où les années se sont-elles enfuies ?

— Combien de temps avez-vous été emprisonné ? m'enquis-je poliment.

— Dix piges, répondit-il. Cette fois-ci.

— Autrement dit, dix ans, ma chérie, explicita ma mère. Il est en LC.

— En quoi ?

— En liberté conditionnelle, répondit ma mère. Je suis en train d'étudier le jargon des prisons. J'ai l'impression que je pourrais l'utiliser dans la troisième partie de ma trilogie des *Amants maudits*.

— Vous avez lu l'un des livres de maman ? demandai-je à Alfred.

— Pas encore, mais je vais m'y mettre au plus vite. Je savais qu'elle deviendrait un écrivain célèbre.

— Et vous savez aussi que nous essayons de garder l'information secrète, lui rappelai-je. Pour tout un tas de raisons que vous devez connaître, j'en suis sûre. Les revenus de maman n'en étant qu'une parmi toutes les autres.

— Je sais, je sais, répondit Alfred en me désignant du menton. Elle est toujours aussi sérieuse ?

— Oui, répondit ma mère.

— Elle tient ça de ton Frank, j'imagine ?

— J'ai le sens de l'humour, répliquai-je avec véhémence. Je ne trouve pas ça très drôle, c'est tout.

— Ne bougez pas, j'en ai pour une minute, nous enjoignit ma mère qui sortit de la cuisine.

Alfred me dévisagea, l'air amusé.

— Ne t'inquiète pas, ma belle. Je vais prendre soin de ta maman. C'est ce que fait un agent.

— Un agent ?

— Quelqu'un qui veille au bon déroulement de sa carrière, précisa-t-il avec un nouveau sourire. L'argent, c'est ma spécialité.

— Je n'ai aucun doute là-dessus, rétorquai-je, affligée. Je croyais que vous étiez venu ici pour vous occuper des chevaux.

— Je suis un touche-à-tout. Je lui ai dit : « Tu dois vivre ta vie, Iris. Et Kat, la sienne. » Bien sûr, tu vas lui manquer quand tu seras retournée dans la pollution, mais tu viendras lui rendre visite, n'est-ce pas ?

— Regarde. Tu te rappelles Jazzbo ?

Ma mère était de retour, Jazzbo Jenkins à la main. Elle le posa contre la bouteille de gin sur la table.

— Mince alors ! s'exclama Alfred. Je me le rappelle bien, ce petit gars-là. (Il s'empara de Jazzbo Jenkins.) Comment elle s'appelait, la souris de Billy ? Celle avec des tas de badges ?

— Ella Fitzgerald, répondit ma mère. Elle les porte toujours, d'ailleurs. C'était le bon temps, hein ?

— Est-ce que maman vous a expliqué comment elle avait récupéré la souris de votre frère Billy ? ne pus-je m'empêcher de demander.

— Inutile de t'engager sur cette voie-là, Katherine, me coupa abruptement ma mère.

Les yeux d'Alfred se remplirent encore une fois de larmes. Je n'en pouvais plus, du chaos émotionnel qui régnait dans la pièce.

— Je suis content que tu aies conservé cette souris, dit-il. Évidemment, je traitais Billy de chochotte parce qu'il avait un jouet comme celui-là, mais… tu te rappelles les loirs de Honeychurch, hein ? (Il essuya une larme et secoua la tête.) Quand on était gamins, Billy et moi, on passait des heures dans le boqueteau du Cavalier pour essayer d'entrevoir ces petits bonshommes. Pauvre Billy.

Ma mère se pencha pour serrer la main de son frère.

— Alfred était là quand Billy a eu sa rupture d'anévrisme, sur la jetée de Blackpool, Kat.

— Il est tombé raide mort pile sous mes yeux, renchérit Alfred.

— Je sais, dis-je. Je suis désolée. Ça a dû être affreux.

Pendant quelques instants, Alfred parut perdu dans ses pensées, mais il reprit soudain ses esprits.

— La vieille comtesse ne m'a jamais apprécié.

— Espérons que vous l'amènerez à changer d'avis, fis-je. Vous savez qu'elle n'a aucune idée du contenu de votre casier judiciaire ? Maman lui a raconté que vous aviez passé les dernières décennies à travailler en Espagne, pour d'anciens chevaux de cirque à la retraite.

— Tu vois, je t'avais dit qu'Iris pouvait broder à l'infini.

— Il est doué avec tous les animaux, pas seulement avec les chevaux, insista ma mère. Je t'ai raconté qu'on l'appelait Dr Doolittle.

— Donc vous n'avez jamais travaillé dans le moindre cirque ?

— Bien sûr que si, répondit Alfred dont l'expression se modifia aussitôt. C'est là que j'ai rencontré ce bâtard de Ralph Jackson.

— Vous voulez dire William, signalai-je. Ici, à Honeychurch, on le connaît sous le nom de William.

— Katherine ! me réprimanda ma mère avec un regard d'avertissement. De l'eau a coulé sous les ponts depuis…

— Je ne suis pas d'accord, l'interrompit Alfred en lui jetant un regard noir. Je sais que ce salaud s'est fait passer pour mon pauvre frère décédé. Un vrai bâtard. Qui s'est baptisé lui-même « l'homme le plus fort du monde ». « Le plus grand menteur du monde », ce serait sans doute plus exact ! Il n'était pas ami avec Billy, pas ami du tout. Tout dans les biscoteaux… Attends voir… (Il se tourna vers maman.) C'est comme ça que tu as mis la main sur Ella Fitzgerald ?

— Pas exactement, s'empressa-t-elle de répondre.

L'expression d'Alfred s'assombrit encore.

— Non seulement il a usurpé le nom de Billy, mais en plus, il lui a volé sa souris ? Il a volé Ella Fitzgerald ?

Incapable de me retenir, je laissai échapper un petit ricanement ironique.

— L'homme le plus fort du monde et sa petite souris en peluche.

— Katherine ! me réprimanda encore une fois ma mère. Et cesse de ricaner. C'est très déplaisant…

Alfred abattit ses deux poings sur la table.

— Si jamais je mets la main sur ce bâtard, je le…

— Pas question ! s'exclama ma mère.

— Pourquoi ?

— Il est en prison, précisai-je.

Alfred me jeta un regard acéré.

— Où ça ?

— Ne le lui dis pas, se hâta d'intervenir ma mère. Et toi, ne fais pas l'imbécile, Alfred.

Lequel se décontracta de nouveau le cou.

— Je le découvrirai. J'ai des amis qui rendront son séjour plus confortable, si je puis dire.

— C'est une mauvaise idée, décrétai-je. Edith adore William... Ralph... Oh, bon sans, pour nous, il s'appelle William.

— Pas pour moi, déclara ma mère. Pour moi, il s'appellera désormais Ralph, je le jure.

— Qui est-ce qui ment, à présent ?! m'exclamai-je. Enfin, bref, Alfred, si vous voulez faire bonne impression, vous feriez mieux de garder ces opinions-là pour vous.

— Oooh ! Mais écoutez-la donc ! railla Alfred.

— J'ai bien peur que Kat n'ait raison, le reprit ma mère. Tu devrais tenir ta langue.

— OK, je vais essayer, concéda-t-il. Mais je ne peux rien promettre.

La situation tournait à la farce. Il y avait là ma mère, qui avait invité son frère adoptif, Alfred Bushman, à travailler pour Edith, laquelle affirmait n'avoir jamais aimé cet homme. Pire, le poste d'Alfred en tant que responsable d'écurie n'était que « temporaire », en attendant le retour de Ralph Jackson – alias William, alias Billy –, le type qui avait eu le culot d'usurper l'identité de Billy, son frère défunt. *Downton Abbey* n'aurait jamais pu offrir un meilleur scénario.

Mieux valait en rire. Ce que je fis.

Ils eurent l'air surpris.

— Vous voyez ? fis-je en me levant. J'ai bel et bien le sens de l'humour. Et maintenant, si vous voulez bien m'excuser, je vais vous laisser à vos réminiscences. J'ai quelques coups de fil à passer.

— Alfred, mon chéri, ressers-toi un verre, lui enjoignit ma

mère. Kat et moi, nous allons préparer ton lit sur le canapé du salon.

— Qu'est-ce qui ne va pas dans l'appartement de William, près des écuries ?

— Pas question que je dorme dans ce putain d'appartement, déclara Alfred avec fermeté. Ce serait faire injure à la mémoire de Billy. Ta mère a dit que je pourrais avoir ta chambre une fois que tu serais partie. Le canapé m'ira très bien, pour cette nuit.

Ma mère me suivit hors de la cuisine et referma la porte derrière elle.

— Elles sont où ? demanda-t-elle.

— Quoi ?

— Les cinq mille livres.

— Cinq mille livres ! aboyai-je. Je croyais qu'il s'agissait seulement d'une ou deux centaines.

— Parle moins fort, m'intima-t-elle en désignant la cuisine. Il ne faut pas qu'Alfred le sache.

— Et pourquoi pas ?

— Il a l'ouïe fine, répondit ma mère en m'entraînant vers le bas de l'escalier. Il aura une crise cardiaque s'il découvre que j'ai une partie de cet argent ici, ajouta-t-elle à voix basse.

— Il me semblait que c'était ton argent et que tu pouvais en faire ce que tu voulais, répliquai-je. Et de toute façon, n'est-il pas ton « agent » ?

— Si, si, mais le truc, c'est que… (Elle marqua un temps d'hésitation.) Alfred tenait à s'occuper de tous les retraits effectués via son… contact… et à s'assurer que je n'aille pas moi-même jusqu'à la banque.

— Il ne voulait pas que tu ailles à Jersey ?

— C'est cela. Enfin non.

Je levai les yeux au ciel.

— Et naturellement, tu n'as pas tenu compte de ses instructions.

— Katherine, s'il te plaît ! (Elle m'agrippa par le bras, si fort que c'en fut douloureux.) Ne dis rien. D'accord ?

— Pourquoi ? Qu'est-ce qu'il pourrait faire ?

— Tu ne connais pas Alfred, c'est tout.

— Est-ce que tu pourrais me lâcher le bras ? (Je décramponnai ses doigts.) Écoute, cet arrangement m'inquiète. Si papa ne souhaitait pas accueillir Alfred chez nous, ce n'est pas pour rien. Tu es certaine de pouvoir lui faire confiance ? C'est un malfrat qui a séjourné plus d'une fois en prison.

— Il a tourné la page… Bon, dépêche-toi : il est où, mon argent ?

— Quelque part sur le domaine de Honeychurch, lâchai-je, de guerre lasse.

— Tu l'as perdu ! s'écria ma mère.

— Pas perdu. Égaré. Je suis sûre qu'il va réapparaître quelque part, affirmai-je, même si, en vérité, je n'avais pas la moindre certitude là-dessus.

— C'est de ta faute.

— C'est toi qui as mis un coup de pied dedans !

— Tu aurais dû le rattraper, rétorqua-t-elle, le regard noir. Qu'est-ce que je suis censée faire, maintenant ?

— Va profiter de ta soirée avec ton frère. Je te promets de chercher encore demain.

Ma mère se mordillait la lèvre.

— Alfred ne doit rien savoir de tout ça, répéta-t-elle. Ce serait un désastre.

— Je sais.

En me baissant pour ramasser mon sac, je bousculai la canne de Valentin qui heurta le sol avec fracas.

— Ce n'est pas le bâton de Valentin, ça ? s'enquit ma mère.

— Si.

— Hmm, fit-elle en frissonnant. J'ai l'impression que quelqu'un vient de marcher sur ma tombe.

— Ne dis pas une chose pareille.

— Pourquoi ? Qu'est-ce qui s'est passé ?

— Je sais que tu n'aimes pas beaucoup Valentin, maman, mais j'ai l'impression bizarre que quelque chose cloche.

— Comment ça ?

— J'ai trouvé sa canne dans un champ et sa voiture garée près du portillon, sur Hopton's Crest. Mais ensuite, ce soir, quand je suis rentrée, la voiture avait disparu.

— Tu n'as pas essayé de l'appeler sur son portable ?

— Bien sûr que si. Son répondeur est plein, autrement dit, je ne suis pas la seule à essayer de lui mettre la main dessus. Je suis allée au Hare & Hounds, mais on y prétend que Valentin a pris un taxi pour se rendre à la gare.

— Et ?

— Pourquoi Valentin aurait-il conduit jusqu'à Hopton's Crest, puis appelé et pris un taxi de là-bas ? Pourquoi ne pas plutôt laisser sa voiture au Hare & Hounds et appeler de là ? Il avait des bagages. En plus, si j'en crois Eric, sa voiture a été vue là-haut très tôt ce matin.

— Si tu veux mon avis, ça m'a tout l'air d'être un vrai froussard, lâcha ma mère. Tu as dit toi-même qu'il s'était enfui de la réunion de protestation.

— Je sais, mais…

— Allons interroger Alfred, décréta ma mère en attrapant la canne. Il est doué pour convoquer les esprits.

— Maman ! protestai-je, mais elle se dirigeait déjà vers la cuisine où elle fourra la canne entre les mains d'Alfred.

— Qui est Valentin ? voulut-il savoir.

— Le nouvel homme de Kat, répondit ma mère.

— C'est faux.

— Elle a largué David Wynne.

— C'est qui, celui-là ?

— L'expert en œuvres d'art, tu te rappelles ? Je t'en ai parlé, non ?

— Silence, maintenant. Laissez-moi méditer.

Alfred ferma les yeux et passa lentement les doigts le long du bâton, de haut en bas. Je lançai un regard à ma mère, lui demandant, sans émettre le moindre son : « Qu'est-ce qu'il fabrique ? »

Elle me répondit de même : « Attends, tu vas voir. »

Alfred ouvrit brusquement les yeux.

— Est-ce qu'il conduit un SUV Suzuki bleu ?

— Comment êtes-vous au courant ? demandai-je du tac au tac.

— Je l'ai vu. Un sacré gros camion remorque m'a dépassé, en tirant une voiture bleue. Il n'a même pas ralenti et il a roulé pile dans une flaque. C'est pour ça que je porte le pyjama de ton père.

— Quelle heure était-il ? demandai-je.

— Vers 16 heures, répondit-il en haussant les épaules.

Sans doute le moment où je me trouvais au pub, mais au moins, cela expliquait pourquoi la voiture avait disparu. En revanche, qui avait appelé le remorqueur ? Edith y avait fait allusion ce matin devant Eric, mais celui-ci ne m'aurait sans doute pas conduite jusqu'à Hopton's Crest s'il s'était arrangé pour que la voiture soit enlevée. Il m'en aurait parlé, à coup sûr.

Alfred rejeta soudain la canne loin de lui, ce qui arracha un cri anxieux à ma mère.

— Qu'est-ce qui se passe ? Il y a un problème ?

— Je n'arrive plus à respirer ! (Alfred bondit sur ses pieds, les yeux exorbités, les mains cramponnées à sa gorge.) Je n'arrive plus à respirer.

Ma mère m'agrippa le bras.

— Kat, fais quelque chose ! hurla-t-elle. Au secours !

J'essayai de le maîtriser, mais il me repoussa et s'effondra au sol, haletant. Puis, aussi vite qu'elle était survenue, la crise cessa.

— Oh, nom d'un chien ! s'exclama ma mère. Qu'est-ce qui s'est passé ?

— Je pense qu'il a eu une crise d'épilepsie, commentai-je avec angoisse. Ça vous est déjà arrivé ?

Alfred nous adressa un sourire faiblard.

— Où suis-je ?

— Tu es dans une cuisine, en compagnie de ta sœur, déclara ma mère d'une voix assurée. Tu nous as joué un drôle de tour.

Nous aidâmes Alfred à se remettre sur pied, puis nous le rassîmes sur sa chaise. Ma mère lui passa un verre de scotch sous le nez.

— Tu as eu une vision, c'est ça ?

Alfred opina du chef.

— De l'eau. De la boue…

— Où ça ? demandai-je. Ici ?

— Qu'est-ce que tu as vu, Alfred ?

— La mort, murmura-t-il.

— Qui ? Un homme ? Une femme ? le pressa ma mère. Un détachement de Têtes-Rondes ?

— Arrête de parler, Iris, lui intima Alfred en reposant une main sur la canne. Je ne me sens pas très bien.

Son teint avait pris un éclat grisâtre.

— Non, en effet, confirma ma mère qui se tourna vers moi pour me chuchoter : Il connaît des moments de faiblesse après ses visions.

— Tu crois que nous devrions appeler la police ? lui murmurai-je en retour.

— Pour leur dire quoi ?

Deux « bips » retentirent depuis mon sac à main. Quelqu'un m'avait envoyé un texto.

— Ça doit être Dylan, marmonna ma mère en levant les yeux au ciel.

— Qui est Dylan ?

— C'est le nom que maman donne à David, mon ex-petit ami, répondis-je en fouillant dans mon sac.

— Pourquoi ?

— Aucune idée. Sans doute parce qu'elle sait que ça m'embête.

Il y eut un troisième « bip ». Je sortis enfin mon iPhone que je fixai avec stupeur.

Oui, j'avais bien reçu trois textos.

Le premier n'était autre que la lettre « *K* ». Le second, la lettre « *J* » et le troisième disait : « *Salut, tt est OK.* »

Rien d'autre.

— C'est un message de Valentin, annonçai-je, tendue. Désolée pour tout ce ramdam.

— Nom d'un chien, Katherine ! s'exclama ma mère avec dédain. Toi et ton imagination ! (Et elle servit une autre taloche affectueuse à l'oreille d'Alfred.) Toi et tes visions.

Sans parvenir à m'expliquer pourquoi, je me sentais contrariée.

— Pardon, excusez-moi, marmonnai-je en me précipitant hors de la cuisine.

Ma mère me rattrapa au milieu de l'escalier.

— Kat, ma chérie, attends ! Ça va ?

— Super, m'empressai-je de répliquer. Mais laisse-moi tranquille, s'il te plaît.

Elle fut à côté de moi en deux secondes.

— Je suis ta mère. Je sais bien quand quelque chose te tracasse.

Des larmes me picotèrent les yeux.

— C'est complètement idiot. Ça remonte à si loin. Ça ne concerne pas Valentin ni de près ni de loin ! m'exclamai-je. Je ne suis même pas attirée par lui.

Ma mère me prit près d'elle et nous nous assîmes côte à côte dans l'escalier. Tandis qu'elle passait un bras autour de mes épaules, je sentis une larme couler le long de ma joue. Qu'est-ce qui nous arrivait à tous, ce soir ? De vraies fontaines !

— Ça fait remonter des tas de souvenirs, c'est ça ? s'enquit ma mère d'une voix douce.

— C'est complètement idiot, répétai-je.

Jem avait été mon premier petit ami. L'année de mes dix-sept ans, avait été l'amour de ma vie. Il devait venir me chercher sur sa moto, mais n'était jamais arrivé. Un peu plus tôt, nous nous étions disputés au téléphone, parce que mon père m'avait interdit de rouler à l'arrière d'une moto. Jem m'avait sommée de choisir entre ma famille et lui. Bien entendu, je l'avais choisi, lui, parce que j'étais jeune, amoureuse et incapable d'imaginer ma vie sans lui. J'avais laissé un message à mes parents, préparé un sac minuscule et je m'étais faufilée hors de la maison dans l'intention de m'enfuir. J'avais attendu Jem pendant deux heures au bout de la rue, mais il n'était jamais venu. Pensant qu'il avait changé d'avis, j'étais rentrée chez moi pour affronter la tempête. Dans sa fureur, mon père m'avait interdit de le revoir. La première fois que j'entendis parler de l'accident mortel, ce fut deux jours plus tard, quand sa mère appela la mienne.

— J'ai le même pressentiment, maman, balbutiai-je.

— Dans ce cas, on ira voir la police demain à la première heure, décréta-t-elle. Allez viens, on va rire un peu. *Walk of Shame!* : « Les secrets des familles célèbres enfin révélés » commence dans dix minutes.

— On peut dire que tu sais comment me réconforter, rétorquai-je sèchement. Je déteste ce programme.

Walk of Shame! : « Les secrets des familles célèbres enfin révélés » était une émission de téléréalité animée par mon ennemie jurée, Trudy Wynne, l'ex-femme de David. Le but de *Walk of Shame!*, c'était de ridiculiser ouvertement les célébrités en exposant les squelettes de leurs placards. C'était mesquin et je refusais catégoriquement d'assister à ce triste spectacle.

— Ça te ferait plaisir si ton passé était montré à des millions de téléspectateurs dans l'unique but de te tourner en ridicule ?

— Ne sois pas aussi mélodramatique, répliqua ma mère. Tout est scénarisé.

— Je t'ai déjà dit que ce n'était pas le cas. Trudy ferait ses choux gras de moi et de tous tes vilains petits secrets, tu n'y as jamais songé ?

— C'est donc pour ça que tu ne veux pas d'Alfred ici ? Tu as peur que ça sorte, qu'on sache que tu es apparentée à un criminel.

— Ce qui n'est pas le cas, rectifiai-je, exaspérée.

— Où est le problème, alors ?

— Eh bien… Peut-être que Trudy va parler du ring itinérant, répondis-je. Oh, et surtout découvrir que tu es en réalité Krystalle Storm, qui adore effectuer de petits voyages dans les îles Anglo-Normandes pour faire du trafic d'argent.

La mâchoire de ma mère s'en décrocha.

— Soit, présenté comme ça, j'imagine que je n'aimerais pas trop. Mais sérieusement, ma chérie, les célébrités qu'elle montre là-dedans sont vraiment atroces. Elles ne méritent pas mieux que de se faire ridiculiser.

Je me levai.

— Convenons que nos avis divergent. Tout le monde a droit à une vie privée.

— Si tu le dis, fit-elle avant de constater, après une courte pause : En tout cas, tu m'as l'air plus gaie, au moins.

— Très honnêtement, ça va.

— On dîne à 20 heures. Alfred veut nous faire la cuisine.

— Qu'est-ce qu'on va manger ? Du porridge ?

De retour dans le sanctuaire de ma chambre, je m'affalai sur mon lit. Devais je répondre au texto expéditif de Valentin, vu qu'il n'avait pas évoqué sa canne ? Je conclus qu'il valait mieux laisser tomber. Peut-être viendrait-il à la vente aux enchères, et dans ce cas, je la lui rendrais à cette occasion. Je ne voulais pas m'accrocher à cet objet. Alfred avait sans doute raison. Si ça se trouvait, une énergie étrange émanait de cette saleté de canne.

Mon esprit revint à ma mère et à ses cinq mille livres. Il faudrait que je reprenne mes recherches le lendemain. Mister Chips avait sans doute des emplacements favoris où il aimait tout particulièrement enfouir ses trésors. Edith saurait peut-être où ils se trouvaient. Mais il y avait une tâche que je devais accomplir au préalable.

Je regagnai le palier et tendis l'oreille. Les mots « Bataille ! » et des éclats de rire montaient de la cuisine. Qui donc jouait encore à la bataille de nos jours ? Mais c'était bon d'entendre ma mère aussi heureuse.

Je dénichai le bâton pour ouvrir la trappe menant aux combles derrière la porte de la chambre de ma mère. L'escabeau de bois était couché sous son lit.

Rapidement, j'ouvris la trappe dans le plafond, ajustai l'échelle et me hissai en haut des échelons. Ma mère avait laissé une lampe de poche dans une fissure de l'avant-toit. Des planches de contreplaqué avaient été posées sur les solives. C'était terriblement dangereux. Il suffisait d'un faux pas et ma mère passait à travers le plafond.

L'avant-toit descendait jusqu'au sol. Tout au fond, il y avait une valise de cuir dotée d'un cadenas à combinaison chiffrée. Je rampai prudemment jusqu'à elle, en veillant à garder la tête basse et mes genoux sur les planches, et traînai la valise jusqu'au centre.

Je savais que c'était une erreur, mais je devais savoir ce qu'elle contenait.

Un soudain éclat de rire atteignit mes oreilles, suivi par un cri de guerre indien poussé par Alfred. Ma décision prise, je composai la date du mariage de mes parents. Les verrous s'ouvrirent d'un coup. Ma mère était vraiment prévisible.

J'ouvris le couvercle de la valise et braquai la lampe de poche sur ses entrailles.

— Oh, bon sang de bonsoir !

La valise était bourrée de liasses de billets de vingt, cinquante et cent livres. J'avisai, enfoncé dans une poche latérale, un rouleau de sacs en plastique bleu à fermeture autocollante, attachés par un élastique.

J'en avais désormais la certitude, ma mère avait effectué plus d'un ou deux voyages aux îles Anglo-Normandes. Je ne pouvais même pas commencer à me figurer combien d'argent il y avait là-dedans.

Ses efforts d'écrivain s'avéraient plus que lucratifs et j'éprouvais de la fierté à son endroit.

Mais pendant que je refermais la valise, reprogrammais les verrous et rencognais le tout sous l'avant-toit, je commençai à comprendre pourquoi ma mère avait été si paniquée en apprenant que je comptais aller à la police. C'était tant mieux que mon père n'ait jamais découvert ses activités. Pas étonnant qu'il ait banni Alfred de la vie de ma mère… Et maintenant, ce dernier était de retour.

Je demeurai perplexe. Comment pourrais-je à présent la laisser et regagner Londres ?

14

Le lendemain matin, mon visage contusionné avait viré à un jaune hideux, mais au moins les boursouflures avaient-elles disparu. Au prix d'un effort considérable sur moi-même, j'avais autorisé Alfred à m'administrer un remède tzigane la veille au soir. Qui consistait à badigeonner le steak cru de madame Cropper avec une pâte à base d'herbe aussi répugnante que nauséabonde avant de me l'appliquer sur le visage. À la suite de quoi, j'avais dû rester allongée sur le sol pendant une heure.

Alfred accomplissait des efforts surhumains pour se faire bien voir. Pour le dîner, il nous avait concocté un repas délicieux, avait fait la vaisselle puis entrepris de masser les pieds de ma mère.

Je n'avais jamais vu cette dernière aussi enjouée, ce qui m'amena à penser qu'elle avait dû se sentir bien seule. En fait, je me demandai même si elle n'avait pas été seule pendant la plupart de sa vie maritale.

Ma mère prétendait que le poste de papa – inspecteur des impôts – l'avait empêchée de nouer des amitiés solides, ce qu'à présent je ne croyais plus le moins du monde. Certes, ils n'étaient pas les personnes les plus sociables. Mon père avait son jardin ouvrier et son Rotary Club ; ma mère, ses migraines qui, je le savais maintenant, étaient le prétexte qu'elle avait imaginé pour écrire ses livres.

Tandis que je glissais mon ordinateur portable, mon téléphone et mon Jazzbo porte-bonheur dans un fourre-tout, je décidai que je ferais halte au poste de police dans la matinée, simplement pour préserver ma tranquillité d'esprit. Quelqu'un pourrait être allé y remettre l'argent.

Ma bonne humeur s'évanouit à l'instant où je parvins au rez-de-chaussée. Le canapé, avec ce qui subsistait du lit de fortune d'Alfred, était coincé dans l'étroit vestibule, où il ne subsistait plus qu'une trentaine de centimètres pour passer.

Vêtu d'un vieux bleu de travail de mon père, jambes et manches roulées, Alfred sortit du salon, les bras chargés d'un carton de livres. Il le laissa tomber sur la couette d'où il glissa aussitôt, répandant son contenu au sol.

— Bonjour ! Content de voir que ton visage va beaucoup mieux, me lança-t-il joyeusement, tout en envoyant d'un coup de pied les livres sous le canapé. Regarde-la, Iris.

Ma mère apparut, tenant une lampe sur pied qu'elle déposa au bas des escaliers.

— Qu'est-ce que tu fais ? demandai-je.

— Viens voir, répondit-elle.

Je la suivis dans le salon où je dus réprimer ma consternation. Les meubles avaient été réunis au centre de la pièce et recouverts de vieux draps. Les cartons que ma mère et moi avions vidés quelques semaines plus tôt étaient à nouveau remplis de bibelots. Les rideaux, tout juste décrochés des fenêtres par ma mère, gonflaient deux sacs-poubelle noirs.

— Nous nettoyons autant que possible, m'expliqua-t-elle joyeusement. Alfred va repeindre la pièce.

— Je croyais qu'il était censé travailler dans les écuries d'Edith, objectai-je. C'est en soi un travail à temps complet.

— Qui ne commencera pas avant samedi, répliqua ma mère. Or on est mercredi, aujourd'hui. De toute façon, il pense pouvoir tout terminer en un jour.

— Un jour ! Ça m'étonnerait.

— Et c'est reparti, constata l'intéressé avec un clin d'œil à l'adresse de ma mère. Toujours à imaginer le pire.

— Mais enfin, comment comptez-vous préparer les

murs ? Le papier peint doit être retiré pour commencer, et c'est un gros boulot. On ne sait même pas ce que vous allez trouver en dessous. Ça doit être pourri et vous aurez besoin de mastic.

— Oh, femme de peu de foi, plaisanta Alfred.

— Et regardez les fenêtres, ajoutai-je en désignant les cadres à la peinture écaillée. Elles ont besoin d'être décapées et poncées complètement. Idem pour les plinthes.

— N'importe quoi, répliqua Alfred. Elles m'ont l'air très bien comme elles sont.

— Je vais aller récupérer le bac à peinture et les pinceaux de Frank, renchérit ma mère. Je savais bien qu'ils finiraient par servir.

— Papa aurait mis des semaines à refaire une pièce même aussi petite que celle-ci, protestai-je.

— Katherine, bonté divine, cesse donc tes jérémiades, m'intima ma mère avec un regard noir. On peut se parler deux minutes dans la cuisine ?

— Si on arrive à franchir ce parcours d'obstacles, oui.

Le Logis du palefrenier avait une forme de L. Sa porte d'entrée ouvrait sur un vestibule étroit et une volée de marches. Le salon se trouvait sur la droite. Tout au bout, on débouchait sur la cuisine et une petite salle à manger, encombrée de cartons que ma mère n'avait toujours pas ouverts depuis son emménagement. On sortait sur la voie carrossable par une porte située dans le coude du L. En plus de quatre calèches, les stalles pouvaient abriter vingt-quatre chevaux. Il y avait également un WC au rez-de-chaussée et un salon pour les valets d'écurie avec un escalier en colimaçon qui conduisait aux chambres à coucher de l'étage.

Ma mère et moi rasâmes le mur pour passer devant le canapé, une bibliothèque vide, une table basse renversée, et parvenir enfin dans la cuisine.

— Tu veux vivre dans ce capharnaüm ? demandai-je.

— J'y suis habituée, répondit-elle. Tu te rappelles que ton père passait son temps à repeindre ?

Je m'en souvenais parfaitement. Notre maison sentait en permanence la peinture fraîche et l'essence de térébenthine. Dès l'instant où mon père finissait de passer une nouvelle couche de sa nuance magnolia favorite dans une pièce, il s'attaquait à la suivante. Notre maison était impeccable et je savais que ma mère appréciait son aspect immaculé.

— Comment tu as géré les peintres, messieurs Baxter et fils ? voulus-je savoir. Tu ne leur avais pas versé une avance ?

— Alfred insiste, répondit ma mère. C'est sa façon à lui de me remercier. Katherine, vas-tu…

— Oui, je pars à la recherche de ton argent.

— Peut-être qu'Eric a mis la main dessus… ou bien Patty ? Mister Chips passe son temps à traîner aux confins du domaine.

— Il y a plus de chances pour que le pactole soit enfoui dans un terrier de lapin.

— Tu pourras poser la question à Patty ?

Je poussai un profond soupir.

— Oui, d'accord. OK.

— Je suis censée donner une avance sur ses honoraires à Benedict, aujourd'hui…

— Tu ne crois pas que tu devrais attendre qu'il te fournisse une estimation du coût total de l'opération, avant ?

— Je lui fais confiance.

— Il est quand même sur le point de louer un hélicoptère, soulignai-je.

— Je sais, c'est une excellente idée. Je ne suis encore jamais montée en hélicoptère.

— As-tu consulté ton agent à ce sujet ?

Ma mère hésita.

— Je n'en avais pas l'intention.

— Alfred va forcément découvrir ta… donation… surtout à partir du moment où il sera impliqué dans la campagne.

— Oh !

Le visage de ma mère se décomposa.

— Et il est évident que tu devras encore rapatrier de l'argent depuis Jersey, ajoutai-je sournoisement.

À en juger par ce que j'avais vu dans la valise de ma mère, elle n'aurait pas besoin de se rendre là-bas avant un très long moment.

— Qu'est-ce que je devrais faire, selon toi ? s'enquit-elle.

— Pourquoi tu n'essaierais pas de gagner du temps, jusqu'à ce que tu en aies parlé à Alfred ? suggérai-je. Dis à Benedict que tu ne peux pas retirer d'argent pour le moment. Lavinia affirme qu'elle possède un fonds fiduciaire. Laisse-la se séparer de son argent la première.

Ma mère soupira.

— D'accord. Je vais appeler madame la comtesse pour lui raconter que j'ai eu un pépin.

— Parfait. À plus tard, alors.

— Attends. (Elle s'empara d'une lettre sur le buffet.) C'est arrivé pour toi ce matin.

J'examinai l'écriture et le timbre sur l'enveloppe.

— Ça vient de Harry. Il doit me l'avoir écrite à la minute où il est retourné dans son école.

La missive de Harry était aussi brève qu'éloquente.

Stanford, envoyez-moi de l'aide au plus vite. Les gardes sont cruels. Les autres prisonniers sont des espions. Mon lit est dur et mon oreiller plein de bosses. Je déteste cet endroit.

Biggles.

PS : Veillez bien à Tonnerre et aux loirs.

— Pauvre gosse, murmurai-je en tendant la lettre à ma mère. J'espère…

— Ne te mêle pas de ça, Katherine. Ce n'est pas ton enfant. Contente-toi de lui faire une réponse enthousiaste et enjouée.

Je savais que ma mère avait raison, mais la situation de Harry ne m'en préoccupait pas moins.

Nous escaladâmes les meubles et autres cartons pour nous frayer un chemin jusqu'à la porte d'entrée.

— Tu vas où, là ? demanda ma mère.

— Je te l'ai déjà dit. Chercher ton argent.

— Chuuut, fit-elle en désignant le salon. Baisse la voix.

— Et je vais aussi faire un tour à Dartmouth. Comme tu le sais, je n'y suis pas allée hier. Mon agent immobilier m'a envoyé un email à propos d'une propriété à Shoreditch.

— Tu as entendu ça, Alfred ? Shoreditch ! cria ma mère. Tu peux imaginer quelqu'un qui aurait envie de vivre à Shoreditch ?

Alfred surgit du salon.

— Purée ! Les gens donneraient leur bras droit pour quitter l'East End, pas pour s'y établir.

— À mon avis, vous trouveriez les choses bien changées depuis dix ans, répliquai-je. Le magasin est tout près de Spitalfields Market.

— Spitalfields Market ! (Alfred secoua la tête pour exprimer ce qui était censé être de l'incrédulité.) Nom d'une pipe. L'ancien terrain de chasse de Jack l'Éventreur. Où va le monde !

Après avoir promis à ma mère de passer la prendre à midi pour nous rendre à la vente aux enchères, je m'esquivai.

C'était une nouvelle journée venteuse, où les nuages filaient dans un ciel au bleu aqueux. Un arc-en-ciel se dessinait à l'horizon.

Je me souvins que j'avais un jour poussé mon père à partir à la chasse à l'arc-en-ciel. J'avais huit ans. Nous passions des vacances dans le Lake District. Ma mère ayant été frappée de l'une de ses « migraines », nous n'étions que tous les deux cet après-midi-là. En dépit de mon âge, je savais qu'il ne pouvait y avoir un pot rempli d'or au pied de l'arc-en-ciel, mais mon père se prêta au jeu et nous nous mîmes en route. Chaque fois que nous franchissions une colline, il était devant nous, ce spectre des couleurs de la lumière visible – une illusion, toujours cruellement hors d'atteinte. Et pourtant, j'espérais toujours l'attraper et être la première personne à prouver que la légende était vraie.

Je fis un vœu. *S'il vous plaît, permettez-moi de retrouver l'argent de ma mère.*

En m'approchant de Bridge Cottage, je vis la Prius de Benedict garée un peu plus haut sur la colline, près du portillon qu'Edith et moi avions franchi à cheval, la veille.

Je garai ma propre voiture devant le cottage de Patty. Soulevant le portillon pivotant, je remarquai dans un coin un sac-poubelle noir au sommet duquel un morceau de plastique bleu, dont on avait négligemment formé une boule, attirait le regard.

Mon estomac se serra. Je m'en saisis pour découvrir, à ma grande consternation, que le sachet était vide. Or il s'agissait bien de celui qui avait contenu l'argent de ma mère.

Je savais que Patty cachait quelque chose, même si je comprenais bien qu'elle ne pouvait savoir que l'argent appartenait à ma mère. Et vu qu'elle-même venait juste de perdre sa génitrice, la situation était affreusement embarrassante.

Je me hâtai de frapper à sa porte, en espérant à demi qu'elle ne serait pas chez elle. Il lui fallut moins d'une minute pour ouvrir le battant à la volée.

Pour la toute première fois, Patty souriait.

15

— Entrez, dit-elle en reculant pour me laisser passer. — Je me suis juste arrêtée pour voir comment vous alliez.

Elle était vêtue d'une nouvelle tenue tricotée main – cette fois d'un turquoise criard. Je pénétrai dans ce que je ne saurais décrire autrement que comme le paradis d'un collectionneur compulsif. Mes sens furent immédiatement agressés par un remugle de chou, de bacon grillé et d'humidité.

— Ce ne serait pas la merveilleuse Katherine ? lança une voix familière de l'autre côté de la porte.

— Oh ! Bonjour.

J'étais étonnée. Même si j'avais aperçu la Prius de Benedict, je ne m'attendais pas à le rencontrer en visite chez Patty.

— Vous avez bien meilleure mine, ce matin, constata-t-il. Il semble donc que nous pourrons avancer sur notre petite séance photo de vendredi, finalement. Devons-nous passer par la cuisine, Patty ?

— Oui. Oui, bien sûr, répondit-elle. C'est par là.

Patty avait vécu avec sa mère dans un cottage miteux – deux pièces au rez-de-chaussée, deux à l'étage –, encore desservi par le fait que les rideaux étaient partiellement tirés sur la fenêtre de devant, bloquant le peu de lumière qui réussissait à se frayer un chemin à l'intérieur de cet endroit sinistre.

À présent, je comprenais pourquoi Harry les appelait les « femmes aux sacs ». Des meubles, des vêtements dans des sacs-poubelle noirs, des boîtes, des valises et ce qui n'était rien d'autre qu'une collection d'objets inutiles s'empilaient tout autour de la pièce, occupant le moindre espace disponible. Je repérai une crédence victorienne plutôt jolie, adossée au mur, presque engloutie sous des piles de journaux, notamment le *Daily Post* et le *Dipperton Deal*. J'entrevis un canapé de veloutine rose sombre sous des rouleaux de tissu à rideaux et autres pelotes de laine. Un étroit passage avait été ménagé, qui desservait une porte à verrou, pour l'heure ouverte – et conduisant à l'étage – sur la cuisine.

— Ouvrez la voie, Patty, lui intima Benedict en me lançant un regard suggérant clairement qu'il était tout aussi horrifié que moi par les conditions de vie de Patty.

La cuisine était légèrement en meilleur état. Un vieux poêle à charbon Rayburn flanquait le mur du fond, mais ne devait pas fonctionner parce qu'il régnait un froid de loup dans le cottage.

Deux fauteuils en piteux état – dont l'un accueillait un nécessaire à tricot – avoisinaient le poêle, ainsi qu'une petite table où se trouvaient une télécommande et une pile de catalogues. Sur le plan de travail de la cuisine, un vieux poste de télévision diffusait QVC, la chaîne de téléachat. Si j'en jugeais par les innombrables boîtes empilées pêle-mêle dans un coin, quelqu'un ici avait été un acheteur plutôt enthousiaste. Un frigo et un lave-vaisselle moucheté de moisissures étaient logés sous le plan de travail, tandis que, dessus, trônaient une bouilloire électrique et un plateau contenant deux mugs ébréchés, une boîte de thé en sachets PG Tips et une bouteille de lait entamée.

— Je suis sûr que Patty vous préparera bien volontiers une tasse de thé, si cela vous chante, suggéra Benedict.

— Non, merci, ça va.

À tout instant, je m'attendais à voir détaler une armée de cafards sur le plancher.

Benedict croisa mon regard et je décelai comme de la compassion dans ses yeux.

— J'ai dit à Patty qu'elle n'avait pas à s'inquiéter de quoi que ce soit, reprit-il. Bien entendu, Bridge Cottage n'est pas censé avoir droit à la moindre indemnité, mais je m'engage personnellement à négocier avec le comité – si jamais on en arrive à ce stade – afin qu'on fasse une exception pour elle.

Benedict venait de grimper de plusieurs échelons dans mon estime.

— C'est merveilleux, n'est-ce pas, Patty ? dis-je.

— Et je vous le répète, je suis sincèrement désolé pour le décès de votre mère, renchérit Benedict. (Patty ne commenta pas.) J'étais en train de lui expliquer qu'elle n'aurait pas à contribuer d'un penny pour la campagne, poursuivit-il. Il y a des tas de gens bien plus fortunés qu'elle pour soutenir la cause, comme Lavinia et, bien entendu, Iris, s'esclaffa-t-il, avant d'ajouter : Et même vous.

Je souris, quoique très embarrassée en réalité. J'observai le visage de Patty, cherchant à y déceler la confirmation qu'elle avait bel et bien découvert les cinq mille livres de ma mère, mais elle gardait le regard rivé à la télévision.

— Alors, quel bon vent vous amène, ce matin, Kat ? s'enquit Benedict.

— Je venais voir si je pouvais vous rendre un service ou un autre, Patty, répondis-je. Ça vous intéresserait que je vous conduise faire vos courses, vu que vous n'avez pas de voiture ?

— Eh bien… J'ai pas les moyens de vous payer l'essence.

— Je ne m'attendais pas à ce que vous le fassiez, répliquai-je. Je me demandais aussi si cela vous dirait de m'aider à organiser la vente aux enchères.

Je vis briller une lueur d'intérêt dans son regard.

— Vous me payeriez combien ?

— Je n'ai pas…, commençai-je, décontenancée.

— Je pense qu'il s'agit plutôt de donner de votre temps pour la cause, intervint Benedict en douceur.

— Le temps, c'est de l'argent, répliqua Patty. C'est ce que ma mère me répétait toujours. Parce que maintenant, je sais pas comment je vais arriver à joindre les deux bouts sans sa retraite.

— J'ai entendu dire que vous aviez coutume de faire la tournée des vide-greniers, fis-je. Il y a peut-être des objets sur lesquels vous aimeriez que je jette un œil afin de voir si je peux les vendre pour vous ?

— D'accord, consentit Patty. Faisons ça tout de suite.

— Maintenant ?

J'échangeai un regard avec Benedict. J'aurais pu jurer que j'avais aperçu une pointe d'agacement contracter ses traits.

— Dans ce cas, je vais vous laisser, déclara-t-il. Patty, vous me raccompagnez ?

— Vous savez où se trouve la porte.

— Je voudrais vous dire quelque chose… (Il passa un bras autour des épaules de Patty.) En privé.

En les regardant effectuer la course d'obstacles qui les conduisit à la porte d'entrée, je repensai aussitôt au vestibule de ma mère. Sur le seuil, Benedict se pencha et chuchota quelque chose à l'oreille de Patty. Je la vis se raidir et remarquai les doigts de l'écologiste qui se resserraient sur le bras de son interlocutrice.

— Je vous l'ai dit, entendis-je répliquer Patty. Je sais pas de quoi vous parlez. Je cache rien.

Quand elle revint, je l'interrogeai :

— Tout va bien ?

— Qu'est-ce que ça peut vous faire ? rétorqua-t-elle sèchement. Dites-moi plutôt ce que vous voulez vraiment.

À l'évidence, Patty était revenue à l'habituelle version renfrognée d'elle-même.

— Vous êtes sûre que tout va bien ? insistai-je, méfiante.

— Pourquoi est-ce que vous tenez tant que ça à m'aider ? Je vous connais pas.

— Parce que… (Je me creusai les méninges.) Comme je suis très proche de ma mère, je n'ose pas imaginer le chagrin que vous devez éprouver d'avoir perdu la vôtre. Vous avez passé la plus grande partie de votre vie ensemble, n'est-ce pas ?

— Qu'est-ce que ça peut vous faire ? répéta-t-elle.

— Nous devons avoir à peu près le même âge, continuai-je, dans l'espoir de parvenir à trouver un socle sur lequel m'appuyer. Je sais ce que c'est que d'être fille unique. Avant de mourir, mon père m'a demandé de prendre soin de ma mère, c'est pour cette raison que je suis ici, dans le Devon.

J'examinai les traits de Patty. Elle avait des yeux marron foncé et une peau sans imperfection. En dépit de ses choix vestimentaires pour le moins curieux, elle aurait été séduisante, si elle avait réussi à faire quelque chose de ses cheveux. Peut-être qu'en étant désormais débarrassée des griffes dominatrices de sa mère, elle parviendrait à avoir une vie à elle. Cela étant, jamais je ne lui révélerais le fond de ma pensée.

— Même si on les adore, nos mères ne sont pas faciles, repris-je. Je sais ce que vous ressentez.

— Ah bon ? ricana Patty. Contrairement à vous, j'ai pas un métier chic ou une mère fortunée. Mon père nous a laissé des dettes quand il est mort. Ma mère a eu la vie dure, pour essayer de mettre de la nourriture sur notre table, et maintenant, qu'est-ce qui va m'arriver ?

— Vous pourriez peut-être m'aider à résoudre un mystère, répondis-je. Il y a une récompense à la clef si vous m'aidez dans cette entreprise.

— Combien ?

— Cent livres.

Patty opina brièvement du chef, ce qui devait vouloir dire « oui ». Je tirai le sac en plastique bleu de ma poche et le lui montrai.

— Vous le reconnaissez ?

Patty s'approcha.

— Qu'est-ce que c'est ?

— Un de ces sachets que la banque utilise pour les transferts d'argent, répondis-je en guettant sa réaction.

— Mais y a pas d'argent, là-dedans.

— Je sais. Sauf qu'il y en a eu, un peu plus tôt. Avez-vous vu Mister Chips aujourd'hui ?

— Qui ça ?

— Le jack russell de la comtesse douairière.

— Ça se pourrait. Il est toujours à courir dans les parages.

— Donc vous l'avez vu ?

— J'ai pas dit que je l'avais vu hier. Pourquoi ?

— Mister Chips s'est enfui avec quelque chose qui appartenait à ma mère et qui se trouvait dans ce sac bleu.

— Vous voulez dire qu'il y avait de l'argent dans ce sac ?

— Oui, répondis-je.

— Combien ?

— Peu importe, répliquai-je, avec une irritation croissante. J'ai trouvé ce plastique bleu dans le sac-poubelle noir devant votre porte d'entrée.

Les yeux de Patty étincelèrent de colère.

— Vous êtes en train de me traiter de voleuse ?

— Non. Je ne vous traite de rien du tout, répondis-je. Je vous demande juste si vous avez vu Mister Chips… ou qui que ce soit d'autre, d'ailleurs.

— Ma mère est pas encore en terre que vous débarquez, soi-disant pour jouer au Bon Samaritain, mais en fait, vous m'accusez d'être une voleuse ?

— Je n'ai rien dit de tel ! m'écriai-je.

— Pourquoi m'accuser moi ? brailla Patty. Il y a toujours des randonneurs par ici. N'importe qui aurait pu prendre votre argent…

— Dans la gueule du chien ?

— Oui, dans la gueule du chien. (Elle avança la mâchoire.) Et ensuite jeter le sac pour me piéger.

— Pourquoi quelqu'un qui ne vous connaît absolument pas voudrait-il vous piéger ? m'étonnai-je.

— Eric a travaillé dans les champs avec son tracteur, hier, répliqua Patty. Vous devriez lui poser la question.

— C'est déjà fait.

— Vous avez pas interrogé votre type des chemins de fer ? Ça vous a traversé l'esprit ? insista-t-elle méchamment. Ou bien vous en pincez trop pour lui ?

— Valentin Prince-Avery ? Je le connais trop peu pour… comment dites-vous ? en « pincer » pour lui ?

— Il a rôdé dans les environs, donc je vois pas pourquoi il aurait pas pu prendre le sachet à ce chien. Stan affirme qu'il a réglé sa chambre en liquide, poursuivit-elle. C'est peut-être de là qu'il le tient, ce liquide ? Vous y avez réfléchi avant de m'accuser ?

Cette conversation ne menait nulle part. Au vu de l'insalubrité du cottage, de l'absence de chauffage ou de téléphone et de la situation nouvelle dans laquelle se trouvait Patty, je tentai une approche différente.

— Écoutez, je sais que vous avez mis la main sur cet argent, dis-je doucement. Et ce n'est pas grave. Pourquoi vous ne me le rendriez pas, qu'on n'en parle plus ?

— Ma parole vous suffit pas, c'est ça ? rétorqua-t-elle.

— Si, mais…

— Vous vous imaginez que vous êtes quelqu'un de spécial, je me trompe ? La célèbre Katherine Stanford ! Quel effet ça fait, d'être vous ? (L'explosion de Patty me désarçonna.) Vous croyez que si vous jetez votre argent de-ci de-là, ça va vous acheter des amis, mais vous vous trompez. Vous serez jamais quelqu'un d'ici. Jamais ! Du balai ! Dégagez de chez moi et laissez-moi à mon chagrin.

— Je suis désolée, Patty, répliquai-je calmement. Réfléchissez juste à ce que je vous ai dit. Je suis sérieuse concernant cette récompense et nous n'en reparlerons plus jamais.

— Non ! C'est vous qui devez réfléchir à ce que je vous ai dit. (Elle me planta un doigt dans la poitrine.) Je vais porter plainte contre vous pour harcèlement. Et par-dessus le marché, j'irai trouver les journaux pour tout leur raconter à propos de vous et de votre Valentin.

Mon estomac se contracta. C'était exactement ce que je tenais à éviter. Ma compassion pour Patty avait rapidement laissé place à de la colère. Je savais que c'était une voleuse, point. Sans rien ajouter, je tournai les talons et gagnai tant bien que mal la porte d'entrée.

Dehors, je laissai libre cours à ma fureur. J'allais foncer droit chez les flics, ce qui était exactement ce que j'aurais dû faire depuis le début.

Aux abords de Dartmouth, toutes mes ruminations concernant Patty et la police s'évanouirent. Dans la cour de l'agence de location de voitures Ogwell, j'aperçus, décoré de rubans et de ballons argentés, la Suzuki bleu métallisé de Valentin, bien identifiable grâce à sa plaque d'immatriculation « LUXRY1 ».

Sur un coup de tête, je quittai la route et garai ma Golf sur l'une des places de stationnement réservées aux clients.

Bien sûr, cela expliquait qui avait remorqué la voiture de Valentin, au cours de l'après-midi de la veille, mais une fois encore, je me demandai qui avait appelé l'agence. Je ne parvenais pas à me débarrasser de mon pressentiment, que n'aidait pas à se dissiper la théâtrale tentative de communication paranormale opérée par Alfred la veille au soir.

Ça ne sentait pas bon. Je voulais juste savoir s'il n'y avait rien de funeste dans la disparition de Valentin. Je devais en avoir le cœur net.

16

Autrefois, l'agence de location de voitures Ogwell avait été une station-service. Trois pompes à essence Shell rouillées se dressaient devant un bâtiment de brique désormais cloué de planches, même si l'enseigne « Garage » était toujours visible, en lettres de verre, au-dessus de la double porte.

Parmi les compagnies de location de voitures, cet établissement se situait à coup sûr tout au bas de l'échelle, ce qui ne collait pas avec le Valentin sophistiqué que j'avais rencontré, quoique brièvement. Il s'agissait également d'un drôle d'emplacement, à plusieurs kilomètres de la principale gare vers Londres Paddington, ce qui soulevait un autre point de questionnement : comment Valentin était-il parvenu jusqu'ici, la première fois, pour récupérer son véhicule ?

J'entendis mon téléphone vibrer dans mon fourre-tout et allai aussitôt l'y repêcher. Malheureusement, c'était un message de David. Encore et toujours. Le texto du jour différait de son habituel « Je pense à toi », auquel il avait préféré un « Il faut que je te parle. C'est urgent. » De toute évidence, il testait une nouvelle tactique.

Je me dirigeai vers le bâtiment modulaire qui faisait office de bureau.

Dans l'espace exigu, deux femmes, la quarantaine bien avancée, étaient engagées dans une conversation animée, à côté d'un long meuble de classement. Une bouilloire chauffait. Le mini-frigo était coiffé d'une tour de tasses en polystyrène, d'un pot de café instantané, d'un bol de sachets de sucre et de crème en poudre. En arrière-fond, BBC Radio Devon diffusait l'émission de Judi Spiers. C'était l'une des préférées de ma mère, et de moi, aussi.

La salle d'attente consistait en un petit banc à coussins de vinyle et une table offrant une pile de cartes de la région. Les murs vert pâle étaient couverts d'affiches publicitaires vantant les attractions touristiques locales, à commencer par Greenway, la demeure estivale d'Agatha Christie. Au plafond, je perçus le frou-frou d'une guirlande du Noël de l'année précédente.

Sur l'un des postes de travail, l'habituelle pagaille de bureau partageait l'espace avec un exemplaire du *Daily Post*.

Je lançai une salutation et les deux femmes se retournèrent, apparemment surprises de la survenue d'une cliente.

Elles m'évoquèrent Laurel et Hardy, le duo comique des années 1930. L'une d'elles était une créature mince, d'apparence nerveuse, avec des cheveux ternes et courts, tandis que la seconde, en surpoids, posait sur moi des yeux porcins pleins de dureté. Elles portaient chacune un pantalon noir ainsi qu'un chemisier blanc et une cravate noire.

— Je cherche monsieur Ogwell…

— Il est mort, répliqua aussi sec Hardy en m'indiquant le badge nominatif épinglé à la poche de son chemisier. Je suis sa fille, Susan.

— Je suis désolée.

Décidément, j'avais le chic pour ne pas dire ce qu'il fallait, aujourd'hui.

— Oh, mon Dieu ! gloussa Laurel qui, à mon grand amusement, s'appelait bel et bien Laurel. Vous êtes Raiponce, de *Fakes & Treasures*.

C'était reparti.

— On adore cette émission, pas vrai, Susan ?

— Je préfère les feuilletons.

— Qu'est-ce qui est arrivé à votre visage ? voulut savoir Laurel. Vous êtes entrée dans une porte ?

— Je suis tombée de cheval, répondis-je.

— C'est marrant de découvrir en chair et en os les gens qu'on voit dans les journaux, poursuivit Laurel. J'ai l'impression de rêver. Je viens tout juste de lire un truc sur vous, ce matin, dans le *Post*.

— Oh, c'était ça que tu regardais avec des yeux de merlan frit, commenta Susan. Elle adore les célébrités. À présent, on n'a pas fini d'en entendre parler.

Laurel s'empourpra.

— Et si je peux me permettre, je suis bien contente que vous ayez largué David. Je ne l'ai jamais trouvé assez bien pour vous. Pour moi, sa femme Trudy ressemble à Cruella de Vil des *101 Dalmatiens*. Vous n'êtes pas d'accord ?

Même si le carré anguleux de Trudy m'avait toujours inspiré le même rapprochement, je me cantonnai à un sourire poli. C'était exactement la raison pour laquelle j'avais renoncé à être une célébrité de troisième catégorie. Je détestais qu'on me considère comme un bien public, ce qui autorisait de parfaits inconnus à penser en savoir assez de moi pour commenter ma vie privée.

— Et vous avez déjà rencontré quelqu'un d'autre, gloussa Laurel. N'est-ce pas, Susan ?

— Je lui ai dit que je la renverrais si elle téléphonait aux journaux, répliqua l'interpellée.

Un sentiment désagréable, que je connaissais bien, me prit aux tripes. Laurel s'était déjà mise en quête du *Daily Post*, qu'elle me tendit.

— Regardez.

« Potins de stars », la rubrique tristement célèbre que tenait Trudy Wynne, figurait en une. Dans le coin inférieur droit, il y avait une photo que Trudy recyclait en permanence et qui me montrait en train d'essuyer mes larmes. Elle avait été prise un an plus tôt, alors que je participais à une soirée caritative « Je demande à ma bonne étoile » pour les enfants malades en phase terminale. Une courageuse fillette venait de réaliser son rêve de nager avec des dauphins et cela m'avait émue aux larmes. Aujourd'hui, cependant, la légende proclamait : « Raiponce n'a plus le cœur brisé. Elle a retrouvé l'amour. Rendez-vous en page 3 pour rencontrer le nouvel homme de sa vie. »

— Moi, je dis : « Bravo », déclara Laurel. Il est tout à fait charmant. Un véritable prince !

Même si je savais l'information erronée, je ne pus m'empêcher de m'emparer du journal.

J'allai à la page 3 où je découvris une vieille photo de David et moi, prise dans un restaurant londonien. Photoshop s'était chargé de tracer une ligne brisée entre nous : « Raiponce, plaquée ! » À côté figuraient deux clichés supplémentaires. Le premier montrait l'enseigne du pub Hare & Hounds – « Rendez-vous secret » – et, sur le second, on me voyait en train de sortir de la chambre de Valentin – « Rendez-vous galant ». La photo avait été lourdement retravaillée, si bien que le bras de Valentin, dans la réalité ballant innocemment, se retrouvait dorénavant bien enroulé autour de ma taille.

J'étais furieuse. Pas étonnant que David m'ait appelée. Il avait dû voir le journal.

Identifier le coupable n'était pas bien difficile. Il s'agissait soit de Patty, soit d'Angela, qui m'avaient vue l'une et l'autre sur son palier. Cependant, le journal pouvait-il avoir reçu les clichés aussi vite ? La réunion s'était tenue lundi soir, donc les images avaient dû être envoyées par mail sur-le-champ, pour pouvoir apparaître dans l'édition du mercredi. Patty n'avait caché ni l'antipathie que je lui inspirais, ni son besoin d'argent, pourtant, comme elle ne cessait de le répéter, elle ne disposait pas d'une ligne fixe, et encore moins d'un portable, sans même parler d'Internet. Angela, en revanche, si… À moins que le coupable ne soit quelqu'un du village.

Cela étant, au cours des dernières semaines, j'avais trouvé les gens du coin soucieux de protéger mon statut de célébrité. Ma mère aimait comparer ma présence à celle de « Kate et William », quand ils vivaient à Anglesey. Je n'arrivais tout simplement pas à envisager qui d'autre aurait pu faire le coup, sauf à considérer l'un des photographes professionnels de Trudy.

Je l'en croyais capable. Sa misérable rubrique ne s'appelait par « Potins de stars » pour rien. Je me rappelai avoir remarqué trois petites alcôves disséminées sur le palier, qui auraient fort bien pu servir de planque à un photographe. Le pub était plein de gens – dont le visage de la plupart m'était inconnu –, et même si j'avais emprunté l'escalier de service via le Cocon, je savais d'expérience que les paparazzis étaient dotés d'une espèce de tête chercheuse instinctive quand il s'agissait de fondre sur leur proie.

— Vous savez qui l'a prise ? demanda Susan, rompant le fil de mes pensées.

— Non. Il y avait des tas de gens dans le pub, ce soir-là.

— Vous ne pourriez pas les poursuivre pour diffamation ? s'enquit Laurel, effectuant une volte-face complète. Je trouve ça affreux que les gens se mêlent de votre vie privée comme ça. C'est déjà assez pénible quand nos voisins entendent nos disputes, à mon mari et à moi.

— Ce n'est pas agréable, en effet, confirmai-je.

— Eh bien, vous pouvez dire à votre monsieur Prince-Avery que nous sommes très fâchées contre lui, déclara Susan. Cette Suzuki est notre seule voiture de luxe.

— En revanche, nous lui sommes très reconnaissantes de nous avoir appelées pour nous dire où elle était, s'empressa d'ajouter Laurel.

— Valentin vous a téléphoné ?

— Hier après-midi, répondit Susan. Mais il n'a pas pris la peine de laisser les clefs sur le contact et Laurel a égaré le jeu de rechange.

— Elles sont ici, quelque part, Susan. Je…

— Donc nous avons dû louer une remorque pour aller récupérer la voiture.

— Un véhicule de notre compagnie d'assurances s'en est chargé, donc tout s'est bien passé, intervint Laurel.

— Non, tout ne s'est pas bien passé, Laurel ! s'exclama Susan. Ça nous a coûté un argent que nous ne récupérerons pas. Et par-dessus le marché, nous devons remplacer l'un des phares.

— Je croyais qu'il était déjà fendu, protesta Laurel.

— Je n'aurais jamais loué une voiture de luxe avec un phare amoché.

— Vous ne pouvez pas demander à monsieur Prince-Avery de vous poster les clefs ? suggérai-je, espérant sauver ainsi Laurel d'autres critiques.

Susan toisa de nouveau son employée, laquelle bredouilla :

— Je… Je…

— Laurel n'a pas noté son adresse et il ne répond pas sur son portable, expliqua Susan. Ça vous embêterait de le lui demander ?

Bien entendu, je n'avais pas eu plus de succès qu'elles dans mes recherches de Valentin.

— Il n'a pas payé par carte de crédit ?

— Non, en liquide, répondit Susan. Nous sommes l'une des rares compagnies de location de voitures qui ne prenne pas la carte de crédit. C'est pour cette raison que nous offrons de meilleurs prix. Nous n'avons pas de commissions à rétrocéder.

— Mais il a quand même bien dû vous montrer son permis de conduire ? insistai-je.

— À votre avis, fit Susan avec un nouveau regard glacial à l'intention de Laurel.

— Je t'ai déjà dit que j'étais désolée, Susan, balbutia Laurel en avançant la mâchoire. Nous avons commencé à parler de l'Afrique. Mon mari va m'emmener en safari pour mon cinquantième anniversaire. Monsieur Prince-Avery m'a conseillé de visiter une île sur la côte de Zanzibar. Pembi, ou quelque chose comme ça.

Je me rappelai le porte-clefs porte-bonheur de Valentin.

— Vous voulez dire l'île de Pemba ?

— C'est ça ! s'exclama Laurel, tout excitée. Vous savez, le genre d'informations qu'on ne trouve pas dans les brochures touristiques.

— Super. Me voilà enchantée de cette mise au point, persifla Susan. J'imagine que vous êtes venue récupérer les affaires qu'il a laissées dans la voiture ? Laurel… ?

— Je vais les chercher.

Laurel se dirigea vers le fond de la pièce et en revint avec un récipient en plastique étiqueté : « Objets trouvés ». Elle le posa sur la table et en ôta le couvercle, pour en sortir une paire de gants de cuir marron et le catalogue de la vente aux enchères de Chillingford Court.

— Voilà. Prenez tout… et vous pouvez lui dire que nous nous sommes débarrassées des pancartes qu'il avait laissées dans son coffre.

— Des pancartes ? m'étonnai-je.

— Nous avons dû forcer la serrure avec un pied-de-biche, expliqua Susan. Encore une dépense supplémentaire.

— Est-ce que ces pancartes disaient : « Croisement avec la HS3 à partir d'ici » ?

— Ça a quelque chose à voir avec la nouvelle ligne ferroviaire ? demanda Laurel.

— Oui.

— C'est bien ce qu'on a pensé. Je suis contre, nous sommes tous contre, n'est-ce pas, Susan ? Et je me suis dit : *Un bon point pour lui puisqu'il les a enlevées.*

Je n'avais nulle intention de lui expliquer que c'était Valentin aussi qui les avait plantées.

— Ces pancartes étaient cassées, hein, Susan ? reprit Laurel. Tout écrabouillées…

— On les a balancées dans la benne, là-bas derrière. Si vous voulez, je vous les montre.

— Elles étaient dans cet état quand on les a trouvées, parole d'honneur, renchérit Laurel.

— Libre à vous de les emporter, ajouta Susan.

— Non merci, répondis-je en secouant la tête.

— Et ses gants, vous les prenez ?

— Oui, naturellement, fis-je en retenant un soupir.

S'ensuivit un silence gêné que rompit Laurel en laissant échapper :

— Susan a pris les deux bouteilles de vin, qui paraissaient très chères.

— Je vois ça comme un remboursement pour le phare endommagé, répliqua froidement Susan.

À présent, j'étais inquiète. Valentin aurait tout à fait été en mesure de transporter le vin dans le train qui le ramenait à Londres.

J'hésitai quelques secondes, puis je revins à la charge.

— Juste une chose encore : comment Valentin est-il arrivé jusqu'ici, lundi, quand il a récupéré la voiture ? Il avait pris un taxi ?

Laurel secoua la tête.

— Il s'est présenté samedi après-midi. Par hasard. Je peux vous indiquer où il était descendu, si vous le souhaitez. (Elle coula à Susan un regard plein d'autosatisfaction.) Nous aimons bien que le client nous donne une adresse locale quand il paie en liquide.

— Ne vous donnez pas cette peine, dis-je. Je sais qu'il logeait au Hare & Hounds de Little Dipperton.

— Oh non ! s'exclama Laurel. Il nous a parlé du Dart Marina Hotel. Il nous a même demandé comment s'y rendre.

— Vous êtes certaine ? m'étonnai-je.

— Sûre et certaine. Pourquoi ? Quelque chose ne va pas ? s'enquit Laurel, le visage plissé d'inquiétude.

— Si, si, tout va bien.

Après avoir promis que je ne piperais mot du vin, mais que je réclamerais les clefs du SUV si je revoyais Valentin, je regagnai ma voiture. À défaut d'autre chose, le mystère de la disparition des pancartes était élucidé.

Pendant que j'ouvrais la portière, un morceau de papier tomba du catalogue de vente et voleta jusqu'au sol.

C'était une coupure de journal vieille de trois mois, me montrant lors de mon dernier jour à *Fakes & Treasures*. Dans la marge, quelqu'un avait griffonné « Manoir de Honeychurch » au feutre noir.

Je l'examinai, décontenancée. Lundi après-midi, ma mère et moi étions plus ou moins tombées par hasard sur Valentin, dans le boqueteau du Cavalier. Je repensai alors à Harry, qui s'était perché dans sa cabane de l'arbre et avait affirmé que Valentin « attendait » – tel était le mot exact qu'il avait employé – notre arrivée, à ma mère et à moi. Notre rencontre avait-elle été intentionnelle ? Mais dans ce cas, comment Valentin aurait-il pu savoir que nous allions cueillir des prunelles ? Plus inquiétant encore, comment avait-il appris que je séjournais au manoir de Honeychurch ?

Tu es ridicule, ma pauvre Kat ! J'étais en train de devenir paranoïaque. Désormais, j'avais ses fichus gants à adjoindre à sa canne. Après tout, peut-être pourrais-je les remettre à Benedict et en serais-je débarrassée. J'avais des problèmes bien plus importants à régler : l'argent volé à ma mère.

L'heure était venue de m'adresser à un professionnel.

17

Le minuscule poste de police « ouvert du lundi au vendredi, de 9 heures à 17 heures » se trouvait à la périphérie de Dartmouth. Je pénétrai dans la salle d'attente dont le chiche ameublement comprenait un banc d'allure inconfortable et deux chaises à l'assise dure. Le comptoir qui divisait la pièce était désert, pourtant une plaque annonçait, à côté d'une sonnette d'un autre temps : « L'officier de garde aujourd'hui est : Malcolm. » J'appuyai dessus.

J'entendis le bruit d'une chasse qu'on tirait, mais au lieu de voir émerger Malcolm de la porte derrière le comptoir, j'eus la surprise de découvrir l'inspecteur principal Shawn Cropper. Il tenait un magazine intitulé *Rassemblement ferroviaire* et affichait un air embarrassé.

— Vous m'avez pris au dépourvu. Malcolm avait un rendez-vous chez le médecin, dit-il pour expliquer sa présence. Nous sommes justes niveau effectif, comme d'habitude.

S'ensuivit un silence gêné.

— Comment s'est passé le concert ? demandai-je tout à trac.

— Exactement comme on pouvait s'y attendre avec une classe de gamins de cinq ans, répondit-il. Correctement.

— Vous êtes un bon père, constatai-je, tout à fait sincère.

— Qu'est-il arrivé à votre visage ? demanda Shawn en m'examinant de plus près.

— Je suis tombée de cheval.

Il tendit la main et toucha délicatement mon hématome.

L'espace d'une demi-seconde, nos yeux se rencontrèrent et je me sentis rougir.

— Si vous parlez à votre grand-mère avant moi, je vous en prie, remerciez-la pour le steak.

Shawn recula d'un bond.

— Je n'y manquerai pas. Oui. Tout à fait. Ma bonne vieille grand-mère et ses remèdes ! (Il me sourit.) Que puis-je faire pour vous, aujourd'hui ?

— Je suis en plein dilemme et j'aurais besoin de votre avis.

— Je suis tout ouïe.

— C'est à propos de Patty, répondis-je. Je sais que, pendant quelque temps, elle a travaillé pour votre grand-mère, au manoir.

— Je ne pense pas qu'elle se soit tout à fait remise du calvaire, répliqua-t-il. Disons que Patty peut représenter un vrai défi.

— Avez-vous une idée de la raison pour laquelle elle a été renvoyée ? Un soupçon sur son honnêteté ?

Shawn parut un peu décontenancé par ma question.

— Il me semble que leur collaboration a plutôt ressemblé à un choc des titans, si je peux m'exprimer ainsi.

— Nous parlons de « divergences créatives » dans l'univers du divertissement. Donc, bref, pour résumer, elles ne se sont pas entendues.

— Non, ce n'était pas ça. La priorité de Patty, c'était de prendre soin de Joyce, expliqua Shawn. Et grand-mère en a eu assez de la voir partir plus tôt ou de ne pas venir travailler du tout…

— Qu'est-ce que Patty serait prête à faire pour de l'argent ? insistai-je.

— Pourquoi me posez-vous cette question ?

— Je sais qu'elle avait coutume de faire la tournée des vide-greniers avec sa mère, répondis-je. Mais… vous êtes déjà entré dans Bridge Cottage ?

— Jamais, non.

— L'endroit a tout du taudis. Il n'y a pas de chauffage central.

— Si j'en crois ma grand-mère, elles vivaient de façon plutôt frugale. Joyce ne croyait pas en la nécessité de chauffer ou de dépenser de l'argent. Pourquoi ?

Je commençais à douter, mais après quelques secondes d'hésitation, je me lançai :

— J'ai perdu de l'argent et j'ai l'impression que Patty pourrait l'avoir trouvé.

— J'imagine que vous l'avez interrogée à ce sujet ?

— Oui, répondis-je. Mais elle a nié.

— Qu'est-ce qui vous amène à penser qu'elle a mis la main dessus ?

— C'est une histoire assez longue, mais Mister Chips…

— Le jack russell ?

— Il existe un autre Mister Chips ? plaisantai-je.

Pourtant Shawn demeura impassible.

— Continuez…

— Il a trouvé le petit sachet contenant cet argent et s'est enfui avec.

— Je vois, fit Shawn en se caressant pensivement le menton. À ce que je devine, vous vous êtes lancée à sa poursuite.

— Bien entendu, mais il a été trop rapide pour moi.

— Peut-être qu'il a enterré son butin ?

— J'aurais bien aimé qu'il le fasse, mais… (J'hésitai de nouveau.) J'ai trouvé le sachet dans l'un des sacs-poubelle noirs qui traînent devant le cottage de Patty. Vide, comme il se doit.

— Vous êtes certaine qu'il s'agissait du sachet que Mister Chips vous avait dérobé ?

— Tout à fait certaine, répondis-je. Il est facile à reconnaître.

— Autrement dit, vous suggérez soit que Patty s'est emparé de cet argent…

— Soit que Mister Chips l'a dépensé, m'esclaffai-je, sans pour autant susciter son hilarité.

— C'est une accusation très sérieuse que vous proférez là, dit-il. Nous parlons de quelle somme d'agent ?

— De cinq mille livres à peu près, répondis-je après m'être raclé la gorge.

Les sourcils de Shawn disparurent presque sous la ligne de ses cheveux.

— D'environ cinq mille livres ou de cinq mille livres exactement ?

— Environ. Peut-être... Je ne suis pas sûre.

— Si une chose pareille m'était arrivée, je connaîtrais le montant exact de ma perte. (Shawn m'examina d'un air suspicieux.) Autrement dit, c'est votre parole contre celle de Patty.

— Je suppose que oui.

Shawn fronça les sourcils.

— Pourriez-vous me décrire ce sachet ?

— Je peux vous le montrer.

— Vous l'avez sur vous ?

— Naturellement.

Je le sortis de mon fourre-tout et j'étais sur le point de le tendre à Shawn quand il leva une main.

— Une minute, fit-il avant de disparaître par la porte derrière lui et de revenir muni de gants jetables et d'une boîte de film alimentaire.

— Vous êtes sûr ? m'étonnai-je. On a besoin de tout ce tralala ? Je voudrais juste que vous lui posiez la question.

— Ce n'est pas rien, cette histoire.

Shawn arracha soigneusement un morceau de film plastique, mais faute de parvenir à l'étendre sur le comptoir, il le roula en boule et en déroula une nouvelle portion.

— Vous voulez de l'aide ? proposai-je.

— Non. Ça y est. (Cette fois-ci, Shawn réussit à lisser son film plastique.) Donnez-moi ça.

Il y plaça soigneusement le sachet et l'examina avec attention.

— Il y a des mots au fond. Mais je n'arrive pas à voir ce que ça dit.

— Tenez !

Je tirai ma loupe de bijoutier de mon fourre-tout et la lui tendis. Nous nous penchâmes, tout proches l'un de l'autre – lui d'un côté du comptoir, et moi de l'autre. Je sentis une odeur de banane, comme chaque fois que je me trouvais à proximité de Shawn. Sa tête étant penchée au-dessus du sachet bleu, je pus vérifier qu'il avait les cheveux ébouriffés les plus magnifiques qui soient, avec quelque chose d'enfantin dans la façon dont ils retombaient vers l'avant. Ce constat me rappela un passage de *Défendu*, que je connaissais par cœur pour l'avoir retapé un millier de fois, sur les instances de ma mère.

Lady Amelia était secouée de violents tremblements quand elle s'assit sur la chaise rudimentaire dans le cottage du garde-chasse. Elle se retenait à grand-peine de passer les doigts dans la chevelure de Shelby, agenouillé à ses pieds, qui tenait son pied blessé entre ses mains. « C'est juste une entorse », protesta lady Amelia, mais, indifférent à sa remarque, il refusait de lâcher sa cheville. Shelby était si proche qu'elle inhalait son odeur virile : un mélange de musc, de pin et de terre qui lui fit tourner la tête. Lady Amelia était désemparée. Il n'appartenait pas à sa classe sociale, il n'était même pas son genre...

— À quoi pensez-vous ? s'enquit Shawn, me ramenant brutalement à la réalité. Vous vous sentez bien ?

— Oui, très bien ! m'exclamai-je. Pardonnez-moi.

Il me rendit ma loupe.

— Jetez-y un coup d'œil.

À l'instant où je m'exécutai, je sentis mon cœur s'arrêter de battre. Jusqu'à présent, je n'avais pas remarqué la minuscule ligne de caractères d'imprimerie qui courait sur le fond du sachet.

— Ça dit : « Jersey National Bank, Saint-Hélier », déclara Shawn, non sans une certaine satisfaction. Oui, c'est en effet un sachet dont on se sert dans les banques des îles Anglo-Normandes pour les transferts d'argent.

— Vraiment ? Je n'en avais aucune idée.

Je ne trouvais rien d'autre à dire.

— Vous avez un compte en banque dans les îles Anglo-Normandes ?

— Non, répondis-je, et je ne mentais pas.

— Est-ce que les billets contenus dans ce sachet provenaient des îles Anglo-Normandes ?

— Très honnêtement, je n'en sais rien, répondis-je. Ma mère a effectué un petit voyage à Jersey, pour un de ses congés éclair. Elle a sans doute rapporté ce sachet de là-bas. Peut-être en guise de souvenir.

Shawn plissa les yeux, l'air sévère.

— Si je comprends bien, l'argent contenu dans ce sachet bleu ne vous appartient pas ?

— Il appartient à ma mère, répondis-je. Mais vous savez quoi, j'ai l'impression de vous faire perdre votre temps. Je suis sûre qu'on va le retrouver.

— Répétez-moi exactement ce que Patty vous a dit, m'intima Shawn.

— Elle a nié et prétendu que n'importe qui pouvait avoir mis la main sur cet argent avant de jeter le sachet dans ses poubelles.

— La région est très populaire parmi les randonneurs. Patty pourrait avoir raison.

Shawn se pencha pour ramasser le registre des incidents, très lourd à en juger par son ahanement. Il l'ouvrit et le feuilleta jusqu'à une page vierge. Consternée, je le vis s'emparer d'un stylo.

— Vous devez vraiment consigner ceci ?

— Bien sûr, répondit-il. Je vais avoir une petite conversation avec Patty, mais, comme je vous l'ai déjà dit, c'est vraiment sa parole contre la vôtre.

— Merci.

Teuf-teuf-teuf-teuf.

— Votre téléphone, me semble-t-il, constatai-je. Le Scarborough Spa Express qui va de Wakefield Westgate à Ardsley Tunnel ?

Shawn sourit.

— Je suis impressionné !

Il va de soi que j'avais déjà entendu cette sonnerie de téléphone auparavant, mais en l'occurrence, une fois avait suffi pour que je ne l'oublie jamais.

Shawn farfouilla dans sa poche, tandis que le « teuf-teuf » gagnait en volume, atteignant son point d'orgue en un bruyant « tiou-tiou-tiou ! ». Shawn pressa le bouton « Répondre ». Attendait-il systématiquement que toute la séquence « musicale » parvienne à son terme ?

— Inspecteur principal Cropper à l'appareil, dit-il en allant s'enfermer dans la petite pièce derrière le comptoir.

Je ne parvins pas à saisir la teneur de sa conversation.

Quelques minutes plus tard, il revint.

— C'était Patty qui appelait du Hare & Hounds. Elle veut porter plainte contre vous pour harcèlement.

— Quoi ? m'écriai-je.

— Elle prétend que vous avez fait irruption chez elle en proférant toutes sortes de menaces.

— Mais c'est faux ! m'exclamai-je.

Shawn s'approcha du registre. Il tira un tabouret et s'y assit.

— Vous n'allez quand même pas inscrire ça ?

— Je suis la procédure, répliqua-t-il en reprenant son stylo.

— Patty a suggéré que vous parliez à Valentin Prince-Avery. Apparemment, après sa fuite du pub, il a été vu en train de rôder sur Hopton's Crest.

— J'ai songé à lui parler, dis-je, mais il est retourné à Londres. (J'hésitai une nouvelle fois.) Je sais que ça peut paraître bizarre, mais j'ai trouvé sa canne en os de bœuf dans le champ jouxtant le boqueteau du Cavalier.

Shawn me regarda pensivement.

— Et ?

— Je suis allée jusqu'au Hare & Hounds pour la lui rendre, mais il était déjà parti. J'ai trouvé sa démarche un peu étrange, d'autant qu'il n'avait pas retourné non plus sa voiture de location. Comme il l'avait abandonnée sur Hopton's Crest, il a fallu la remorquer jusque chez Ogwell.

— Et bien entendu, vous vous faites du souci pour lui, marmonna Shawn, dont les joues se teintèrent légèrement de rose.

— Pas vraiment. Je suis juste intriguée.

— Ce n'est pas ce que disent les journaux.

Je remarquai un exemplaire du *Daily Post* à l'extrémité du comptoir.

Aucun doute, Shawn avait vu la photo lui aussi. Je sentis l'irritation me gagner.

— C'est une canne ancienne et Valentin m'a confié qu'elle appartenait à son grand-père. Je me suis dit qu'il tiendrait à la récupérer.

— Vous voulez faire une déclaration de disparition ?

— Vous pensez que je le devrais ?

Shawn planta ses yeux dans les miens et, pendant quelques secondes, je fus sidérée par l'intensité de son regard. Je devais rompre le charme. Le silence s'étira entre nous tandis que je m'évertuais à trouver quelque repartie intelligente.

— Quand avez-vous été en contact avec lui pour la dernière fois ? reprit Shawn, de nouveau focalisé sur le travail. Commençons par là.

— J'ai reçu un texto de lui jeudi… Écoutez, c'est sans importance, marmonnai-je. Honnêtement, je le connais à peine. Je ferais mieux de rentrer. Ma mère et moi sommes censées aller à la vente aux enchères de Chillingford Court…

— Shawn ! Tu ne devineras jamais ! lança Roxy en pénétrant dans le poste, pétillant littéralement d'excitation. Le vieux Reggie, du dépannage automobile, a examiné le fauteuil roulant de Joyce et découvert… Oh, je ne vous avais pas vue.

— Merci, Roxy, s'empressa d'intervenir Shawn.

Le même pressentiment néfaste m'étreignit de nouveau.

— Qu'est-ce qui cloche avec le fauteuil de Joyce ?

— Des tas de choses, répondit Roxy. Nous sommes en train de parler de circonstances suspectes, là.

— On en rediscute tout de suite, l'interrompit Shawn. Kat était sur le point de partir.

— « Suspectes » en quel sens ? insistai-je sans ménagement.

— Pourquoi ? répliqua Roxy en me dévisageant. Qu'est-ce que vous savez ?

— Monsieur Prince-Avery a laissé sa voiture de location sur Hopton's Crest, apparemment, répondis-je. Il a donc dû passer devant Bridge Cottage.

Les yeux de Roxy s'écarquillèrent.

— Et il a quitté précipitamment la réunion, ajouta-t-elle. Où est-il à présent ?

— Il est rentré à Londres, dis-je tout en comprenant exactement où Roxy voulait en venir. Il y a autre chose, continuai-je. La propriétaire d'Ogwell m'a indiqué qu'un des phares du SUV était endommagé.

— Il va falloir examiner ça, grommela Roxy. Si ça se trouve, ce salaud a renversé Joyce.

— Évitons les conclusions hâtives, tempéra Shawn.

Bien que n'ayant aucune envie d'abonder dans son sens, j'avais le sentiment que Roxy pouvait avoir raison. J'avais vu moi-même des traces de dérapage sur la route. Cela expliquerait sûrement la disparition précipitée de Valentin.

— Merci, reprit Shawn. Vous nous avez été d'une grande aide, Kat. Roxy, nous ferions bien d'aller rendre une petite visite à l'agence Ogwell pour jeter un coup d'œil à cette voiture.

Je regagnai ma Golf, en proie à un fort sentiment de malaise. Si Valentin avait heurté le fauteuil roulant de Joyce, pourquoi aurait-il pris ensuite le temps de déplacer les pancartes, puis, laissant sa canne en os de bœuf dans un champ, d'abandonner son SUV sur Hopton's Crest ? Il n'aurait même pas songé à appeler une ambulance ? Sortant mon iPhone, je tentai de le joindre une fois encore.

À ma grande stupeur, la connexion s'établit, cette fois-ci.

— Bonjour, Valentin ! m'écriai-je. C'est Kat. Cela fait un bail que je cherche à vous joindre.

Un long silence me répondit. Je savais qu'il y avait quelqu'un à l'autre bout de la ligne, comme me l'indiquait le bruit d'une respiration.

— Bonjour ! répétai-je.

Mais sur un « clic », la communication fut coupée.

J'étais complètement déroutée. Que se passait-il, nom d'une pipe ? Pourquoi Valentin aurait-il répondu si c'était pour raccrocher aussitôt ?

Frustrée, je laissai tomber mon téléphone dans mon fourre-tout, fis démarrer ma voiture et pris la direction de Dartmouth.

Je venais d'avoir une idée lumineuse.

18

Au Buzz café de Dartmouth, je commandai un café et achetai trois sandwiches pour notre déjeuner, à maman, Alfred et moi. Installée dans mon coin favori, je me ruai sur Internet et commençai mes recherches. Le nom de Valentin Prince-Avery surgit plusieurs fois et, oui, il figurait comme consultant sur de nombreux projets du ministère des Transports. Cela étant, la dernière entrée datait de 2012. Je découvris en revanche un article narrant un accident affreux qu'il avait causé et qui l'avait privé de son permis de conduire pour quatre années.

Les choses commençaient à se mettre en place.

Lundi soir, non seulement Valentin avait pris le volant illégalement, mais de plus, il l'avait fait en état d'ivresse. Rien d'étonnant à ce qu'il n'ait pas signalé l'accident de Joyce et se soit contenté de rentrer au plus vite à Londres.

J'étais dégoûtée. Quel couard ! À mon avis, il y avait peu de chances pour qu'il repointe le bout de son nez à Little Dipperton.

Je changeai alors mon fusil d'épaule et cherchai tout ce que je pouvais trouver sur la HS3. Un paragraphe confirmait qu'un projet portant sur une ligne à grande vitesse allant de Cardiff à Londres avait été soumis au ministère des Transports. Aucune mention en revanche d'une « extension de ligne » jusqu'au sud-ouest du pays, mais cela ne signifiait rien. Quand la très controversée HS2 avait été discutée au départ, le but à long terme – à savoir une ligne directe jusqu'en Écosse – avait été soigneusement tenu secret.

En googlant « Opération Bullet », j'eus la surprise de découvrir qu'un site web avait déjà été créé, sous le nom de domaine « Stop_a_loperation_Bullet ». On y voyait l'un de mes nombreux portraits recyclés à côté du discours publicitaire habituel, qui mentionnait *Fakes & Treasures*. Un lien pour effectuer une donation était attaché à un baromètre indiquant que quinze mille livres avaient déjà été réunies. L'annonce de la vente aux enchères destinée à lever des fonds occupait la moitié de la page. Je me sentis vraiment mal à l'aise. Comme je le redoutais, toute l'entreprise était présentée de façon à faire croire que cette campagne était mon idée de A jusqu'à Z.

Je reportai mon attention sur Benedict Scroope, mais la seule référence à son nom que je dénichai était liée à la vente du domaine de Thornton Park en 1995. Benedict y était mentionné comme unique héritier, et – ainsi qu'il nous l'avait dit – un héritier forcé de vendre pour s'acquitter des droits de succession. À la suite de quoi, il était « parti à l'étranger », ce qui était exactement ce que Lavinia et Eric avaient expliqué.

Une rapide vérification de mes emails me confirma que mon rendez-vous avec Colleen Fraser, mon agent immobilier, était toujours fixé à samedi, 16 heures. Elle m'avait envoyé un cliché de l'adresse exacte de la boutique près de Spitalfields Market. Il s'agissait d'une propriété classée d'« intérêt spécial », construite au tout début du XIXe siècle, avec de grandes fenêtres à guillotine qui y faisaient entrer des flots de lumière. L'appartement au-dessus avait été rénové « avec goût », offrant un nouvelle cuisine-salle à manger au premier étage et deux grandes chambres ainsi qu'une salle de bains au second. Le grenier avait été converti en une mezzanine sans cloisons, mais avec des Velux et un petit balcon. Colleen m'annonçait que deux autres personnes étaient également intéressées et me pressait de ne pas trop tarder.

Même si je soupçonnais qu'il s'agissait simplement d'un stratagème pour me pousser à faire rapidement une offre, je savais qu'à l'heure actuelle, je n'étais pas prête à laisser ma mère avec Alfred. Je décidai de gagner du temps et envoyai un email disant que je ne disposais que d'un accès limité à ma messagerie – ce qui était vrai – et que je l'appellerais pour discuter du bien vers la fin de la semaine. S'il s'était vendu entre-temps, eh bien, tant pis.

Je traitai rapidement une dizaine d'emails professionnels, notamment deux requêtes de collectionneurs souhaitant que je fasse des estimations pour eux et proposant généreusement de me dédommager pour mon temps et mes déplacements. Une fois encore, je m'agaçai d'avoir été mise en avant avec cette histoire de vente aux enchères. Mon projet de rentrer à Londres semblait tomber rapidement à l'eau.

Je décidai de ne pas jeter un œil aux emails de mon fan-club, car on y critiquerait forcément mon apparition dans le *Daily Post* aux côtés du « nouvel homme de ma vie ». En quittant la télévision, je m'étais imaginé que je laissais tout ce foin derrière moi.

Enfin, mue par la force de l'habitude, je consultai le site « Krystalle Storm » de ma mère. Elle était là, retouchée à mort, avec ses cheveux platine et une rangée de faux diamants autour du cou. Si je ne la connaissais pas aussi bien, je ne l'aurais jamais reconnue. Un pékinois couleur caramel était installé sur ses genoux, qu'elle « aimait » appeler Véritablement Delizioso – un chien qui n'existait pas en réalité. Vu qu'Alfred avait aidé ma mère à créer l'apparence physique de son alter ego et qu'il s'était désormais intronisé son agent, je ne doutais plus du bien-fondé de ma décision de rester un peu plus longtemps dans le Devon.

La page d'accueil du site web de ma mère annonçait qu'en raison du « tragique accident » survenu à Vera Pugsley, son époux, Eric, était déterminé à « réaliser le rêve de toujours de sa bien-aimée » en rendant visite à son auteure favorite « en mémoire de Vera ».

Les noms des trois nouvelles gagnantes étaient publiés. Je les imprimai pour ma mère. Peut-être trouverait-elle de quoi épicer son roman en cours avec d'autres histoires d'amants pleins d'angoisse et de convoitise.

Fiona, la barista, apporta un sac en papier kraft contenant mes sandwiches ainsi qu'une cafetière pleine. Elle remplit ma tasse.

— Nous sommes enchantés que vous ayez accepté d'être la porte-parole de « Stop à l'opération Bullet », lâcha-t-elle timidement. Eric est venu hier, poursuivit-elle. Il a dit que le village était déterminé à se battre.

— Eric Pugsley vient ici ? m'étonnai-je.

— Pour utiliser Internet. Il a un compte eBay, précisa-t-elle en désignant ses chaussures, des ballerines noires de chez Chanel. Je les lui ai achetées sur eBay et il est venu me les livrer en personne. J'ignorais qu'Eric vendait des chaussures. Je lui ai demandé si elles étaient tombées du camion, vu que c'étaient des chaussures de marque, mais il m'a assuré qu'il n'y avait pas de lézard. Elles ne sont pas magnifiques ?

— Elles sont très jolies.

Ce fut tout ce que je trouvai à dire. J'étais abasourdie. La collection de chaussures de Vera pouvait rivaliser avec celle d'Imelda Marcos et comptait au moins cent cinquante paires. J'avais vu cette collection dans leur cottage et estimé que Vera avait au bas mot dépensé trente mille livres rien qu'en chaussures.

La pensée d'Eric vendant les chaussures de sa femme décédée était pour le moins macabre, mais bien qu'incapable de m'imaginer en faire autant, je n'étais pas surprise d'apprendre les faits, venant de sa part.

Fiona avait à peine regagné sa place derrière le comptoir que je me connectai à mon propre compte eBay. Je pris moins d'une minute à trouver Eric Pugsley.

— Oh, bon sang, marmonnai-je.

Eric ne se contentait pas de vendre les chaussures de Vera.

Rencontrez Krystalle Storm, l'auteure mondialement connue dans sa luxueuse demeure italienne
Emmenez votre bien-aimé ou un compagnon pour un voyage tous frais payés sur la côte amalfitaine
Temps restant : 2 j 23 h
Prix de départ : 2 000 £
Enchère en cours : 6 575 £

J'étais sidérée. Eric avait mis le prix de Vera aux enchères ! Ma mère allait s'effondrer quand je la mettrais au courant. Accablée, j'éteignis mon ordinateur et rassemblai mes affaires, ainsi que mon sac de sandwiches pour regagner ma voiture et rentrer. Vingt minutes plus tard, je me garai devant le Logis du palefrenier où je trouvai ma mère dehors, en train de guetter mon arrivée. Perchée sur la dernière marche du montoir de pierre, elle était recroquevillée dans un manteau d'hiver. J'ouvris ma fenêtre.

— Tu sais ce qu'on dit si tu restes assise sur une surface froide ?

Ma plaisanterie ne la fit pas rire. Elle s'installa sur le siège passager et claqua la portière.

— Tu as acheté quelque chose pour le déjeuner ? s'enquit-elle.

— Oui, répondis-je en lui tendant le sac en papier kraft.

Ma mère jeta un coup d'œil à son contenu.

— Pourquoi tu en as pris trois ?

— Il y en a un pour Alfred.

— Qu'il aille se faire voir !

Je tournai le regard vers son visage et compris qu'il s'était passé quelque chose.

— Je vais le lui donner, dis-je. De toute façon, il faut que je récupère mon catalogue.

Dans le Logis du palefrenier, le désordre était indescriptible. Il y avait même un trou dans le plâtre, là où un pied de chaise avait crevé le mur de torchis. Il était impossible de gagner la cuisine sans escalader les meubles qui, désormais, bloquaient complètement le vestibule. L'autre solution était de ressortir, contourner le bâtiment et entrer directement par la cuisine. Il y avait des éclaboussures de jaune primevère de partout.

— Tenez, dis-je en tendant sa baguette à Alfred. J'ai bien peur de ne pas pouvoir aller vous chercher une serviette dans la cuisine.

— Iris n'est pas très contente de moi, avoua Alfred. Mais je jure sur la tombe de ma mère que tout sera nettoyé pour votre retour.

— Il vaudrait mieux pour vous.

Je courus récupérer mon catalogue à l'étage et m'en retournai à la voiture où ma mère était assise, bras croisés, la mine dépitée. Nous reprîmes la route que je venais tout juste d'emprunter.

— Tu as vu ça ? lâcha finalement ma mère. Tu as vu ce chantier ?

— Alfred a promis qu'il allait tout nettoyer. Il l'a juré, je le cite, « sur la tombe de sa mère ».

— Ça ne l'engage à rien. Tante June n'a pas de tombe. Ses cendres ont été dispersées sur le lac Windermere. (Elle poussa un profond soupir.) Frank était si ordonné. Il portait un bleu de travail et étendait des housses de protection partout. Il prenait grand soin de ses pinceaux. (Ma mère se mordilla la lèvre.) Pourquoi Frank n'est-il pas ici ?

Je me penchai vers elle et exerçai une pression sur sa main.

— Je suis désolée. Je suis sûre qu'Alfred fera du bon travail.

— Il n'utilise même pas d'apprêt ! gémit-elle. Tu es sûre que tu ne peux pas rester plus longtemps ? Je sais que c'est ta vie et je ne veux pas être un poids pour toi, mais…

— C'est bon, maman, la coupai-je doucement. Bien sûr que je vais rester un peu plus longtemps. Jusqu'à ce qu'oncle Alfred ait fini de peindre le salon.

— Autrement dit, tu restes ici définitivement, conclut-elle en se fendant d'un petit sourire. Mais je ne veux pas de lui dans ta chambre.

— Ni moi non plus !

— Tu sais quoi ? s'écria ma mère. Ça commence à me revenir, maintenant. Vieillir est un drôle de truc. Je me rappelle des choses bizarres à propos d'Alfred à présent.

— Ça s'appelle la mémoire sélective. Et crois-moi, ça m'arrive à moi aussi.

— Il était très désordonné quand il était petit, maugréa-t-elle. Il n'avait que quelques affaires dans son horrible sac de toile, mais il s'est débrouillé pour en étaler partout.

— Il faut juste que nous l'obligions à prendre l'appartement de William, répliquai-je.

— Que se passera-t-il si William revient ?

J'étouffai un grognement.

— C'est hautement improbable, mais on avisera le moment venu. Si ça se trouve, Alfred va détester vivre ici et repartira de son propre chef.

— Que Dieu t'entende, murmura ma mère, le regard rivé sur le paysage défilant derrière sa vitre.

— Maman…, commençai-je prudemment. J'ai découvert quelque chose aujourd'hui.

— Laisse-moi deviner, marmonna-t-elle. Tu t'es rendu compte qu'Alfred était un tueur en série.

— Bien sûr que non. C'est juste… à Dartmouth, je suis allée sur Internet…

— Si c'est à propos de mon site web et de moi, je ne veux rien entendre…

— Eric a mis son voyage en Italie aux enchères sur eBay.

— Quoi ! cria ma mère. Il a fait quoi ?

— Je me suis dit que tu aimerais savoir. Tu pourrais peut-être parler à ton éditeur. Après tout, ce sont eux qui financent le voyage. Ils devraient pouvoir décréter qu'on ne peut gagner ces vacances pour les revendre ensuite.

— Il vend tout ça pour combien ? demanda soudain ma mère.

— L'enchère en cours est de 6 575 livres et il y a encore deux jours de mise.

— Il faut que tu enchérisses, toi aussi.

— Et pourquoi pas toi ? rétorquai-je. Personne ne va faire le lien entre Iris Stanford et Krystalle Storm.

— Ne sois pas ridicule. Mon éditeur veut des photos du gagnant en train de dîner avec moi. Il faut que tu participes aux enchères. Nous pourrons construire une fausse terrasse et demander à Alfred de nous photoshopper en train de boire du Prosecco.

— Comme ça on va me reconnaître et tout le monde pensera que je suis une fan de Krystalle Storm.

— C'est bien le cas, non ?

— OK. Si ça peut te faire plaisir, d'accord, mais à condition que tu appelles d'abord ton éditeur et que tu lui racontes ce qui se passe. Peut-être qu'il pourra éviter les ennuis.

— Oh, bon sang ! Ils finiront par avoir ma peau, tous ces soucis ! Je ne peux pas écrire quand je suis inquiète, pleurnicha-t-elle de nouveau. La dernière chose dont j'aie envie dans ce cas, c'est manger. Tu as retrouvé mon argent ?

— Bien sûr que non, sans quoi je te l'aurais dit.

— Ce chien a dû l'enterrer quelque part, maugréa ma mère, consternée. Il peut se trouver n'importe où.

Je préférais ne pas parler à ma mère de la découverte du sachet vide dans la poubelle de Patty. J'allais attendre de voir ce que Shawn avait tiré de son interrogatoire avant d'envoyer ma mère au fond du précipice.

— Du moment que nous n'en parlons à personne, reprit ma mère. J'ai eu des visions de quelqu'un trouvant tout ce liquide et le rapportant à la police.

— Oh, fis-je d'une voix faible. Ça poserait un problème ?

— Évidemment, Katherine ! s'exclama ma mère. À lui tout seul, le sachet en plastique soulèvera des tas de questions.

— Bien sûr que non, répliquai-je avec un petit rire nerveux. Tu n'exagérerais pas un peu ?

— Non, pas le moins du monde. J'ai glissé en passant à Alfred que j'avais besoin de retirer un peu d'argent et il m'a dit que je devais attendre qu'il ait parlé à son contact. Autant retourner vivre avec ton père. Je déteste demander la permission. C'est mon argent !

— Oui, naturellement.

— Bref. J'ai retrouvé madame la comtesse ce matin et nous avons remis de l'argent à Benedict, reprit ma mère.

— Je pensais quc tu allais le faire attendre ?

Elle secoua dédaigneusement la main.

— Il est très optimiste. Et je vais te dire encore une chose : j'avais raison de supposer qu'ils faisaient des galipettes, tous les deux.

— Je ne te crois pas.

— J'étais dehors, dans la grange, en train de chercher un rouleau de peinture à donner à Alfred quand ils sont arrivés. Ils ne savaient pas que je me trouvais là. Il l'a attrapée et il lui a chuchoté : « Tu sais que je suis toujours amoureux de toi », à quoi elle a répliqué quelque chose, ce qui était très rageant, car je n'ai pas réussi à entendre.

— Tu ne lui as pas demandé de répéter ?

— Très drôle. Mais je te l'avais bien dit, se vanta-t-elle. Sinon, pourquoi Rupert serait-il allé à Londres ? (Elle ne me laissa même pas le temps de répondre.) J'ai demandé à Lavinia ce que monsieur le comte pensait de notre petit groupe d'activistes et elle m'a répondu qu'elle n'en avait aucune idée, poursuivit ma mère. Elle ne lui a pas adressé la parole depuis lundi. Je parie qu'ils sont déjà séparés et que c'est pour cette raison qu'ils ont envoyé Harry au pensionnat.

— Alfred a raison quand il affirme que tu as une imagination débordante.

— À propos d'amoureux, est-ce que ton Valentin va venir à la vente aux enchères, aujourd'hui ?

— Rien n'est moins sûr. Je n'ai pas reçu le moindre signe de sa part depuis son fameux texto.

Fort heureusement, la majestueuse entrée de Chillingford Court apparut et ma mère laissa tomber le sujet.

— Non mais regarde-moi ça ! s'exclama-t-elle.

Une immense banderole annonçant la vente aux enchères avait été accrochée entre les deux loges de gardien qui se faisaient face. Je me sentis aussitôt déprimée. C'était la fin d'un énième domaine campagnard.

La visite avait eu lieu le week-end précédent. Je m'y étais déjà rendue deux fois, mais pas ma mère, et je fus soulagée de voir son humeur s'améliorer à mesure qu'elle découvrait ce qui l'entourait.

L'allée de gravier serpentait entre des bordures soignées, plantées de rhododendrons, d'azalées et de camellias, tous en sommeil étant donné la saison, mais j'imaginais sans mal leur splendeur quand ils seraient en fleurs.

Un parking avait été aménagé dans le champ devant les écuries et y entrer me coûta dix livres, ce que je trouvai un peu excessif. Des préposés vêtus de vestes orange fluorescent agitaient des bâtons pour diriger le flot régulier des voitures vers un champ dont les ornières étaient déjà pleines d'eau et de boue. L'endroit serait un véritable bourbier à la fin des trois jours qu'allait durer l'événement.

— Je n'ai pas mis les bonnes chaussures, déplora ma mère.

— Ne t'inquiète pas, j'ai rangé tes bottes de pluie dans le coffre, ce matin.

— Je suis sûre que quand tu travaillais pour *Fakes & Treasures*, tu pouvais te garer dans un parking spécial sans avoir à te mêler à la populace.

— Oui, c'était le bon vieux temps.

— N'oublie pas d'emporter Jazzbo pour te porter chance, me rappela ma mère en se saisissant de ma souris en peluche sur le tableau de bord pour la glisser dans mon fourre-tout.

La vente aux enchères principale se tenait dans le jardin, mais pour y accéder, nous devions couper à travers les anciennes écuries. Les visiteurs circulaient autour de tracteurs de modèles variés et de toutes sortes de machines de ferme, exposés dans la cour. Il y avait cinq voitures – dont une Rolls-Royce Silver Shadow – et une calèche stupéfiante. Le véhicule à quatre roues du XIXe siècle était en excellent état, avec des cuivres et des lampes polis à la perfection.

— Je pense que je vais acheter ça pour lady Edith, lâcha soudain ma mère. Tu crois que ça lui plairait ?

— Certainement.

— Elle pourra la laisser dans ma voie carrossable. (Le visage de ma mère se renfrogna.) Tu n'as pas l'impression qu'on est des vautours en train de se nourrir des restes d'une autre époque ? C'est tellement triste, tout ça.

— Je sais.

— Je ne veux pas que ça arrive à Honeychurch.

— Moi non plus, maman.

Le plus grand chapiteau abritait la vente aux enchères proposant les lots les plus importants. Il était déjà plein à craquer et des tas de gens s'étaient disséminés sur l'herbe. Un écran géant retransmettait la vente en direct afin que les personnes de l'extérieur puissent suivre les enchères.

Des porteurs en uniforme arborant le nom de « Luxtons est. 1850 » véhiculaient, sur des chariots, meubles, tableaux et tapis, et transportaient à pied les objets de taille plus modeste jusqu'à une aire d'attente couverte.

Cinq tentes plus petites faisaient office de bureau de paiement, de poste d'expédition, de salle de réunion, de bar VIP et de lieu de restauration.

Je saluai de nombreux visages familiers et présentai ma mère qui fut bientôt saisie par l'excitation ambiante, ne cessant de répéter à qui voulait l'entendre que la calèche était pour elle – tout autant que le vison ayant appartenu à la comtesse d'Athlone. Mes amies Leigh et Rachel Gotch, spécialistes des jouets pour une société de vente aux enchères concurrente, étaient présentes. Leigh faisait autorité en ce qui concernait les automates et, même si je savais au plus profond de moi que Valentin ne viendrait pas en personne miser sur George – il pouvait toujours enchérir par téléphone –, il était vraiment dommage qu'il n'ait pas cette opportunité de discuter avec une véritable experte.

— Je pensais que la vente aux enchères se tiendrait dans le manoir, maugréa ma mère.

— C'est le cas pour certains des plus gros objets.

Je lui expliquai que les équipements et les aménagements, les cheminées, les portes et les appareils de cuisine demeureraient in situ, mais qu'ils seraient montrés sur l'écran géant.

— Les porteurs montreront peut-être quelques pièces de lambris de la bibliothèque, continuai-je.

Ma mère était horrifiée.

— Tu veux dire qu'ils déshabillent aussi les murs ? C'est du cannibalisme !

C'était pourtant vrai. Cela était souvent arrivé. William Randolph Hearst, le magnat de la presse, était tristement célèbre pour ce crime et, à ce jour, il y avait toujours pour des millions de livres de toitures d'église, lambris délicats et autres cheminées vieilles de plusieurs siècles qui dormaient dans de vastes entrepôts à travers les États-Unis. Même maintenant, en dépit des règles et régulations introduites pour protéger l'essentiel de notre héritage britannique, les gens disposant des moyens suffisants pouvaient toujours mettre la main sur une pièce entière construite sous l'ère jacobéenne pour la modique somme de vingt-cinq mille livres.

— Il y avait un beau manoir Tudor baptisé Agecroft Hall dans le Lancashire, poursuivis-je. Quand la ville de Manchester s'est développée, le manoir a été acheté par un Américain, entièrement démantelé et envoyé à Richmond, en Virginie, où il a été reconstruit.

— Qu'est-ce qu'ils vont faire de cet endroit ?

— Il va être converti en appartements. L'aile ouest, que tu ne peux pas bien voir d'ici, a été partiellement détruite par un incendie et a d'ores et déjà été démolie.

Ma mère resta muette quelques secondes.

— Kat, nous ne pouvons pas laisser une chose pareille se produire au manoir de Honeychurch, finit-elle par lâcher. Impossible. Je ne laisserai pas faire ça !

Je lui pris la main et la serrai, mais elle s'immobilisa.

— Bon sang ! s'écria-t-elle. Je n'y crois pas ! Regarde-moi un peu qui est là, lâcha-t-elle, le regard mauvais.

Mon cœur s'arrêta de battre. David s'approchait de nous à grands pas, un sourire jusqu'aux oreilles.

19

— Vous avez meilleure mine que lors de notre dernière entrevue, Iris, déclara poliment David.

— Merci.

La voix de ma mère était froide. Mon estomac s'emplit de papillons. J'avais oublié à quel point David pouvait être bel homme dans son pantalon bien repassé, son blazer et ses élégantes chaussures italiennes. Sa chevelure comptait, me sembla-t-il, davantage de mèches grises, ce qui lui allait bien. Pourquoi les hommes devenaient-ils plus attirants avec l'âge quand les femmes ne faisaient que s'affaisser ?

David adressa un sourire étincelant à ma mère.

— Ça a dû être un soulagement quand on vous a retiré ces broches.

— Qu'est-ce que vous en savez ?

— J'en suis réduit à deviner. (Il sourit de nouveau.) Cela dit, je me suis cassé l'auriculaire une fois. Ça fait vraiment mal.

— Super.

Je savais que David essayait de se montrer gentil, malheureusement il gaspillait sa salive en pure perte.

— Eh bien, c'est chouette de te croiser…

— Je peux te toucher deux mots ?

Ma mère ouvrit la bouche pour protester, mais je m'empressai de la devancer.

— Bien sûr. Mais pas plus d'une minute.

— C'est ça, pas plus d'une minute, répéta ma mère en écho. Mais n'oublie pas ce que je t'ai dit, Katherine.

Elle s'éloigna de trois mètres et resta plantée là, à nous observer.

— Elle ne change pas, ta mère, constata David en souriant. Est-ce que tu reçois mes lettres et mes messages ?

— Oui, merci, et les fleurs sont très jolies.

Ma voix manquait de naturel, c'était un fait, mais j'étais bien décidée à ne pas laisser David me tourner de nouveau la tête.

— Tu continues à me punir, à ce que je vois, reprit-il d'une voix amusée. Quelque chose ne va pas ?

— Je suis surprise de te rencontrer ici, c'est tout.

— Pourquoi ? Je savais que tu viendrais. Il n'est pas fréquent qu'un jeu de quilles Steiff soit mis en vente. (Nouveau sourire.) J'y ai jeté un œil. C'est un lot rare et en très bon état. Les oursons sur les quilles ont tous leurs boutons, dans les oreilles.

— Je sais. Je les ai déjà examinés.

— Le dernier jeu, qui s'est vendu en 2011, est allé chercher dans les huit mille livres, renchérit David. Ta nouvelle affaire doit se porter à merveille.

— Comment va ton beau-père ? demandai-je pour changer de sujet. C'est la raison de ta présence dans le Devon, non ? Une visite de famille ?

Le visage de David se décomposa.

— Pas exactement, répondit-il avec un coup d'œil vers ma mère qui continuait à nous dévisager.

— Maman ! lui criai-je. Tu ne pourrais pas aller voir quel est le numéro du lot dans le chapiteau principal ?

Elle leva les yeux au ciel et fila.

— Dieu merci, fit David en me prenant le bras pour m'entraîner doucement derrière la tente des rafraîchissements. Tu m'as manqué, Kat, et je sais que je t'ai manqué aussi.

— Je ne…

— Dîne avec moi, me coupa-t-il. J'aimerais te dire quelque chose.

— S'il te plaît, David, ne fais pas ça.

— OK. Je vais te le dire quand même. Hugh est mort il y a trois semaines. J'ai aidé à nettoyer la maison, à trier les papiers de famille, à gérer les notaires et ce genre de choses.

— Je suis désolée.

— Tu sais que j'aimais beaucoup Hugh, reprit-il. Il a plus été un père pour moi que mon propre père. C'est pour ça que…

— Comment ont réagi tes enfants ? demandai-je.

— Sam et Chloe semblent avoir bien digéré la chose, mais Trudy…

— Je refuse de parler de cette femme, merci.

Sans que je m'y attende, David me prit soudain la main. Ce fut presque un choc pour moi. Il n'avait jamais été enclin aux manifestations d'affection en public.

— Tu te rends compte que mon divorce est imminent ? Je t'ai demandé de te montrer patiente. Je t'ai dit qu'il s'était toujours agi pour moi de protéger Hugh. Je ne voulais pas lui infliger de nouvelles souffrances, quand j'ai appris qu'il était mourant.

Un couple passa devant nous. David relâcha aussitôt ma main. Je luttai contre un mélange d'émotions contradictoires. Espoir. Amour. Colère. Confusion.

— Je ne sais pas. Je ne sais tout simplement pas, balbutiai-je. Cela fait…

— Naturellement. Tu dois y réfléchir. Je comprends.

Il tendit la main et me caressa le visage. Je plissai les paupières.

— Tu es couverte de bleus, murmura-t-il. Que s'est-il passé ? Iris t'a frappée ?

— Non, répondis-je en retenant un sourire. Je suis tombée de cheval.

— Tu dois être la personne la plus sujette aux accidents que je connaisse.

Sur quoi, il se pencha et embrassa doucement mes hématomes, me prenant une fois de plus au dépourvu. Était-il possible de changer, après tout ? Je songeai à Harry, à son pensionnat et à la façon dont les petits garçons étaient censés s'endurcir.

— Tu as pleuré la première fois que tu es allé au pensionnat ? demandai-je.

— Pardon ? (David paraissait décontenancé par ma question.) Oui, bien sûr que oui. Tout le monde pleurait. Je n'avais que sept ans. Pourquoi ?

— Harry a du mal, lui aussi.

— C'est qui, ce Harry, bon sang ?

— Harry ! m'exclamai-je. Tu sais, le petit garçon obsédé par Biggles. Je t'ai tout raconté à son sujet.

David se passa une main dans les cheveux.

— Je ne veux pas parler de Harry, je veux parler de toi. J'ai beaucoup réfléchi. Je me fiche de *Fakes & Treasures*. Je suis heureux que tu montes ta nouvelle boutique d'antiquités. Si tu veux rester dans le Devon, ainsi soit-il. Si tu veux retourner à Londres, on vivra là-bas. Mon travail m'emmène partout dans le monde. Je ferai ce que tu veux, Kat. Donne-moi juste une autre chance.

— Je te l'ai dit, je ne sais pas.

— Je ne m'attends pas à ce que ta mère m'accepte vraiment un jour, mais peut-être qu'elle finira par changer d'avis quand elle réalisera que je ne dirai jamais rien à personne.

L'espace d'un instant, je ne fus pas certaine d'avoir compris à quoi David faisait allusion, puis je me rappelai.

Bien entendu ! David savait tout sur Krystalle Storm et il était aussi au courant que ma mère avait été adoptée, enfant, et qu'elle avait appartenu à un ring de boxe itinérant. À l'époque, je n'avais même pas envisagé que nous puissions rompre, lui et moi. J'étais persuadée que notre futur serait commun.

David était aussi au courant du faux cambriolage, orchestré par le vieux comte, le mari d'Edith, un forfait qui avait eu lieu deux décennies plus tôt au manoir de Honeychurch. Même si David n'avait pas la preuve de l'escroquerie aux assurances, il ne lui serait pas bien difficile de la découvrir.

Bref, il en savait trop.

Je fus prise d'un accès de panique.

— Tu n'as pas l'intention d'ouvrir la bouche, n'est-ce pas ?

— À propos de quoi ? demanda-t-il en me fixant du regard.

— À propos de ma mère, de ses livres, du cambriolage, de Vera et de la grotte ! De tout, quoi.

L'expression de David se durcit.

— Tu as une si piètre opinion de moi, après tout ce que nous avons traversé ?

— Je veux juste que tu me donnes ta parole.

David regarda autour de lui puis, tout à coup, attrapa mon bras et me tira vers lui. Avant que j'aie pu seulement résister, ses lèvres étaient sur les miennes et il m'embrassait avec férocité. Je me retrouvai à lui répondre, stupéfaite de voir David agir à l'encontre de son caractère.

Je fus la première à le repousser, légèrement haletante, mais surtout en proie à la plus grande perplexité. Bonté divine, avais-je lu trop de Krystalle Storm ? Ou, plus exactement, en avait-il trop lu, lui ? C'était le David que je me rappelais avoir connu aux débuts de notre relation, mais pas celui de ces dernières années.

Il recula, me dévorant des yeux. Je me sentis rougir.

— Tu vois, exulta-t-il. Tu éprouves les mêmes sentiments que moi. Je le sais. Les choses vont changer, maintenant. Je te le promets. Oh… ! s'exclama-t-il soudain. Iris, vous revoilà.

Ma mère, plantée dans un coin de la tente, eut l'élégance de prendre un air penaud.

— Je ne voulais pas que tu rates les quilles Steiff, bredouilla-t-elle sans conviction.

Depuis combien de temps écoutait-elle notre conversation ?

— Certaines personnes ne changent jamais, déplora David.

— Si vous espérez qu'elle reviendra vers vous, David, c'est trop tard.

— Laisse-moi gérer ça, maman, protestai-je.

Elle ouvrit son sac et en tira un exemplaire du *Daily Post* plié à la page 3. Elle le fourra dans les mains de David.

— Je ne suis pas certaine que vous ayez vu le numéro d'aujourd'hui, mais voici le nouvel homme de Kat. Donc, comme je vous le disais, il est trop tard.

Un sourire arrogant se dessina sur le visage de David.

— Je suppose que vous parlez de Valentin Prince-Avery.

— Tu le connais ? m'étonnai-je.

Bien entendu. Le milieu des antiquités était très restreint et les collectionneurs se connaissaient.

— Avec un nom comme le sien, il serait digne de figurer dans l'un de vos livres, Iris, commenta David sans la moindre trace d'humour. Mais j'ai bien peur qu'il ne s'agisse du méchant de la pièce. C'est un imposteur, j'ai vérifié.

— Tu as vérifié ? (J'étais furieuse.) Ça ne te regarde pas.

— Comment l'avez-vous découvert ? s'enquit ma mère.

— J'ai mes sources, répond-il en haussant les épaules.

— C'est fini, David, reprit-elle. Vous ne le comprenez donc pas ?

— Maman, arrête !

— Pour tout vous dire, Valentin doit retrouver Kat ici, cet après-midi, donc vous pourriez peut-être vous affronter en duel.

Ma mère savait parfaitement que Valentin ne viendrait pas et qu'il n'y avait pas la moindre idylle entre nous.

— À l'aube, au pistolet, plaisanta David.

Mais ma mère n'avait visiblement pas l'intention de lâcher le morceau.

— Valentin a un gros faible pour Kat, poursuivit-elle. Ce n'est pas un simple collectionneur, c'est une grosse huile du ministère. Quelqu'un de très important. Un ami très proche du Premier ministre.

— Maman, je t'en prie !

Car le mensonge était bien évidemment patent.

— Il l'est toujours ?

David sourit de nouveau, mais je savais que la référence au ministre lui déplaisait. C'était un compétiteur féroce qui devait être le meilleur en tout. Il avait souvent travaillé comme consultant sur diverses enquêtes et il caressait toujours le rêve d'être nommé ministre de la Culture.

— Il s'avère que votre monsieur Prince-Avery ne travaille plus pour le ministère des Transports depuis un certain temps, reprit David.

— Ne fais pas attention à ce qu'il raconte, répliqua ma mère. Il est juste jaloux.

— Il a été renvoyé en 2012.

— Je sais.

L'article de journal que j'avais lu ne l'avait pas mentionné, mais j'avais supposé qu'après l'accident de voiture, cela avait été le cas.

David parut stupéfait.

— Tu sais ce qui s'est réellement passé ?

— Non. Et je m'en moque.

— Vous ne faites qu'inventer des sornettes, lança ma mère avec mépris.

— Absolument pas.

— Ça suffit ! criai-je. Je ne veux plus vous entendre vous chamailler, tous les deux.

Je me dirigeai à grandes enjambées vers le parking. Les gens se retournaient pour me dévisager : on nous avait reconnus, David et moi, mais ça m'était bien égal.

— Kat ! hurla David. Attends ! Je suis désolé. (Il me rattrapa au moment où j'entrais dans l'écurie.) Vraiment. Je suis désolé, répéta-t-il. Écoute ce que j'ai à te dire, s'il te plaît.

M'agrippant par le bras, il m'entraîna dans une stalle déserte. Bien que le sol à chevrons ait été soigneusement balayé, l'odeur des chevaux flottait toujours. L'espace d'un instant, je me pris à souhaiter avoir à nouveau douze ans, quand la vie paraissait si simple.

— Tu as changé, murmura-t-il. Tu es différente. (Je ne répliquai rien.) J'ai tout gâché, c'est ça ? insista-t-il d'une voix calme. Je suis vraiment un imbécile. Si seulement Hugh…

— Ne recommence pas avec ça…

— Quand j'ai vu cette photo de Prince-Avery et toi sortant ensemble de… eh bien… je n'ai pas pu le supporter. Kat, tu n'as pas… tu n'as pas pu… ?

David laissa l'évidente question en suspens.

— Tu n'attends pas sérieusement que je te réponde ?

— C'est vrai, je suis jaloux. Et je ne sais pas quoi faire. (Pour la première fois, je lus de la défaite dans les yeux de David.) Je ne peux pas t'obliger à revenir, mais si tu veux de moi, tu sais où me trouver.

— Laisse-moi tranquille, s'il te plaît.

— Fais attention, Kat, ajouta-t-il. Prince-Avery est dangereux.

Puis, sur un ultime regard, il me laissa seule dans la stalle. Je me sentais incroyablement triste. Il avait raison. J'avais changé, mais ça n'avait rien à voir avec Valentin. J'en avais finalement eu assez.

Je quittai la stalle et suivis une allée qui contournait le bâtiment. Même si j'entendais toujours les différentes annonces lues au micro, je me trouvais suffisamment loin de la vente aux enchères. J'avais besoin d'être seule.

Je parvins à un enclos que délimitait un grillage fixé sur une clôture de poteaux et de barres de bois. C'était un espace assez vaste, semé de haies et de chênes vénérables. Un panneau d'affichage en bois se dressait à côté d'un échalier, informant le passant qu'il s'agissait d'un site classé. Le panneau présentait de belles illustrations de la faune vivant dans ce périmètre. Y figurait aussi une liste des espèces menacées qui incluait l'oreillard gris et, à ma grande surprise autant qu'à mon immense satisfaction, le *muscardinus avellanarius*… autrement dit, le loir muscardin.

En un instant, j'avais complètement oublié David. Je ressentais une véritable flambée d'excitation. En tant qu'espèce menacée, les loirs muscardins vivant sur les terres de Honeychurch pourraient vraiment aider notre campagne.

Impatiente d'en informer ma mère, je me hâtai d'aller la retrouver.

— Te voilà ! s'exclama-t-elle. J'avais peur que tu ne te sois enfuie avec ton galant.

— Aucun risque, répliquai-je. J'ai eu une idée.

Le temps que nous regagnions le chapiteau principal, je parlai des loirs à ma mère.

— Benedict voulait trouver un angle environnemental ! s'enthousiasma-t-elle. Ce que tu es finaude !

Je payai bien trop cher un jeu de quilles Steiff des environs de 1908. Avec une quille numéro 5 arborant une veste de feutre rouge et une couronne dorée, ainsi que huit autres oursons d'une trentaine de centimètres sur leur base en bois arrondie, un bâton à la main, ces quilles étaient vraiment adorables. Je savais qu'elles constitueraient une superbe pièce maîtresse dans ma nouvelle boutique, où qu'elle se trouve.

Le « George » de Valentin ne connut pas le même succès. Pour la plus grande gêne du commissaire-priseur, l'automate ne réussit pas à montrer ses aptitudes de fumeur et il n'atteignit même pas sa somme de réserve.

Ma mère, qui acheta un manteau de vison dépenaillé pour une bouchée de pain, s'empressa de le porter pour regagner la voiture.

— Il a appartenu à la princesse Alice, comtesse d'Athlone, m'expliqua-t-elle. C'était la dernière des petits-enfants de la reine Victoria. Tu savais qu'elle avait quatre-vingt-dix ans et trois cent treize jours quand elle est morte, et qu'elle a connu six règnes ?

— À l'instar de son manteau, j'imagine. Mais bon sang, qu'est-ce qui t'a poussée à acheter un truc pareil ?

— Je me suis dit que j'allais étendre mes activités aux vêtements, répondit ma mère. De toute façon, Frank a toujours voulu me voir porter du vison.

— Fais attention à ne pas te faire jeter de la peinture dessus, l'avertis-je. Il y a encore beaucoup d'activistes anti-fourrure par ici.

— Je m'en fiche, répliqua-t-elle en caressant les poils. À présent, je sais comment on se sent dans la peau d'une princesse.

Nous nous mîmes en route pour la maison.

— Bon alors, est-ce que je dois m'inquiéter de te voir remettre le couvert avec Dylan ?

— Non, répondis-je, sincère.

— Tout ce bla-bla sur l'achat d'une maison tous les deux dans le Devon…, reprit-elle.

— Nous n'avons pas parlé de ça aujourd'hui ! m'exclamai-je. Attends voir… Je n'y crois pas ! Tu as lu une des lettres qu'il m'a envoyées ?

— Complètement par hasard, répondit-elle. J'étais entrée dans ta chambre parce que je cherchais mon stylo favori… est-ce que je te l'ai prêté ? Enfin bref, un courant d'air s'est engouffré par la fenêtre et… l'une de ses lettres a atterri pile dans ma main.

— Depuis le tiroir fermé de ma table de chevet ?

— Exactement ! Tu ne trouves pas que c'est bizarre ?

— C'est ma vie privée ! m'écriai-je. Jamais je n'irais fouiller dans tes affaires personnelles.

Ce qui me valut aussitôt de repenser à ma récente incursion dans les combles.

— Je dois dire que Dylan sait se montrer plutôt passionné quand il s'y attelle, constata ma mère. Qui aurait cru qu'il y avait autant de passion en lui ? Au moins, il m'a donné quelques idées pour mon livre. Je me suis dit que j'allais réécrire le premier baiser entre lady Amelia et Shelby en le situant dans l'écurie. Au départ, ils tombaient l'un sur l'autre dans les bois.

— Je sais, je l'ai saisi sur mon ordinateur.

— Sauf que dans l'écurie, cela accroît le danger. Que va-t-il se passer s'il est vu ? S'ils sont surpris ?

— Comme c'est cliché ! commentai-je.

Maman sortit un bloc de Post-it de sa poche.

— Écoute ça : *« Que faites-vous, Shelby ? »*, lut-elle, contrefaisant la voix haletante de son héroïne. *Les yeux de lady Amelia s'écarquillèrent sous l'effet de la surprise en voyant le jeune garde-chasse se faufiler dans l'écurie déserte avant de refermer la porte derrière lui. « Je dois vous parler, madame. »* (Elle affecta un fort accent irlandais.) *Le souffle court, Shelby avait les yeux brillants de convoitise. « N'approchez plus, monsieur ! » s'écria lady Amelia en se réfugiant dans un coin. Elle se mit à trembler, sentant le regard qu'il posait sur elle. Lentement, elle leva les yeux à la rencontre des siens. L'instant d'après, il était à côté d'elle, pour l'attirer dans une étreinte passionnée. Ses lèvres se pressèrent sur les siennes, tandis qu'elle tentait de le repousser. Elle sentit son corps dur se plaquer contre elle. La tête se mit à lui tourner, si vite qu'elle se trouva bientôt plongée dans un océan de désir, jusqu'à ce qu'elle parvienne à se libérer. Shelby recula, la dévorant du regard. « Vous voyez, exulta-t-il. Vous éprouvez les mêmes sentiments que moi. Les choses vont changer, maintenant. »*

Je sentis mon visage devenir brûlant.

— Tu nous as vus dans l'écurie, David et moi !

— Comment l'aurais-je pu ? répliqua-t-elle, feignant l'innocence. Je ne vois pas à travers les murs.

— Tu es incorrigible !

— Je sais.

De retour à la maison, la bonne humeur de ma mère s'évanouit à l'instant où nous ouvrîmes la porte d'entrée pour nous retrouver face à un mur de meubles déplacés.

— Je t'avais prévenue, marmonna-t-elle.

— Coucou ! (Par la porte du salon surgit le visage d'Alfred, moucheté de peinture jaune primevère.) Joli vison, Iris. Très chic.

— Ça avance comme vous voulez ? demandai-je.

— J'ai juste besoin de quelques heures supplémentaires, répondit Alfred, tout sourire. En tout cas, une petite tasse de thé ne serait pas de refus. Il est 16 heures passées.

— Tu sais où se trouve la bouilloire, répliqua froidement ma mère. Je monte travailler et je ne veux pas être dérangée.

— Désolée, mais nous avons pris une tasse de thé à la vente aux enchères, expliquai-je. Mais bon, comme vous l'a dit maman, vous savez où ça se trouve… à condition que vous soyez en mesure de gagner la cuisine.

— J'allais oublier : vous avez eu de la visite, répliqua Alfred. Un certain Benedict Snoop.

— Scroope, vous voulez dire.

— Snoop[1], ça lui va mieux. Je l'ai surpris en train de grimper par-dessus le canapé.

— A-t-il laissé un message ?

— Il a juste dit qu'il pensait avoir laissé son portable dans la cuisine, mais non, j'ai vérifié.

— Je pensais que vous aviez réparé le verrou de la porte d'entrée.

1. « Snoop » signifie « fureter, fouiner » (*NdT*).

— Oui, mais le jambage est pourri, répliqua-t-il en haussant les épaules. Ne le dis pas à ta mère. Elle va prétendre que j'ai bâclé le travail.

Et elle aurait raison, à mon avis.

Ma chambre était aussi encombrée que le vestibule. J'y conservais tout un stock pour ma nouvelle boutique. Je repensai aux loges et à ma pseudo-vie londonienne. Peut-être Edith marquait-elle un point. Pouvais-je suivre son idée ? Étais-je prête à franchir un pas aussi important ?

Je m'affalai sur mon lit. Que cette journée avait été mouvementée !

— Kat ! hurla oncle Alfred depuis le rez-de-chaussée. Tu as de la visite.

Oh, mon Dieu, pensai-je. *C'est qui, cette fois ? Benedict ? David ? La reine d'Angleterre ?*

20

Angela se tenait au pied des escaliers, le panier d'osier de madame Cropper à la main.

— J'attendais votre retour, me dit-elle. Vous aviez parlé d'aller cueillir des prunelles.

Angela était bien la dernière personne que j'avais envie de voir, mais je me remémorai le mystérieux photographe du *Daily Post* du jour. La prendre entre quatre yeux me fournirait l'occasion idéale de lui poser quelques questions.

— Il va faire nuit dans une heure environ, constatai-je. Nous ferions mieux de nous dépêcher.

— J'aime bien la nouvelle palette de couleurs dans votre salon, annonça-t-elle. C'est gai et agréable. Votre œil a bien meilleure allure.

Alfred surgit du salon, Mister Chips serré dans ses bras. Le petit chien semblait fasciné par le visage de ce dernier – lequel était en effet fascinant, vu la quantité de peinture qui le maculait – et était inhabituellement calme.

— Je n'aurais pas deviné que Mister Chips était ici, lâchai-je. D'ordinaire, il arrive en aboyant à tue-tête.

— Il dit qu'il veut sortir creuser, expliqua Alfred.

— Comment le savez-vous ? s'enquit Angela, les yeux écarquillés.

— Comment ? Mais parce qu'il me l'a confié, n'est-ce pas, mon beau ?

Je fus presque tentée de demander à Alfred s'il savait ce que Mister Chips avait fait de l'argent de ma mère.

Le chien lécha de visage de mon oncle.

— Ooooh, comme il est mignon ! s'extasia Angela.

— C'est ce que toutes les femmes me disent.

— Pas vous, voyons ! gloussa-t-elle en se tournant vers moi. Votre oncle est trop drôle ! (Je songeai à lui révéler que nous n'étions pas vraiment apparentés, mais cela n'aurait fait qu'ouvrir la porte à une autre salve de questions.) Alfred prétend qu'il peut converser avec les animaux. Il m'a raconté sa vie au cirque.

— Ah, oui, fis-je. Quand il a travaillé avec des chevaux à la retraite, en Espagne. C'est bien ça, Alfred ?

— Tout à fait, je lui ai parlé de ça, confirma l'intéressé en me lançant un clin d'œil.

— Donc vous n'avez pas fait partie du ring itinérant Bushman ? insista Angela.

— Boxe, cirques, fêtes foraines… Je suis un vagabond, moi, ricana Alfred. Alors… si vous parlez de boxe…

— Angela ! intervins-je brusquement, nous ferions mieux d'aller cueillir les prunelles avant qu'il fasse nuit. En route, Mister Chips. Salut, Alfred.

Je poussai pratiquement Angela dehors.

— Votre oncle est un sacré numéro, lança-t-elle, toute joyeuse. Quelle vie étonnante il a eue !

— Il faut bien l'admettre, marmonnai-je.

Nous nous mîmes en route, en imperméable et bottes de caoutchouc, avec Mister Chips qui filait sous les broussailles. Nous coupâmes à travers la décharge d'Eric, traversâmes la vieille desserte de service et descendîmes la colline vers le boqueteau du Cavalier.

— Je ne pensais pas que vous étiez une personne à animaux, avouai-je. Les chiens ne vous dérangent pas ?

— Nous avions un jack russell quand j'étais petite, répondit-elle. Il s'appelait Snappy.

— Snappy…

— Je sais. C'est moi qui l'ai baptisé. Je l'avais eu pour

mes huit ans. Le refuge nous avait avertis qu'il était agressif. Ma mère n'arrêtait pas de recueillir des animaux, jacassait Angela. À une époque, nous avions neuf chats et trois chiens.

— Et vous aviez le droit de tous les garder à Lindridge ?

— Quoi ? (L'espace d'un instant, Angela parut décontenancée.) Lindridge ? Oh, oui. C'était permis. Mes parents habitaient dans un cottage sur le domaine, exactement comme celui où je loge ici, en ce moment.

— Ils vivent toujours dans le nord du Devon ?

— Oui… Vous pensez que la comtesse devrait conduire elle-même ?

— Pardon ? (En esprit, j'étais toujours dans le nord du Devon, avec neuf chats et trois chiens.) Je suis sûre qu'elle sait ce qu'elle fait.

— C'est juste qu'Exeter, c'est plutôt loin, et ce serait affreux si elle avait un accident, ajouta Angela. Je me fais du souci pour elle. (Ma mère et moi avions souvent éprouvé les mêmes inquiétudes, mais j'étais étonnée de constater qu'Angela semblait les partager, elle aussi.) Madame Cropper dit que madame la comtesse s'y rend deux fois par semaine. Vous ne vous demandez pas ce qu'elle va y faire ?

— Non.

— Ça doit être important, pour qu'elle effectue tout le trajet elle-même, insista Angela. Peut-être que c'est lié à lord Rupert ?

— Je n'en ai aucune idée, répliquai-je.

— Ce que je veux dire, c'est que monsieur le comte est parti depuis des jours, continua mon interlocutrice. Madame Cropper affirme que la comtesse et lui ont passé des heures à huis clos, lundi après-midi. Puis il y a eu toute cette histoire dramatique avec la fugue de monsieur Harry et ensuite, nous avons vu monsieur le comte faire ses bagages et quitter les lieux. C'est affreux, non ? D'envoyer ses enfants dans une école au loin. (Angela marqua une pause, sans doute pour me permettre de commenter, mais voyant que je n'en faisais rien, elle reprit.) Et lady Lavinia se comporte de façon bizarre, elle aussi. En plus, il y a ce Benedict Scroope, qui traîne beaucoup dans les parages. Il me semble que ce n'est pas bien, mais bon, on a affaire à des aristos. Ils ne sont pas comme vous et moi. À leurs yeux, un mariage, c'est un accord gagnant-gagnant. Ils n'agissent pas par amour.

Un « accord gagnant-gagnant » ! Voilà bien une phrase typique d'Angela.

— Je ne crois pas aux rumeurs et j'espère que vous gardez vos remarques pour vous, lâchai-je d'un ton pincé. Lady Edith est très secrète et je suis sûre que Lavinia serait contrariée si elle découvrait que vous faites circuler des ragots à son sujet.

— Oh ! s'exclama Angela en rougissant. Je ne vous en parle que parce que vous vivez ici. Je n'en soufflerai jamais le moindre mot ailleurs. Je le jure.

Un silence gêné s'installa entre nous. Les questions indiscrètes d'Angela n'avaient fait que renforcer mes soupçons : elle s'efforçait d'obtenir des informations d'ordre privé par la flatterie, afin de les vendre.

Nous suivîmes la ligne du fossé.

— Pourquoi Eric met-il tout ce bazar ? demanda-t-elle.

— Il doit nettoyer les fossés, afin que la terre puisse bien évacuer les eaux.

Mister Chips remarqua un monticule de terre retourné par Eric et se paya une bonne roulade dans la boue.

— Si seulement on pouvait le tenir en laisse, maugréa Angela.

Je lui désignai la haie de prunelliers qui longeait le bas de la colline, au bord du boqueteau du Cavalier.

— Vous voyez ces fruits bleu foncé ? Ce sont des prunelles.

Je tournai pour emprunter la route sinueuse en bordure de terrain.

— Vous allez où ?

— C'est le Bourbier de la mort, pas question de le traverser. On risque de s'enliser dans ce marécage.

Comme la dernière fois, le vent se mit soudain à souffler, agitant les branches qui bruissèrent sous la rafale. Un frisson me parcourut.

— Bon sang ! s'écria Angela en se cramponnant à mon bras. Vous avez senti ? C'est là que ça s'est passé, n'est-ce pas ? Là que Sir Maurice a envoyé les Têtes-Rondes à la mort, si j'en crois madame Cropper… Oh ! (Elle s'immobilisa, les yeux écarquillés par la peur.) Dans le pub… vous pensez… je veux dire… quand je me suis assise dans sa chaise…

— Je vous ai dit que ce n'était rien de plus qu'une superstition imbécile et absurde.

— Je n'aime pas cet endroit. Je veux rentrer.

Mister Chips semblait partager l'extrême anxiété d'Angela. Il ne cessait de tourner en rond en aboyant.

— Ne soyez pas stupide, répliquai-je d'un ton sévère. Nous n'allons pas nous approcher du Bourbier de la mort. Nous allons cueillir des prunelles, certes sur la même haie, mais de l'autre côté.

Nous escaladâmes l'échalier, sans qu'Angela ne cesse de regarder par-dessus son épaule, puis nous gagnâmes le sentier équestre que bordait la rangée de vieux chênes. L'arbre où se trouvait la cabane de Harry n'était séparé de nous que par trois de ses semblables. Je me promis de revenir le lendemain pour vérifier les nids de loirs et prendre quelques photos.

— Ces épines ont l'air pointues, constata Angela, hésitante.

— Il suffit de faire attention.

— À votre avis, qu'est-ce qui est arrivé à Joyce ? reprit-elle. Madame Cropper affirme que Shawn – autrement dit l'inspecteur principal Cropper – flaire une entourloupe.

— Quelle sorte d'entourloupe ?

— Ils pensent que Valentin était ivre et qu'il a renversé Joyce, répondit Angela. Et maintenant, il a disparu. Ce qui constitue la preuve éclatante de sa culpabilité.

C'était ma théorie à moi aussi, mais je n'avais aucune intention de la partager avec elle.

— À votre avis, pourquoi Joyce est-elle sortie en pleine nuit ? poursuivit-elle. Je veux dire, Patty nous avait dit que sa mère était malade.

— Je n'en ai aucune idée et, pour être honnête avec vous, je préférerais ne pas en parler. Je n'ai pas envie de me la rappeler affalée dans ce ruisseau. C'était affreux.

Nous entreprîmes notre cueillette. Je redoutais de mettre les « Potins de stars » de Trudy sur le tapis, mais il le fallait. J'avais espéré qu'Angela me fournirait une phrase d'ouverture, malheureusement, elle paraissait préoccupée par ce qui l'entourait. Elle sursautait au moindre son, si bien qu'un craquement soudain dans les feuilles lui fit pousser un cri.

— Bon sang, Angela ! m'exclamai-je. Ce n'est que Mister Chips.

Pour quelqu'un qui se présentait comme une fille de la campagne, elle était vraiment pathétique.

Je savais que c'était maintenant ou jamais.

— Vous avez vu le *Daily Post* d'aujourd'hui ?

— Je n'ai pas le temps de lire les journaux, s'empressa-t-elle de répondre.

— Je vais vous poser une question et je veux que vous soyez à cent pour cent honnête avec moi, repris-je. Si c'est le cas, nous oublierons cette conversation, d'accord ?

— D'accord, lâcha-t-elle.

— Avez-vous entendu parler d'une rubrique intitulée « Potins de stars » ?

— Potins de quoi ? Je vous ai dit que je ne lisais pas les journaux, répliqua Angela. Je suis une simple gouvernante.

— C'est faux, rétorquai-je d'une voix calme. Vous paraissez en connaître un rayon sur ma relation avec David Wynne. Si vous ne lisez pas les journaux, je ne vois pas trop où vous auriez pu dénicher ces informations.

— Je les tiens de Muriel, du bureau de poste. C'est de notoriété publique.

— Dans le *Daily Post* d'aujourd'hui, il y avait une photo de moi avec Valentin Prince-Avery devant sa chambre, repris-je. Est-ce vous qui l'avez prise ?

Le visage d'Angela s'empourpra.

— Non, je ne comprends pas. Pourquoi je ferais une chose pareille ? Pour l'envoyer à qui ?

— Trudy Wynne, répondis-je. Et n'allez pas me raconter que vous ignorez de qui il s'agit.

— Attendez ! (Les yeux d'Angela étaient noyés de larmes.) Vous ne pensez pas… Vous ne pensez tout de même pas que j'ai pris cette photo pour l'envoyer aux journaux ? Comment j'aurais pu faire une chose pareille ? Nous n'avons même pas Internet au manoir.

— Vous avez un iPhone et il y a des milliers de cafés Internet dans les environs. Il n'y a qu'à prendre le Buzz, par exemple.

— Le Buzz ? fit Angela en fronçant les sourcils.

— À Dartmouth ! répliquai-je, sentant la moutarde me monter au nez. Il y a des tas de tracts pour vos Ravissantes Romantiques, là-bas.

— Oh ! Le Buzz. Bien sûr, fit-elle en retournant à sa cueillette de prunelles.

— Eh bien ? insistai-je.

— Pourquoi vous ne demanderiez pas à Eric ? Il a pris des tracts, mais j'ignorais ce qu'il avait l'intention de faire avec.

Je me sentis fléchir pendant quelques secondes et mon visage vira au rose.

— Ça ne me sera pas bien difficile de vérifier.

— Vous avez pu constater à quel point madame Cropper me mène la vie dure, s'échauffa Angela. Et par-dessus le marché, quand est-ce que j'aurais eu la possibilité de faire une chose pareille ? Je n'ai aucun congé.

— Vous vous êtes pourtant bien retrouvée au pub, lundi soir, objectai-je.

Elle poussa un cri et une larme solitaire roula le long de sa joue.

— Jamais je ne ferais une chose pareille, Kat, vraiment. Je veux être votre amie. (Elle tira un mouchoir de sa poche pour se moucher.) Je parie que c'est un coup de Patty. Elle vous a vue. Ou peut-être que la photo a été prise par une personne dissimulée dans l'une des alcôves.

— Patty n'a pas le téléphone et encore moins d'accès Internet, répliquai-je. Elle ne conduit pas non plus de voiture, alors que vous, si.

— Madame Cropper m'a raconté que Patty passait son temps à poursuivre les gens en justice. Elle a attaqué le pasteur parce qu'elle avait trébuché dans l'église, poursuivit Angela. Elle ne laisserait jamais passer l'opportunité de gagner cent cinquante livres.

— Cent cinquante livres, répétai-je froidement.

Angela eut l'air horrifiée.

— Ou quel que soit le montant de la récompense, balbutia-t-elle. Je ne sais pas. Peut-être qu'il n'y a pas de récompense. Je fais juste des suppositions…

— Je croyais que vous ne saviez rien sur « Potins de stars », sans même parler du montant exact de la récompense pour les tuyaux ! (J'étais absolument furieuse.) Je vous garantis que quand Edith entendra parler de ça, elle vous demandera de partir. Elle est très, très à cheval sur la fiabilité de son personnel. Franchement, vous me décevez, Angela.

Elle ne répondit rien, mais je voyais bien qu'elle était fâchée. Son menton bougeait tandis qu'elle se mettait à arracher trop brutalement les fruits de la haie avant de les lancer violemment dans le panier. La plupart tombaient à côté.

— Pourquoi vous avez fait ça ? m'enquis-je plus doucement. Aidez-moi à comprendre.

Angela se retourna. Sa colère était si violente que je reculai, surprise.

— Comment osez-vous m'accuser ? hurla-t-elle. C'est plus fort que vous, hein ? Vous êtes complètement imbue de votre personne, espèce de salope prétentieuse !

Profondément blessée, je fus incapable de répliquer, tandis que, folle de rage, Angela envoyait un coup de pied dans le panier d'osier.

— Je ne vais pas supporter une nouvelle insulte de votre part ! vociféra-t-elle. M'accuser de mensonge ! Pourquoi moi ? Ça aurait pu être n'importe qui dans le pub, cette nuit-là. La reporter du *Dipperton Deal*, par exemple ? Demandez-lui ! Pourquoi vous me haïssez ?

— Je ne vous hais pas !

Angela remonta le sentier équestre à fond de train, mais au lieu de prendre l'échalier de droite, elle escalada celui de gauche.

— Vous vous trompez de chemin ! lui criai-je.

Mais elle disparut de mon champ de vision, aussitôt suivie par Mister Chips qui, surgi de nulle part, trottina à sa suite.

Je me laissai tomber sur un rondin, complètement éreintée. Pour commencer, j'avais accusé Patty de vol et elle m'avait signalée pour harcèlement ; maintenant, Angela clamait son innocence avec insistance. Qu'est-ce qui clochait chez moi ?

Tout à coup, une série de cris et d'aboiements frénétiques déchira l'air. Ils exprimèrent une angoisse sans cesse croissante avant de se taire subitement, les uns comme les autres. Le silence qui s'ensuivit était aussi inquiétant que terrible.

Je dévalai le sentier et escaladai l'échalier pour gagner le champ.

À une quarantaine de mètres de là, Angela était accroupie contre la haie, tenant Mister Chips par son collier. Elle était encerclée par des vaches extrêmement intriguées, qui se tenaient à quelques centimètres seulement. Une vache se mit à renâcler et à gratter le sol de ses sabots.

— Au secours ! Au secours ! Elles vont me tuer ! hurla Angela dès qu'elle m'aperçut.

Mince alors ! Le récit de Harry sur le vacancier piétiné à mort me revint en mémoire.

— Du calme ! lui criai-je. Ne bougez pas ! (Mister Chips s'arracha aussitôt des bras d'Angela.) Laissez le chien. Il ne lui arrivera rien !

Mister Chips fila entre les pattes du troupeau, mordillant quelques talons avant de foncer vers les bois. À présent, toutes les vaches renâclaient et grattaient le sol.

Brusquement, Angela se lança dans une course folle pour se mettre en sécurité et dévala la colline jusqu'à moi.

Je ne pus qu'observer, horrifiée, les vaches qui accéléraient et la poursuivaient d'un pas lourd. Elle se remit à crier, sans cesser de jeter par-dessus son épaule des coups d'œil vers ces énormes animaux qui se déplaçaient avec une rapidité surprenante.

Mais soudain, Angela trébucha et fut projetée face contre terre. Le temps parut ralentir alors que le troupeau, incapable de s'arrêter à temps, lui passait dessus.

Je sautai dans le champ, retirai mon imperméable et l'agitai au-dessus de ma tête, en criant, hurlant... n'importe quoi pour essayer d'attirer leur attention.

Distraites, les vaches jetèrent un bref regard dans ma direction avant de revenir à Angela, dont elles entourèrent le corps apparemment sans vie.

Terrifiée, je ne savais pas quoi faire. Les doigts tremblants, je sortis mon portable pour appeler une ambulance. Sauf que, naturellement, il n'y avait pas de réseau aussi loin dans la vallée.

Et tout à coup, ce fut terminé. Le troupeau repartit en trottinant pour aller brouter ailleurs.

J'attendis que les vaches aient gagné l'extrémité opposée du champ, puis me précipitai, priant pour qu'Angela ait juste perdu connaissance sous le choc. Son pied droit formait un angle curieux. Il devait être cassé.

Je m'agenouillai aussitôt pour soulever précautionneusement son poignet, dans l'espoir d'y déceler un pouls. Il était là – faible, mais présent.

— Angela, Angela, chuchotai-je. Ça va ?

Elle tourna lentement le visage vers moi. Du sang lui coulait de la bouche. Ses yeux papillotèrent, puis s'ouvrirent d'un coup, pleins d'inquiétude. Elle poussa un faible cri, mais cela sembla au-dessus de ses forces et elle renonça à parler.

— Vous n'avez plus rien à craindre, la rassurai-je. Elles sont parties. Je vais aller appeler une ambulance, mais je dois aller en haut du champ, pour capter le réseau.

— Ne me laissez pas, zézaya-t-elle. Mes dents.

On aurait dit qu'elle s'était cognée contre une pierre pointue qui lui avait brisé les incisives.

J'aidai Angela à se remettre sur pied et lui enveloppai les épaules avec mon imperméable. Incapable de s'appuyer sur ses jambes, elle se remit à pleurer.

Ce fut une longue et lente ascension vers Hopton's Crest.

Le Samu m'informa qu'il lui faudrait au moins dix minutes pour nous envoyer une ambulance. J'appelai ma mère, mais elle ne décrocha pas, et Alfred pas davantage. Je laissai un message dans lequel je lui expliquais que j'avais eu un accident et qu'elle devait apporter une couverture.

Plus de vingt minutes s'écoulèrent avant que retentisse le hurlement d'une sirène. Angela n'avait pas proféré un mot. Elle était allongée sur mon imperméable, les yeux clos.

Très vite, Tony et John Cruickshank se mirent au travail, prenant les constantes d'Angela et examinant son pied : ils se munirent d'une attelle gonflable, qu'ils enroulèrent doucement autour du membre endommagé. Les deux incisives supérieures d'Angela étaient cassées, mais l'essentiel du sang qu'elle avait perdu résultait de la morsure qu'elle avait infligée à sa lèvre.

Forts d'une certaine expérience en matière de piétinements bovins, les deux secouristes affirmèrent qu'Angela avait eu beaucoup de chance de survivre, car elle aurait fort bien pu se faire écraser. Angela ne cessant de perdre, puis de reprendre conscience, ce fut à moi de répondre à leurs questions du mieux que je pus.

Ma mère finit par arriver dans sa Mini rouge et me tendit une flasque.

— Eau-de-vie de cerise de madame Cropper, annonça-t-elle.

— Elle s'est simplement mise à courir. (Je bus une gorgée et me sentis un peu mieux.) Angela a simplement pris peur et s'est mise à courir, maman. Je n'ai rien pu faire… Oh, je n'y crois pas ! (Un SUV Porsche venait d'apparaître.) Qu'est-ce que David fabrique ici ?

— Je suis désolée. Il s'est pointé juste au moment où je montais dans ma voiture et il a insisté pour me suivre.

Nous regardâmes David qui trouvait une place au sec pour se garer, puis se livrait à toute une gymnastique pour troquer ses chaussures contre des bottes.

— Je parie qu'il est en train de protéger l'arrière de son SUV avec du papier journal, grommela ma mère. On ne peut pas lui faire confiance pour prendre une décision rapide.

Enfin, David se dirigea vers nous à grands pas, blême d'inquiétude.

— Dieu merci, tu es indemne, Kat.

— Elle est sous le choc, répliqua ma mère sans ménagement. Donc ce n'est pas le moment d'en profiter.

— Tout va bien pour moi, la coupai-je, mais je ne suis pas sûre qu'il en aille de même pour elle.

S'il s'avérait qu'Angela n'était pour rien dans l'envoi de la photo à « Potins de stars », j'aurais le sentiment que cet accident était entièrement de ma faute, en dépit du ridicule de cette idée.

Tony et John tirèrent le brancard à roulettes de l'arrière de l'ambulance pour y charger Angela avec mille précautions.

David, qui s'était retourné afin d'observer la manœuvre, poussa un cri de surprise. Il me repoussa et se dirigea vers le brancard.

— Angela ? Mais qu'est-ce que tu fabriques ici, bon sang ?

Incrédules, ma mère et moi les examinâmes tour à tour.

— Tu la connais ?! m'exclamai-je.

Les yeux d'Angela s'ouvrirent tout d'un coup.

— David ! Ze peux t'esspliquer. Ze suis désolée.

21

David tournait comme un fou dans la cuisine. Son visage avait pris une teinte si violacée que je redoutais un infarctus. Je ne l'avais jamais vu aussi furieux.

— Mais je ne comprends pas, fis-je, oscillant entre une immense colère et une perplexité tout aussi grande. Pourquoi aurait-elle fait une chose pareille ?

— Je te l'ai dit, fulmina David. Angela Parks est une amie proche de Trudy.

— Qui est Trudy ? demanda Alfred depuis le pas de la porte, sans nul doute intrigué par les éclats de voix.

Il était désormais couvert aux trois quarts de jaune primevère, ce qui le faisait ressembler à mes yeux à un canari tout guilleret.

— Trudy est la femme de David, répondit ma mère.

— Ex-femme, aboya ce dernier.

— Angela est une comédienne, reprit ma mère.

— Je croyais que c'était la gouvernante, objecta Alfred.

— Oh, bon sang, elle faisait semblant, expliqua ma mère.

— En tout cas, elle m'a bien eu, constata-t-il.

— Elle nous a tous leurrés, dis-je, même si, dès le début, elle m'avait paru bizarre.

— Je savais que son accent sonnait faux, déclara ma mère. Et puis, elle en faisait trop. Toutes ses histoires sur le travail de domestique. Tu te rappelles ce qu'elle a sorti à propos des « minorités ethniques » ? Quelle menteuse !

— Tu lui reproches ses mensonges, toi ?

— Nous ne sommes pas en train de parler de moi, s'emporta-t-elle.

— J'aimerais déjà bien savoir comment elle s'y est prise pour se dégoter cette place, intervint David.

— Apparemment, elle a écrit à madame Cropper pour postuler, répondis-je. Elle prétendait avoir grandi sur le domaine de Lindridge, quelque part dans le nord du Devon. La propriété ayant brûlé, elle serait venue dans le Sud.

— Lindridge ? fit David avec un petit ricanement ironique. En effet, ça a brûlé, mais en 1962.

Ma mère et moi échangeâmes des regards consternés.

— Nous l'ignorions, marmonna ma mère. Mais bref, qu'est-ce qui a bien pu la pousser à travailler comme gouvernante, bon sang ?

— Je viens juste de vous l'expliquer : c'est une actrice. (David fourragea dans sa tignasse dont les extrémités restèrent pointées en l'air : c'était la première fois que je le voyais perdre son attitude compassée.) C'est entièrement ma faute.

— Bien évidemment, confirma ma mère.

— Pourquoi cela ? s'immisça Alfred.

— Nous avions coutume de plaisanter sur la fascination d'Angela pour *Downton Abbey*, expliqua David, répugné.

Je notai le « nous » impliquant David et Trudy.

— Où se trouve Downton Abbey ? demanda Alfred.

— C'est une série télévisée ! s'écria ma mère.

— Angela voulait à tout prix se faire embaucher dedans, reprit David. Elle s'est dit qu'avoir vraiment travaillé comme gouvernante serait un atout.

— Hmm. Ce n'est pas absurde, admit ma mère. Renée Zellweger a fait la même chose pour l'adaptation du *Journal de Bridget Jones*. Elle s'est fait embaucher dans une véritable maison d'édition afin de se préparer pour le rôle et personne ne l'a reconnue.

— Non, déclarai-je. Je ne peux pas croire qu'il s'agisse

simplement de ça. Cela fait trop de coïncidences. Angela m'a espionnée et c'est ta femme qui l'a mise sur l'affaire.

— Mon ex-femme, rectifia David.

— Donc maintenant, vous rejetez la faute sur Trudy, constata ma mère. Typique des hommes, ça.

— C'est qui Trudy, déjà ? redemanda Alfred.

— Je me fiche de savoir qui est à blâmer, lâchai-je froidement. Je pense que tu ferais mieux de partir, David.

Il en resta bouche bée de surprise, puis répliqua :

— Ne sois pas sotte.

— Personne n'est autorisé à traiter ma nièce de sotte.

— Votre nièce ? fit David, qui regarda Alfred, décontenancé. Qui êtes-vous ?

— Par pitié, ça suffit ! m'écriai-je. Va-t'en, David.

L'intéressé fit un pas vers moi.

— Kat, s'il te plaît, écoute-moi. Je suis juste…

— Vous avez entendu ce qu'elle a dit ?

Alfred était peut-être petit et, pour l'heure, jaune poussin, mais je voyais bien qu'il cherchait la bagarre. Il leva les poings.

Effrayé, David recula.

— Mais oui ! fit-il en claquant des doigts. Vous avez travaillé dans une fête foraine. Non, quelque chose à voir avec un ring de boxe ambulant ? (Une étrange expression se dessina sur les traits de David.) Je crois que je sais de quoi il s'agit.

— De quoi exactement ? demandai-je.

— Je m'en occupe, répliqua-t-il d'une voix lugubre. Je vais parler à Trudy.

— Que devons-nous faire pour Angela ? voulut savoir ma mère. Prévenir la police ?

— Et leur dire quoi ? objectai-je. Elle est à l'hôpital. Ce n'est pas suffisant, comme punition ? De toute façon, je m'en moque. Ça ne fait qu'entériner ma décision.

— Oui, oui, tu n'arrêtes pas de le répéter, s'emporta

David. Je t'ai déjà dit que c'était trop tard. Ils ont trouvé une nouvelle animatrice, de toute façon.

— Je ne parle pas de *Fakes & Treasures*, mais de toi et moi. (J'étais au bord des larmes.) C'est humiliant de ne rien dire de l'horreur que c'était de voir Angela se faire piétiner sans pouvoir intervenir…

— Viens, on va se boire un bon petit gin tonic…

— Je ne veux pas de gin tonic, maman !

— Kat, mon divorce…

— Tu n'as pas entendu ce qu'elle a dit, Dylan ? intervint Alfred. Elle ne veut pas de toi…

— Très juste, renchérit ma mère. Elle est passée à autre chose.

— Ce qui explique ma venue jusqu'ici. Un ami que j'ai au ministère m'a appelé au sujet de Prince-Avery.

— Quel prince ?

— Tais-toi, Alfred, fîmes-nous en chœur.

— Le gars à la canne ? hasarda-t-il prudemment.

— Un scandale a été étouffé, poursuivit David.

— Ça ne m'intéresse pas.

— Ton ami est un peu trop porté sur la bouteille. Il intervenait comme consultant sur un projet – dont j'ai promis de ne pas révéler le nom –, quand il a causé un accident de voiture mortel. Il a écopé d'un an de prison.

— J'étais au courant, le coupai-je, même si j'ignorais la peine de prison.

— Un an ! ironisa Alfred. Mais c'est rien du tout.

— De la prison ? s'exclama ma mère. Bonté divine !

— Et ce n'est pas tout, reprit David. Je connais quelqu'un qui travaille au service des douanes…

— Tu as tellement de relations, Dylan, ironisa ma mère.

— Oui, Todd Gray, je sais, grommelai-je, impatiente. Nous avons dîné plusieurs fois avec lui.

— Todd a accès à une immense base de données sur les gens qui entrent et sortent du Royaume-Uni.

— Sur tous les gens ? s'étrangla ma mère. Chaque fois qu'ils se déplacent ? (Elle jeta un regard à Alfred, qui lui adressa, je le vis, un signe de tête réconfortant.) Même quand ce n'est qu'une traversée jusqu'à Jersey ?

— Quoi ? Pourquoi Jersey ?

La question parut désarçonner David.

— Non, je demandais simplement ça comme ça, s'empressa-t-elle de répondre.

— Comme cela fait partie de mon activité de recherche internationale des œuvres d'art, les informations que peuvent fournir les services des douanes me sont d'une grande utilité.

L'intonation de David s'était faite plus assurée et plus prétentieuse – il me rappelait Shawn en cet instant. C'était un trait de caractère que je n'avais jamais aimé chez David.

— Quel genre d'informations ? (Alfred ne paraissait plus aussi sûr de lui tout à coup.) Ils ne se bornent pas à traquer les terroristes ?

— Oui, les terroristes, les voleurs, les transactions frauduleuses… oui, oui, oui ! Laissez-moi terminer. (David leva les yeux au ciel avant de reprendre.) Là où je veux en venir, c'est que Valentin Prince-Avery a passé ces derniers mois en Afrique de l'Est. Donc je ne vois pas comment il aurait pu travailler comme consultant pour ce nouveau train à grande vitesse depuis un autre continent.

— En fait, tu te trompes. Il a visité l'archipel de Zanzibar. L'île de Pemba plus précisément, répliquai-je. Il a le droit à des vacances, non ?

Dire que David en eut le souffle coupé serait un euphémisme.

— Tu étais au courant ?

— Valentin t'en avait parlé ? renchérit ma mère, stupéfaite.

Non, il ne l'avait pas fait, mais je ne pouvais supporter plus longtemps la suffisance de David.

— Mais merci de m'apporter des éclaircissements, David. Tu ne peux tout simplement pas supporter de perdre, c'est ça ? C'est fini entre toi et moi. Et c'est le cas depuis bien longtemps.

Le visage de David trahit le choc qu'il éprouvait. Il regarda ma mère, qui se tenait les mains sur les hanches, exultant à l'évidence, puis Alfred, dont les poings étaient de nouveau parés au combat.

— Maman, Alfred… Je vous en prie, vous voulez bien nous laisser une minute ?

Ils quittèrent la cuisine.

— Tu parles sérieusement, n'est-ce pas ? s'enquit David.

— Oui.

Et c'était vrai. Notre histoire était terminée.

David se mordilla la lèvre. Il avait l'air gauche, le regard rivé à moi.

— D'accord, OK, admit-il en tendant la main. Sans rancune ?

— Non, répondis-je au bout de quelques secondes.

David redressa les épaules et se dirigea vers la porte de la cuisine qui ouvrait sur le champ de derrière. Je voulus le prévenir de faire attention à la boue, mais aucun mot ne sortit de ma bouche.

Il s'éloigna sans un regard en arrière.

Une fraction de seconde plus tard, ma mère et Alfred étaient de retour dans la cuisine. Je savais qu'ils avaient espionné notre conversation, mais j'étais trop épuisée pour polémiquer encore. Je me laissai tomber sur une chaise et pris ma tête entre mes mains.

— Alfred est inquiet à propos de la banque à Jersey, attaqua ma mère. Est-ce que David va nous causer des ennuis, maintenant que tu as vraiment rompu, Kat ?

— J'ai dit à Iris de ne pas s'inquiéter, intervint Alfred. Tant qu'elle fera ce que je lui ai dit, elle n'aura pas de problème.

— Ben voyons ! Jamais je ne pourrais rêver de toucher à mon propre argent sans ta permission, Alfred, grommela ma mère. N'est-ce pas, Kat ?

— Laisse-moi en dehors de ça, tu veux bien ?

— Si tu as besoin de plus d'argent, laisse-moi m'en occuper. Tu as entendu ce que Dylan a dit : les gens qui entrent et sortent du pays sont enregistrés.

— Si tu es un citoyen britannique, tu n'as pas besoin de passeport, répliqua ma mère. Donc si tu ne montres pas de passeport, comment pourraient-ils savoir que tu es entré ou sorti du pays ? Qu'est-ce que tu en penses, Kat ?

— Aucune idée.

— Oh, bon sang ! s'écria-t-elle. Est-ce que David tiendra sa langue sur le fait que je suis Krystalle Storm ?

— Espérons que oui.

La réaction que David avait eue ce soir m'avait amenée à réaliser qu'en dépit de ses fautes, de son mariage chaotique et de son houleux divorce, il ne ferait rien qui puisse me blesser. Peut-être m'avait-il réellement aimée, autant qu'il en était capable.

— Donc tout va bien.

Elle se versa un gin tonic qu'elle vida d'un trait.

— Je boirais bien à ça ! Si on me versait un verre, déclara l'oncle Alfred.

— Tu n'auras rien tant que tu n'auras pas fini de peindre la pièce de devant… Attends ! s'exclama ma mère dont les yeux s'agrandirent. Ce n'était pas lié à toi, mais à moi ! Mais bien sûr ! Tout est lié à moi.

— Tout est toujours lié à toi, maman.

— Si Angela est bien une amie de Trudy Wynne, ça explique pourquoi elle n'arrêtait pas de poser toutes ces questions sur Krystalle Storm ! La sale petit fouine ! Avec son club de lecture des Ravissantes Romantiques et ces rumeurs comme quoi je vivrais par ici.

— Ce qui est bel et bien le cas, lui rappelai-je.

— Rappelle-toi que Vera a envoyé des emails à Trudy Wynne juste avant de mourir.

— En prétendant savoir qui était vraiment Krystalle Storm. Oui.

— Euh… Je peux poser une question ? fit Alfred en levant prudemment la main. Qui est Vera ?

— Non ! répondîmes-nous de conserve.

— Trudy Wynne doit continuer à suivre cette piste.

Le téléphone sonna dans la cuisine et nous échangeâmes des regards.

— Alfred, va répondre, lui ordonna ma mère.

— Maison Stanford, déclara Alfred. (Il se mit aussitôt au garde-à-vous.) Oui, madame, je suis Alfred Bushman. (À mesure qu'il écoutait, son visage s'illuminait.) Oui, tout à fait, madame. Je peux commencer demain. Oui. Elle est ici. (Il me tendit le téléphone.) Pour toi. C'est la comtesse douairière.

Je m'armai de courage en vue d'affronter les questions sur l'accident d'Angela, au lieu de quoi, elle demanda sans ambages :

— Mister Chips est avec vous ?

Mon estomac se retourna. Dans l'affolement qui avait suivi l'accident, le petit chien d'Edith m'était complètement sorti de l'esprit. Paralysée, je n'arrivais pas à trouver de réplique convenable.

Alfred s'avança aussitôt et me chuchota à l'oreille :

— Dis-lui que tu lui ramènes Mister Chips dans deux heures.

Je répétai la suggestion d'Alfred et raccrochai.

— Pourquoi avez-vous dit ça ? demandai-je, curieuse de savoir si la journée pouvait encore empirer. Et comment saviez-vous quelle question elle m'avait posée ?

Il se tapota le front.

— J'ai des dons, ma chérie. Mister Chips est parti chasser. Nous allons le trouver, mais il est en danger.

Comme par un fait exprès, le puissant crépitement d'un éclair illumina la cuisine de sa lumière phosphorescente. Un profond grondement commença à monter des entrailles de la terre, pour culminer dans le fracas assourdissant du tonnerre. La pluie martelait désormais le toit, tambourinait sur les carreaux.

— Nous ferions mieux de ne pas traîner, suggéra Alfred. Où as-tu vu Mister Chips pour la dernière fois ?

— Au boqueteau du Cavalier.

— On y va tous, décréta ma mère. Trois paires d'yeux valent mieux qu'une.

— Et emportez deux serviettes, ajouta l'oncle Alfred. Nous en aurons peut-être besoin.

22

Vêtus de lourds imperméables, munis de lampes torches, d'une pelle et d'une vieille serviette dans un sac en plastique, nous partîmes à travers champs, sous une pluie torrentielle.

Je n'arrêtais pas de revoir la scène au cours de laquelle Angela avait frôlé la mort.

— Je ne me doutais pas que les vaches pouvaient courir aussi vite, glissai-je à Alfred pour ce qui devait être la millième fois. Quand Mister Chips a filé se mettre à couvert, elle a juste tenté de fuir.

— Les vaches n'aiment pas avoir des chiens qui leur mordent les talons, expliqua Alfred. Mais la fille a été bien avisée de jouer à la morte.

— Elle est tombée dans les pommes. J'ai cru qu'elle y était passée.

Notre progression était difficile, mais quand nous atteignîmes Hopton's Crest, la pluie cessa brutalement et une lune blafarde en son dernier quartier apparut de derrière les nuages. Une brume étrange glissait le long du chemin, créant de drôles de formes dans les broussailles.

— Tu as vu ça ? souffla ma mère en m'attrapant le bras. Cette silhouette ? Elle se déplace ?

— C'est juste une haie, la rassurai-je, mais en vérité, moi aussi j'avais vu quelque chose bouger. C'est un jeu de lumière, des rayons de lune qui dansent avec le brouillard et créent une illusion.

Mais ma mère n'était pas convaincue.

— Alfred ? Tu as vu ça, toi ?

Alfred nous fit un signe pour nous inviter au silence.

— Arrêtez de jacasser une minute.

Il escalada l'échalier et resta planté au sommet du champ, bras ballants, regard levé vers le ciel.

— Maman…

— Chuuut ! Il entre en communication avec les esprits, chuchota-t-elle.

Au bout de deux minutes, Alfred se tourna et nous fit signe d'approcher. Il se dirigea vers la délimitation qui passait au ras de la haie et descendait tout en bas du champ. Un hibou hulula, des renards glapirent, mais aucun aboiement ne répondait à nos appels répétés à l'adresse de Mister Chips.

Alfred pointa sa torche sur une série de trous ronds disséminés dans les talus sous la haie.

— Terriers de lapins et de putois, commenta-t-il. Mais il n'est pas ici.

Quelques minutes plus tard, nous étions tout près du Bourbier de la mort.

— Il ne faut surtout pas s'approcher de cet endroit, Alfred, le prévint ma mère. C'est un marécage.

Alfred effectua encore quelques pas précautionneux et s'arrêta. De nouveau, il leva la main et nous nous tûmes.

— Par pitié, ne nous dites pas que Mister Chips est tombé là-dedans, chuchotai-je.

— Non, il n'est pas là, mais… (Il s'interrompit d'un cri.) Doux Jésus !

— Quoi ? Qu'est-ce qui se passe ? fit aussitôt ma mère. Qu'est-ce que tu as vu ?

— Plus tard, répondit Alfred en se détournant. Pas maintenant. Éteignez les torches et plus un mot. Je dois me concentrer.

Le vent se ruait entre les arbres, provoquant un sifflement et un froid qui m'assaillaient chaque fois que je passais par là. Ma mère m'agrippa de nouveau le bras.

— Tu le sens ?

— Ne sois pas bête, répliquai-je, mais j'avais les poils qui se hérissaient dans la nuque.

Il y avait ici une présence, j'en étais certaine, moi aussi.

— C'est quoi, cette lumière, par là ? me chuchota impérieusement ma mère. Tu la vois ?

Elle me désignait un point situé dans la direction opposée au boqueteau du Cavalier : une lumière jaune brillait au loin, à travers une rangée d'arbres.

— C'est Bridge Cottage, lui répondis-je en chuchotant moi aussi.

— Oui, oui, bien sûr, marmonna-t-elle. Je suis tourneboulée.

— Tais-toi, Iris, pesta Alfred. (Nous obéîmes et restâmes à attendre. Une autre bouffée d'air glaciale s'enroula autour de nous.) Oui, les soldats sont là, ils sont tous là, à errer, perdus et désorientés. Vous entendez le cliquetis de leurs armures ? Le martèlement des sabots ?

— Non, répondis-je.

Et je préférais ne rien entendre.

Tout à coup, Alfred ralluma sa torche.

— On arrive, petit gars. Mister Chips est sur le talus, là-bas.

La plupart des haies du Devon étaient érigées au sommet de talus de terre et la plupart aussi servaient d'habitat à toutes sortes de créatures des bois.

Alfred fonça droit sur le troisième trou, de l'autre côté de l'échalier.

Il paraissait trop petit pour abriter un lapin, alors que dire d'un jack russell ?

— Il ne peut certainement pas être là-dedans.

Alfred posa la pelle de côté et s'agenouilla devant l'entrée du terrier.

— Mister Chips ? appela-t-il doucement. Tu es là, mon garçon ?

Un faible gémissement monta de loin, très loin sous terre.

— Dieu merci ! m'exclamai-je.

— Il est là ! s'écria ma mère, toute joyeuse. Mais comment on va le faire sortir de là-dessous ?

— Tout va bien, mon garçon. Nous sommes ici, maintenant.

Les gémissements de Mister Chips virèrent aux plaintes angoissées. Alfred commença avec la pelle, agrandissant le trou pendant que ma mère et moi l'éclairions de nos torches, afin qu'il puisse voir ce qu'il faisait.

— Gardez la lumière sous cet angle, nous ordonna-t-il. Je ne voudrais pas effrayer le petit gars encore plus qu'il ne l'est déjà.

— Je t'ai dit qu'il connaissait la langue des animaux, constata fièrement ma mère.

— Heureusement qu'il a plu des cordes, constata Alfred. Ça a ramolli la terre. On pourra bientôt le sortir de là.

Alfred jeta soudain sa pelle par terre, se coucha à plat ventre et plongea une main tout au fond du trou, jusqu'à l'aisselle.

Nous l'entendîmes pousser un cri de surprise.

— Il a quelque chose dans la gueule, marmonna-t-il.

— Mon argent ! s'exclama ma mère.

— Je n'arrive pas à le tirer. Lâche ça, mon beau ! Allez ! Lâche !

S'ensuivit une série de grognements.

— Il veut jouer, constatai-je, soulagée. C'est qu'il va bien.

— Je l'ai, fit Alfred qui retira son bras pour jeter un

objet à côté de lui, avant de replonger dans le trou. Bingo ! s'écria-t-il en tirant Mister Chips par la peau du cou.

— Qu'est-ce qu'il pue ! grinça ma mère.

Ce n'était rien de le dire. Mister Chips était couvert d'une boue visqueuse qui offrait une ressemblance suspecte avec des excréments d'animaux.

— Enveloppe-le dans une serviette, Kat, m'ordonna Alfred. Je ne voudrais pas qu'il attrape la mort.

Mais Mister Chips s'échappa de mes bras, aboya plusieurs fois et repartit au petit trot vers le bord du Bourbier de la mort.

— Qu'est-ce qu'il fabrique ? m'exclamai-je.

— Il veut nous montrer quelque chose, répondit Alfred, la mine sombre.

Ma mère trouva l'objet qu'Alfred avait jeté sur le côté.

— Qu'est-ce que c'est que ça, bon sang ? (Elle ramassa la chose avcc précaution et leva sa torche.) Dieux du ciel ! C'est une chaussure d'homme. Regarde-moi ça, Kat.

Elle tendit le soulier à Alfred, qui le laissa tomber avec un cri d'alarme.

— Doux Jésus, répéta-t-il.

— Que se passe-t-il ? demandai-je en me tournant vers ma mère. Qu'est-ce qu'il voit ?

Mister Chips traversa l'étendue herbeuse en aboyant, puis repartit vers le bord du bourbier.

— Il veut qu'on le suive, constata Alfred. J'arrive, mon gars.

Ma mère ramassa encore une fois la chaussure et l'éclaira de sa torche.

— Ça m'a l'air d'une chaussure de prix. Pas les bottes d'un fermier de par ici.

— Oh, bon sang !

Je me sentis mal. Un pressentiment étrange m'envahit.

J'avais trouvé la canne de Valentin dans ce champ. Cette chaussure pouvait-elle lui appartenir aussi ?

Non, c'était impossible. Nous avions échangé des textos.

— L'autre chaussure est là ! nous lança Alfred en agitant son bras qui tenait la pelle.

Il braqua sa torche sur la chaussure jumelle, partiellement immergée dans une flaque d'un noir d'encre, à plusieurs mètres du sol ferme.

— Tu penses que quelqu'un s'est noyé là-dedans ? demanda ma mère.

La même idée m'avait traversé l'esprit au départ, mais ce n'était pas logique.

— Non, maman. Bien sûr que non. Regarde, cette chaussure est sur le dessus du Bourbier. Et puisque Mister Chips a été capable de récupérer l'autre, c'est qu'elle n'était pas aussi loin dans le Bourbier. Si quelqu'un s'était embourbé, ces chaussures auraient été sur ses pieds, non ?

— Oui, tu as raison. Bien sûr que tu as raison. Nous savons tous que cet endroit est hanté. Je me suis juste mise à avoir la frousse. Peut-être que c'est un tour de Sir Maurice, ajouta-t-elle, plus joyeuse.

Une rafale de vent souffla soudain et les gémissements se firent plus bruyants, cette fois-ci. Alfred posa sa pelle, ôta sa capuche et leva de nouveau les deux bras au ciel. Le croissant de lune se trouvait pile au-dessus de nos têtes, projetant un cône de lumière. Je sentis la chair de poule me hérisser la peau.

— Oh oui, nous vous entendons, mes amis, lança Alfred. Nous vous entendons.

— Oh, mon Dieu, Alfred va réveiller les morts ! s'exclama ma mère.

— Des jeunes gens, c'est tout ce qu'ils étaient, poursuivit Alfred. Bernés par un cavalier Honeychurch. Mais attendez... Oh, doux Jésus.

Il recula brusquement et ralluma sa torche.

— Il est ici.

— Qui ?

Ma mère m'agrippa le bras et hurla de terreur.

— C'est là ! Éclaire par là, Alfred ! Vite, éclaire par là !

L'interpellé balaya lentement la zone. Ma mère et moi poussâmes un cri d'horreur.

— Vous feriez mieux d'appeler la police, lâcha Alfred d'un air sombre.

Une main pointait de la tourbière.

23

Je passai une nuit affreuse à rêver de Têtes-Rondes portant des chaussures italiennes et à David qui se débattait au milieu du bourbier, avant de se noyer dans d'atroces souffrances. La réaction d'Alfred face à la canne de Valentin paraissait maintenant lourde de sens.

Alfred ne devait pas avoir beaucoup dormi lui non plus, cette nuit-là, parce que quand je descendis au rez-de-chaussée, le vestibule était complètement débarrassé des meubles qui l'encombraient. Un rapide regard vers le salon confirma mes soupçons. Il s'était contenté de tout repousser à l'intérieur.

Ma mère et lui étaient en train de petit-déjeuner dans la cuisine. Il aurait été un euphémisme que de dire que l'ambiance était à couper avec le proverbial couteau. Alfred, qui avait l'air nerveux, ne cessait de tapoter sa cuillère contre sa soucoupe et la façon dont ma mère mordait dans sa tartine indiquait sans le moindre doute possible qu'ils avaient eu « des mots » tous les deux.

— Des nouvelles de la police ? demandai-je.

— J'ai laissé un message, répondit ma mère. Tu sais qu'ils n'ouvrent pas avant 9 heures.

— C'est une urgence, maman !

— J'ai dit à Iris d'appeler le 17, intervint Alfred. Mais elle ne veut rien entendre.

— Et moi, je t'ai expliqué qu'on n'était pas à Londres, ici. Laissons la flicaille locale s'en occuper, répliqua-t-elle. La comtesse douairière déteste tout ce qui s'apparente à un scandale et il est hors de question que les paparazzis aient vent de l'affaire et que le village fourmille de reporters. Tu sembles oublier que Kat est une célébrité.

— Merci, maman, mais dans le cas présent, je suis d'accord avec Alfred.

Ma mère leva les yeux au ciel.

— Où est l'urgence ? Qui que soit la victime, elle ne peut pas être plus morte qu'elle ne l'est déjà, si ?

— Bon, ben, laissons cela à l'appréciation de ta conscience, et non sur la mienne.

Alfred se leva de table et quitta rapidement la cuisine. Nous entendîmes la porte d'entrée claquer.

— Qu'est-ce qui s'est passé ? demandai-je. Une dispute entre frère et sœur ?

— Tu as vu le salon ? éluda ma mère. Alfred s'est borné à tout replacer comme avant. La peinture n'a même pas eu le temps de sécher partout.

— Il a promis de remettre les meubles en place et c'est ce qu'il a fait.

— Depuis quand as-tu changé de camp ?

— Depuis qu'Alfred a sauvé Mister Chips. (J'observai ma mère, intriguée.) Qu'est-ce qui se passe vraiment ?

— Inutile de me dire que tu m'avais prévenue, mais… (Elle prit une profonde inspiration.) Je crois que tu as raison. Je ne peux pas vivre dans ce foutoir.

— Je pensais que ça t'était égal, fis-je, exaspérée.

— Le foutoir de Frank était plus ordonné. (Le téléphone mural pépia et elle s'en empara.) Bonjour. D'accord. Oui. (Elle écouta, hochant la tête.) Une chaussure. Oui. Une main. C'est exact. Je vous ai dit tout ça dans le message que j'ai laissé sur votre répondeur. Non. Ce n'est pas votre travail ? (Elle reposa le combiné.) C'était Shawn. Comme si j'allais inventer un truc pareil ! Il est en route, à l'heure qu'il est.

Mon estomac était tourneboulé.

— De qui il s'agit, à ton avis, maman ? Et si c'était Valentin ? Peut-être qu'il est tombé là-dedans quand il est allé récupérer les pancartes ?

— De quoi tu parles ?

Je lui résumai la conversation que j'avais eue à l'agence de location Ogwell et lui expliquai que les pancartes avaient été retrouvées à l'arrière du SUV de Valentin.

— Pourquoi les aurait-il récupérées si c'est lui qui les avait plantées au départ ? objecta-t-elle.

— Je n'en ai aucune idée, admis-je. Mais il semblait vraiment contrarié, lundi soir. Et il avait beaucoup bu, pardessus le marché. Le lendemain matin, quand je suis allée faire du cheval avec Edith, les pancartes n'étaient plus là. J'ai su que quelque chose clochait quand j'ai découvert sa canne dans ce champ.

— Laisse-moi voir…

Ma mère se munit d'une feuille et d'un stylo. Elle traça une ligne qui divisait le morceau de papier en deux.

— Voici le sentier équestre et la rangée de vieux chênes où se trouve la cabane de Harry. (Elle dessina un carré.) Ça, c'est le portillon à cinq barreaux qui ouvre sur le sentier équestre. (Elle ajouta un cercle sous la ligne et jusqu'à l'extrême gauche.) Nous avons là le Bourbier de la mort. (Au moyen d'un ovale au centre de la page, juste au-dessous du sentier équestre, elle figura le boqueteau du Cavalicr.) Et ça, conclut-elle en griffonnant des fioritures sur le pourtour de la feuille, c'est la haie et le fossé qui servent de délimitation.

Dix croix supplémentaires lui permirent d'indiquer l'emplacement des pancartes qui couraient au-dessous et au-dessus du sentier équestre horizontal. Tout au bout, à droite, elle dessina un autre carré – Bridge Cottage – et gribouilla un nuage de broussailles tout autour.

— Où as-tu trouvé la canne de Valentin ? demanda-t-elle.

Je m'emparai du stylo et traçai un X.

— Entre le portillon à cinq barreaux et le Bourbier de la mort.

— Donc plutôt loin du Bourbier.

— Mais… il y a autre chose, répliquai-je, en proie à un nouvel accès de nausée quand je me rappelai Joyce gisant à plat ventre dans l'eau.

— Qu'est-ce que tu as encore fabriqué ? s'enquit ma mère.

— Pas moi, Valentin.

Et je lui expliquai que Shawn et Roxy envisageaient l'implication de Valentin dans la mort de Joyce.

— Tu veux dire qu'il l'aurait renversée avant de déguerpir ? Il serait coupable d'un délit de fuite ?

— Personne ne sait où il se trouve. Il a disparu.

— Tu as eu des nouvelles de Valentin, jeudi, répliqua-t-elle. Tu te rappelles ?

— Oui.

— Or Joyce est morte lundi soir…

— Je pense que c'est la raison pour laquelle il m'a appelée ce soir-là, la coupai-je au souvenir de son message plein d'urgence. Peut-être avait-il l'intention de me parler de Joyce.

— J'aurais bien aimé que tu me racontes ça avant, grommela ma mère. Pourquoi suis-je toujours la dernière informée ?

— Tu penses que Valentin aurait pu retourner dans le champ, le lendemain, et tomber sur Patty ? Peut-être qu'ils ont eu un accrochage.

— Cette hypothèse laisserait supposer que Patty ait su que Valentin était impliqué dans l'accident de sa mère.

— Tu as raison, admis-je. Or nous n'en savons rien. (Je réfléchis encore.) Angela m'a dit que Patty était réputée pour ses actions en justice et qu'elle a même poursuivi le pasteur. Imagine que…

— Non, je n'aime pas cette théorie, m'interrompit ma mère en fronçant les sourcils avant de pousser un cri d'excitation. Je sais ! Suppose que Valentin ait aperçu Sir Maurice sur Hopton's Crest ! Sir Maurice était si furieux contre la voie ferrée qu'il a conduit Valentin à sa perte dans le Bourbier de la mort.

— Maintenant, c'est toi qui es ridicule, la réprimandai-je.

— Bien entendu, le cadavre pourrait être une des vieilles Têtes-Rondes enterrées là.

— Après trois cent cinquante ans ? J'en doute.

— Regarde l'homme de Lindow, poursuivit ma mère que le thème inspirait. Il est tombé dans une tourbière en l'an - 2 ou quelque chose comme ça, et pan ! des siècles plus tard, il est découvert. En parfait état de conservation.

— Sauf que dans le cas qui nous intéresse, il a une main qui sort du bourbier, répliquai-je. Et s'il s'était agi d'une des Têtes-Rondes, cette main serait squelettique. (Je frissonnai de dégoût.) On ne pourrait pas parler d'autre chose ?

— Non, sérieusement. Ça pourrait être une Tête-Ronde. Avec toute la pluie que nous avons eue, le niveau des eaux a sans doute monté. La main pourrait très bien n'avoir surgi qu'hier.

— Eh bien, j'espère que tu as raison… mais ça n'explique pas la présence de l'élégante chaussure. Où tu l'as mise ?

— Dans ce morceau de journal, répondit ma mère en désignant un paquet enveloppé dans le *Daily Post* de mercredi, qui se trouvait par terre, à côté du buffet de chêne.

Je distinguai ma photo sur la page.

— Le propriétaire de cette chaussure a de grands pieds. C'est du 46.

Lavinia fit irruption dans la cuisine.

— Je suis terriblement désolée de vous interrompre…

— Vous avez déjà eu vent de l'histoire de la main ? s'enquit ma mère.

— La main ? De quoi voulez-vous parler ?

— De rien, répondit ma mère. Je peux vous proposer un thé ?

Lavinia secoua la tête. Malgré son habituelle tenue

équestre et ses cheveux blonds coincés sous un filet, elle avait l'air encore plus quelconque que d'ordinaire.

— Il s'est passé quelque chose d'affreux, lâcha-t-elle.

Je sentis mon estomac se retourner.

— Harry a encore fugué ?

— Quoi ? (Lavinia parut sidérée.) Oh, non. Pourquoi ? Bien sûr que non. C'est… (Sa nervosité était patente.) Si ça ne vous dérange pas trop…

— Vous voulez me parler en privé, Lavinia ? demanda ma mère en renonçant ostensiblement au titre de noblesse. Kat allait partir…

— Maman, la police sera là d'une minute à l'autre.

— La police ? (Les yeux de Lavinia s'écarquillèrent.) Nous n'avons pas besoin de la police !

— Si, au contraire, répliquai-je en faisant un signe à ma mère pour qu'elle renchérisse, mais celle-ci se borna à agiter la main pour me chasser.

— C'est important, ma chérie. Accorde-nous juste quelques instants.

— Plus important qu'un cadavre dans une tourbière ? m'exclamai-je.

— De quoi parle-t-elle ? s'écria Lavinia. Qui est mort ? Où ?

— Dans le Bourbier de la mort, répondit ma mère.

— Oh, ça… Le bourbier regorge de corps. Rupert en a trouvé un, l'année dernière.

— Tu vois ! fit ma mère en me lançant un regard plein d'autosatisfaction. Ça pourrait très bien n'être rien d'autre qu'une Tête-Ronde.

Lavinia attendit que je quitte la cuisine. Au moment où je refermais la porte, je l'entendis lâcher :

— Benedict est parti.

— Parti ? répéta ma mère dans un cri. Parti où ?

— Il a disparu hier.

— Oh, mon Dieu !

Mon estomac connut un nouveau soubresaut. Benedict avait disparu. C'était une conversation que je n'avais nulle intention de manquer. Dans le couloir qui longeait la cuisine se trouvait un débarras d'où je pourrais tout entendre, à travers la faible épaisseur du mur. Je l'avais découvert par hasard, un jour où nous avions appelé les plombiers pour une canalisation bouchée et où j'avais dû vider ce qu'il contenait.

— Vous avez essayé de lui téléphoner ? entendis-je ma mère demander.

— Bien entendu, répondit Lavinia. Mais son téléphone doit être éteint.

— Oh, mon Dieu !

— Je n'ai pas de mot pour exprimer mon exaspération.

J'entendis un raclement de chaises ainsi que ce qui m'apparut comme une espèce de miaulement. Lavinia était-elle en train de pleurer ?

— Prenez une cigarette, lui suggéra ma mère.

— Je ne fume pas.

— Ni moi non plus. (Il y eut un silence… Elles devaient allumer leurs cigarettes.) Je vais ouvrir la fenêtre. Kat peut se conduire en véritable tyran. Elle déteste me voir fumer.

— Pareil pour Rupert. Oh, Iris ! Je crains d'avoir fait quelque chose d'affreux.

— Essayez de rester calme et de ne pas céder à la panique, lui conseilla ma mère. Quand avez-vous parlé à Benedict pour la dernière fois ?

— Hier.

— À quelle heure ?

— Juste avant le déjeuner. Il m'a semblé très agité.

— Oh, mon Dieu !

— Pourquoi ? Pourquoi vous n'arrêtez pas de répéter : « Oh, mon Dieu ! » ?

Je plaquai mon oreille contre la paroi de bois. J'espérais que ma mère avait vu juste avec sa théorie de la Tête-Ronde, mais dans le cas contraire, ce n'était peut-être pas Valentin qui gisait dans la tourbe. Si ça se trouvait, il s'agissait de Benedict.

— Il se peut fort que Benedict se soit enfui, reprit ma mère.

— Enfui ? Mais pourquoi aurait-il fait une chose pareille ?

— Pour filer avec tout notre argent.

— Vraiment ? Bonté divine ! Quelle idée !

— Ce n'est pas le cas ? Je pensais… Peu importe.

— Non, ça n'a rien à voir avec l'argent, déclara Lavinia. C'est bien plus sérieux.

— Comment cela pourrait-il être plus sérieux que de l'argent ?

— Benedict m'a posé un ultimatum, sans quoi il allait tout révéler à Rupert.

— Un ultimatum ? Et révéler quoi ? (Je décelai un changement dans le timbre de voix de ma mère et devinai qu'elle était en train de sortir ses Post-it.) Répétez-moi exactement ce que Benedict vous a dit.

— Je savais que vous comprendriez. Dans vos excellents livres, vous parlez d'amour et de relations humaines et…

— Je m'y connais en effet un peu en la matière, la coupa ma mère. Tout ce que je peux vous conseiller, c'est de suivre votre cœur.

— Ne soyez pas ridicule ! Les gens de notre rang ne suivent jamais leur cœur. Nous devons accomplir notre devoir. En outre, j'aime Rupert. Éperdument, même.

S'ensuivirent quelques secondes de silence. J'entendais presque le cerveau maternel tenter d'analyser ce nouvel élément d'information. J'avais donc eu raison de penser que Lavinia était complètement entichée de Rupert.

— Donc… puisque vous n'avez pas de liaison avec Benedict, reprit ma mère, quelle prise peut-il bien avoir sur vous ?

— Je suppose que j'étais en colère contre Rupert parce

qu'il partait à Londres sans me fournir la moindre explication, répondit Lavinia. Nous avons eu notre pire dispute à cette occasion.

— À propos de Benedict ?

— Non ! Pas à propos de lui. Pourquoi nous serions-nous disputés à son sujet ? Ça remonte à des années.

— Donc vous n'avez aucun sujet d'inquiétude.

— Tout au contraire, rétorqua Lavinia, qui devenait hystérique. J'ai commis une terrible erreur et je m'en suis excusée.

— Si je comprends bien, vous avez eu une passade avec Benedict ?

La tête commençait à me tourner à force d'essayer de suivre.

— C'était plus qu'une passade.

La pause s'éternisa. Je devinai l'inquiétude de ma mère : avait-elle dit ce qu'il ne fallait pas ?

— Pourquoi ne me confiez-vous pas ce qui vous est arrivé afin de vous en libérer ? finit-elle par demander.

— Vous êtes certaine que ça ne va pas vous ennuyer ?

— Bien sûr que non. Vous pouvez me faire confiance pour être discrète et n'en souffler mot à personne.

— Promis ?

— Croix de bois, croix de fer…

Je jetai un coup d'œil à ma montre. Il était 9 h 15. La police allait arriver sous peu. Ma mère et moi avions vu une main dans la tourbière et elle était là, à discuter des peines de cœur de Lavinia… ou quel que soit le nom qu'elles voudraient leur donner.

— J'ai revu Benedict après que Rupert a épousé Kelly, cette affreuse domestique, expliquait Lavinia.

— Ah oui. Ils se sont enfuis pendant votre fête du Nouvel An…

— Vous étiez donc au courant ?

— Pas dans les détails, s'empressa de répondre ma mère. J'essaie juste de me remémorer le contexte.

— Benedict était un camarade d'école de mon frère Piers, si bien que je le connais depuis que j'ai cinq ans, reprit Lavinia. Il est incapable de gérer son argent. Quand Thornton Park a été vendu, il a investi ce qui lui restait – soit une somme plutôt coquette, je dois dire – dans toutes sortes de combines absurdes. Il a même acheté un hôtel de luxe sur l'île de Pemba.

J'étouffai un cri. Sur l'île de Pemba ? Il ne pouvait exister deux îles portant le même nom. Valentin avait même un porte-clefs estampillé « Île de Pemba ». Il avait également suggéré à Laurel, de l'agence de location de voitures, d'y séjourner à l'occasion de son voyage d'anniversaire en Afrique. Ce n'était pas une coïncidence. Quelque chose ne tournait pas rond.

— L'île de Pemba ? Où est-ce ? demanda ma mère.

— C'est une partie de l'archipel de Zanzibar, répondit Lavinia. Piers m'y a emmenée passer des vacances, car il se disait que ça me ferait du bien de m'éloigner du scandale. J'imagine que Benedict a été pour moi une espèce de moyen de rebondir…

— Il a été un objet de transition.

— Oui, tout à fait.

— Mais il voulait davantage ? hasarda ma mère.

— Oui, tout à fait, répéta Lavinia. Mais je l'aimais énormément. Si Rupert n'avait pas été dans les parages…

— Sauf que Rupert était dans les parages, constata ma mère. Êtes-vous restés en contact, avec Benedict, après cette histoire ?

— Non, bien sûr que non. Cela faisait un bail que je ne l'avais pas revu. Il m'a appelée à l'improviste, pour m'informer qu'il était revenu dans le pays…

— Et voulait vous revoir ?

— Ça ne s'était pas bien passé pour lui, à l'étranger, et il voulait prendre un nouveau départ. Il avait créé une société de consulting environnemental et entendu parler de l'opération Bullet. (Lavinia se moucha.) Il tenait à nous aider, car il ne voulait pas que Honeychurch subisse le même sort que Thornton Park.

— Sauf que Thornton Park est devenu une maison de retraite, objecta ma mère.

— Oh, c'est vrai. (Lavinia marqua une pause, sans doute le temps de tirer une nouvelle bouffée sur sa cigarette.) Benedict m'a demandé si j'étais heureuse… et naturellement, je suis heureuse, mais Rupert n'est pas la personne la plus facile à vivre.

— Et puis, il a un peu eu les yeux baladeurs, ajouta ma mère avec son tact habituel.

— Euh… oui, il y a ça aussi, soupira Lavinia. Je n'aurais jamais dû accepter de revoir Benedict.

— Vous avez eu une aventure.

— Non ! (Lavinia paraissait choquée.) Jamais de la vie.

— On n'est pas obligés d'avoir des relations intimes pour parler d'aventure, nuança ma mère. Parfois, un lien mental, une rencontre des esprits, un amour des mêmes choses s'avèrent bien plus dangereux qu'une galipette dans le foin.

J'entendis un nouveau bruit de déglutition pour le moins étrange.

— Benedict m'a confié qu'en me revoyant, il avait eu l'impression que quelqu'un lui avait pris son cœur pour le serrer si fort qu'il n'arrivait plus à respirer. Il a dit aussi – et c'était terriblement embarrassant – que la tête s'était mise à lui tourner, parce qu'il avait oublié à quel point j'étais belle. Ou quelque chose comme ça. Il pensait avoir tourné la page me concernant, mais s'était rendu compte que non. Il a déclaré qu'il ne pouvait vivre sans moi.

— C'est adorable, constata ma mère. Ça vous embêterait de répéter ça, s'il vous plaît, ma chère ? Mais lentement.

Lavinia s'exécuta, et plusieurs fois, en fait. À l'évidence, elle ne se doutait pas que les protestations d'amour de Benedict allaient se retrouver immortalisées sur le papier.

— Je savais que vous comprendriez, conclut-elle.

— Mais je ne vois toujours pas comment il pourrait vous tenir en son pouvoir ? Rupert est-il jaloux ? Violent ?

Je commençai à me poser la même question.

— À votre avis ?

— Pensez-vous que monsieur le comte puisse avoir fait du mal à Benedict d'une manière ou d'une autre ? reprit ma mère. Peut-être qu'il a découvert le pot aux roses ?

— Non, impossible. Je suis ca-té-go-rique : il ignore tout. Nous avons été terriblement prudents. Et en plus, Rupert se trouve à Londres. Non… (Elle poussa un profond soupir.) Et si Benedict avait fait une bêtise ?

— Comme quoi ?

— Eh bien, il a menacé de se tuer…

— De se tuer ? s'exclama ma mère.

— Oui ! Il a déjà tenté de le faire. Quand j'ai quitté Pemba…

— Comment ? Réfléchissez bien. En avalant des cachets ? En buvant ? En se tirant un coup de pistolet dans la tête ? En se jetant dans un marécage ?

— Je ne peux pas… Je ne veux pas…

— Parce qu'il est étrange que vous ayez évoqué le suicide, reprit ma mère. On a trouvé une paire de chaussures sur les lieux.

— Maman ! criai-je à pleins poumons en m'extirpant du débarras.

— Connaîtriez-vous par hasard la pointure de votre…

— Ne fais pas ça ! Arrête ! hurlai-je.

Je déboulai dans la cuisine pour découvrir ma mère en train de déballer le paquet sur la table. J'étais intervenue trop tard.

24

— Mister Chips a déniché cette chaussure dans le Bourbier de la mort, expliqua ma mère.

— Maman ! protestai-je de nouveau. Ne fais pas ça, je t'en prie.

Les yeux écarquillés, Lavinia bondit sur ses pieds. Elle agitait les mains en tous sens, horrifiée.

— Oh ! Oh !

— Nous n'avons pas réussi à attraper l'autre chaussure et…

Lavinia s'effondra au sol, évanouie.

— Nom d'une pipe ! Et elle n'a même pas regardé la chaussure. (Ma mère avait l'air abasourdie.) Tu nous espionnais ?

Nous aidâmes Lavinia à se relever et l'installâmes sur une chaise de la cuisine. Puis ma mère lui maintint la tête en bas, entre les genoux, jusqu'à ce qu'elle commence à résister. Après quoi, elle lui tendit la flasque qu'elle avait prise dans le buffet de chêne.

— Buvez, ma chère. L'eau-de-vie de cerise de madame Cropper vous fera du bien.

Lavinia en avala une grande gorgée.

— Benedict est mort, c'est ça ? murmura-t-elle. Il s'est jeté dans le Bourbier de la mort parce qu'il m'aimait. Il s'est noyé… parce qu'il m'aimait.

Lavinia se plaqua une main sur la bouche et ravala un gémissement.

— On n'en est pas sûres, fis-je en jetant un coup d'œil à ma mère. Pour commencer, il y a peu de chances que Benedict ait retiré ses chaussures…

— Bien sûr que si, répliqua ma mère sans ménagement. C'était un moyen d'indiquer à Lavinia qu'elle l'avait poussé au suicide. Il s'est arrangé pour qu'elle découvre ses chaussures.

Lavinia poussa un autre cri de consternation.

— Mon Dieu ! Je dois éviter le scandale. Il ne faut pas qu'Edith en ait vent. Ni Rupert, d'ailleurs ! Si jamais il le découvre, il demandera le divorce.

— Inutile de paniquer pour le moment, lui intimai-je calmement. Vous avez parlé à Benedict hier, c'est bien ça ?

Lavinia hocha la tête.

— Nous nous appelons sans cesse… dès que nous sommes debout, le matin, et chaque soir, mais… (Elle essuya une larme.) Je n'ai plus reçu de ses nouvelles depuis hier, à 12 h 45.

— Où Benedict est-il descendu ? demandai-je.

— À Dartmouth, au Dart Marina Hotel, répondit Lavinia.

— Vous leur avez téléphoné ?

— Non, bien sûr que non. Nous étions terriblement discrets.

— Le bottin est dans le tiroir, Kat, m'indiqua ma mère.

Je composai le numéro de l'hôtel et parlai avec une réceptionniste qui se présenta sous le prénom de Mary.

— Êtes-vous de la famille ? demanda-t-elle en réponse à ma question.

— Une amie proche, mentis-je. C'est très important.

— Nous ne pouvons vous donner cette information par téléphone, il s'agit de la politique de l'hôtel.

— Vous pourriez peut-être simplement me mettre en relation avec la chambre de Benedict ? (Je décidai d'y aller à l'esbroufe.) C'est Kat Stanford à l'appareil.

Il y eut une courte pause.

— Kat Stanford ? Pas la Kat Stanford de *Fakes & Treasures* quand même ?

— Si, c'est moi.

J'entendis un petit couinement d'excitation à l'autre bout de la ligne.

— J'adore *Fakes & Treasures* ! C'est mon émission préférée. J'ai entendu dire que vous viviez dans le Devon. Que vous organisiez la réunion de protestation contre la ligne de train ou quelque chose du genre. L'ex de l'amie de ma cousine était au pub, l'autre soir, il m'a tout raconté.

J'étouffai un grognement.

— Oui, c'est à peu près ça.

Mary et moi eûmes un petit échange jusqu'à ce que ma mère vienne m'imposer son visage mécontent. J'obtins finalement la réponse dont j'avais besoin et mis fin à l'appel.

— Benedict a rendu sa chambre hier après-midi.

— Je le savais ! s'exclama Lavinia en attrapant la flasque des mains de ma mère pour en boire une nouvelle rasade. Parti. Il a foncé dans le Bourbier de la mort.

— Quelque chose a dû lui flanquer la frousse, marmonna ma mère.

— Alfred ne nous a-t-il pas dit que Benedict était venu ici, hier après-midi ? me rappelai-je.

— Si, c'est vrai, acquiesça ma mère. Mon frère l'a appelé Benedict Snoop. Il était à la recherche de son téléphone, pendant que nous nous trouvions à la vente aux enchères.

— Oh ! s'exclama Lavinia dont le visage s'illumina. C'est peut-être pour ça qu'il n'a pas appelé, alors. Il a perdu son téléphone.

— Flûte ! J'ai oublié de poser une autre question à la réceptionniste.

Susan Ogwell avait indiqué que Valentin était descendu dans le même hôtel. Je rappelai donc, mais cette fois, je tombai sur un homme répondant au prénom de Lester.

— Pourriez-vous me dire si Valentin Prince-Avery a séjourné dans votre hôtel, la semaine dernière ?

— Je suis désolée, mais je ne peux vous communiquer cette information, madame. C'est la politique de l'hôtel.

— Est-ce que Mary est là ? demandai-je.

— Non, elle est en pause.

— C'est Kat Stanford à l'appareil, de *Fakes & Treasures*, dis-je du ton le plus chaleureux possible. Je vous demande juste une minuscule faveur, Lester. Vous n'avez qu'à répondre par oui ou par non.

— Peu m'importe que vous soyez la reine d'Angleterre, rétorqua Lester. Je suis le directeur de cet établissement et telle est notre politique. Nous pourrions avoir des ennuis si…

— Ne vous inquiétez pas, me hâtai-je de le couper. Je comprends parfaitement. (Je raccrochai.) Comme c'est agaçant ! Pourquoi ne peuvent-ils pas répondre à une simple question ?

— Pourquoi tu l'interrogeais à propos de Valentin ? s'enquit ma mère.

— Parce que… non seulement il a séjourné sur l'île de Pemba – oui, je vous ai entendue mentionner cette île, Lavinia –, mais il a également pris une chambre au Dart Marina Hotel, la semaine dernière.

Ma mère poussa un cri de surprise.

— Tu crois qu'ils se connaissent ?

Le visage de Lavinia devint cendreux.

— Qu'est-ce que vous sous-entendez par « ils se connaissent » ? Comment ?

— Je ne sais pas trop, mais la coïncidence est flagrante, répondis-je. Le problème, dans ce cas, c'est pourquoi prétendre être des inconnus l'un pour l'autre ? Ils se sont comportés comme s'ils étaient des étrangers à la réunion de protestation.

J'étais en proie à un malaise croissant dont je ne parvenais tout simplement pas à me débarrasser.

— Si je m'étais trouvée à cette réunion, je les aurais démasqués aussitôt, affirma ma mère.

— Lavinia, il vous est passé par la tête que Benedict et Valentin pourraient se connaître ? demandai-je. Benedict vous a-t-il parlé de lui, à l'occasion ?

— Non, jamais. (Lavinia se mordilla la lèvre.) Non, je dirais même le contraire. Benedict en parlait comme d'un imbécile, d'un gratte-papier et d'un bouffon.

— Benedict vous a-t-il demandé de lui fournir des informations personnelles, quelles qu'elles soient ? ajoutai-je soudain.

— Non, pas vraiment. Il a juste réclamé une liste de tous les noms et adresses des propriétaires fonciers fortunés parmi les copains de Rupert…

— Et leur date de naissance ? intervint ma mère.

— Ah oui, les dates de naissance aussi. Évidemment, je n'en connaissais pas beaucoup, mais… est-ce que j'ai fait quelque chose de mal ?

Ma mère et moi échangeâmes un regard affligé.

— Quoi ? Pourquoi vous me dévisagez comme ça ? demanda Lavinia. Benedict a dit que plus nombreux seront les gens à signer la pétition, meilleures seront nos chances de jouer la carte environnementale.

— Nous avons été menés en bateau, déclara ma mère.

— Oh, mon Dieu, je n'y crois pas, murmura Lavinia. Il n'aurait pas osé !

— Vous feriez mieux de vous faire à cette idée, répliqua ma mère.

— Vol d'identités, lançâmes-nous en chœur, ma mère et moi.

— Quand Rupert s'en apercevra, il va me tuer.

— Ou le tuer, lui, suggéra ma mère d'un air sombre. À moins qu'il ne l'ait déjà fait.

— Ne dites pas une chose pareille ! protesta Lavinia en bondissant de nouveau sur ses pieds. Dieu du ciel ! C'est l'heure exacte ? Je ferais mieux d'y aller. Je dois nourrir les chevaux.

— Si c'est bien Benedict dans ce marécage, la police voudra s'entretenir avec vous, l'avertit ma mère.

— Vous avez promis que vous ne diriez rien, Iris. Vous avez promis !

Sur ces mots, Lavinia se rua hors de la cuisine.

— Qu'est-ce qu'on est censées faire, maintenant ? demanda ma mère.

— Dieu sait que je ne vais pas mentir pour elle, et toi non plus, d'ailleurs. Je me fiche bien des promesses que tu as faites, maman…

— Chut, arrête de parler, j'ai besoin de réfléchir. On pourrait peut-être mettre Alfred sur l'affaire… Non ! Je ne peux pas faire ça. Sinon, ça finira par se savoir, pour mon argent.

— Tu t'es flanquée dans un sacré pétrin.

— C'est entièrement la faute de Lavinia.

— Tout ça pourrait très bien n'être qu'une série de malentendus, tentai-je de la rassurer, même si je n'en croyais pas un mot.

— Bonjour ! La porte d'entrée était ouverte ! lança une voix masculine.

— Oh non ! La police, murmura ma mère, catastrophée. Bon alors maintenant, ne dis rien sur rien… laisse-les juste parler.

La mine grave, Shawn et Roxy pénétrèrent d'un pas lent dans la cuisine.

— L'un d'entre vous souhaiterait-il une tasse de café ? demanda ma mère, joviale.

— Volontiers, répliqua Shawn. Mais jetons tout de suite un œil à cette chaussure.

Ma mère défit le paquet.

— L'autre se trouve à la surface du Bourbier de la mort. On n'a pas réussi à l'atteindre.

— Ce n'est pas une chaussure de fermier, constata Roxy. Ni une Pataugas de randonnée. C'est plutôt un élégant soulier de ville. Du cuir italien, je dirais. Hmm. Le propriétaire de cette chaussure a de grands pieds. C'est du 46.

— C'est ce qui nous avait semblé, confirma ma mère.

— Ça a un petit goût de déjà-vu, par ici, reprit Roxy. Vous vous rappelez la collection de chaussures de Vera ?

— Comment l'oublier ? répliqua ma mère. Elle avait plus de paires que… comment s'appelait-elle, déjà, la femme du dictateur ?

— Imelda Marcos, répondit Roxy.

— À propos de collection de chaussures, intervins-je en repensant aux ventes effectuées par Eric sur eBay, on pourrait peut-être en toucher deux mots à Eric ?

— Je parie qu'il a quelque chose à voir avec cette histoire, confirma ma mère. Vous avez entendu parler de la réunion de protestation de lundi soir ?

— Nous l'avons déjà interrogé. Il arrive dans une minute. Il est juste allé chercher quelques cordes et du matériel pour treuiller.

— Du matériel pour treuiller ? répéta ma mère.

— Dès qu'il arrive, nous filons au Bourbier de la mort.

— Ne me dites pas que vous allez sortir ce corps ! (Ma mère était horrifiée.) Vous n'avez pas des papiers à remplir ou je ne sais quelle autre procédure de police ? Ou des registres de personnes disparues à éplucher ?

— Non, répondit Roxy. C'est tout l'avantage d'être un poste de deuxième importance. « Ne demande pas la permission, implore le pardon… » C'est ce que ton père avait coutume de répéter, hein, Shawn ?

Je croisai le regard de ma mère. Nous savions l'une et l'autre que le père de Shawn, Robert Cropper, autrefois chef de la police, avait fermé les yeux plus souvent qu'à son tour, à commencer lors de la fraude aux assurances des Honeychurch. Un coup sec fut frappé à la porte arrière de la cuisine. J'ouvris pour découvrir Eric sur le seuil, protégé de la tête aux pieds par des cuissardes et des vêtements en toile imperméable. On l'aurait dit sur le point de participer à l'émission *Péril en haute mer.*

— Shawn dit que quelqu'un est tombé dans le Bourbier de la mort, lâcha-t-il. J'ai pris deux caillebotis, des cordes et des pelles. Le tracteur est là-bas derrière.

— Parfait, décréta Shawn. Je fais un saut à la voiture pour récupérer mes vêtements imperméables, moi aussi. Je vous retrouve dehors dans cinq minutes. Nous couperons par les champs. Roxy, prends la chaussure. On en aura peut-être besoin en guise de preuve. On te rejoint à Bridge Cottage. Clive devrait être arrivé avec Fluffy maintenant.

— Et nous, qu'est-ce qu'on fait ? intervint ma mère. Après tout, c'est nous qui avons vu la main en premier. Voulez-vous que je vous montre où elle se trouve ?

— Je pense qu'ils savent déjà, maman.

— Non. Vous deux, vous restez là, loin des ennuis.

Shawn s'approcha de l'évier où il rinça sa tasse de café.

— Merci, dit ma mère. On vous a bien élevé.

— Avez-vous retrouvé votre argent, Iris ? s'enquit-il.

— Mon argent ?

— Kat m'a dit qu'on vous avait volé cinq mille livres.

Ma mère me lança un regard mauvais.

— Je ne vois pas de quoi vous parlez.

— Elle ne vous a pas raconté que Mister Chips s'était enfui avec votre argent ?

— Mister Chips ? Le chien ? (Elle partit d'un rire un peu trop fort.) Amusant. Qu'est-ce qu'il en ferait ? Il a l'intention de s'acheter des os ?

— J'allais te le dire… (Je sentis mon visage s'empourprer.) Mais je n'ai pas eu une minute avec… tu vois… le corps…

— Eh bien, vous serez heureuse d'apprendre que nous avons été en mesure de confirmer que le sachet de plastique bleu venait bien de la National Bank de Jersey, déclara Shawn.

— Quoi ? s'exclama ma mère. Quel est le rapport entre une banque à Jersey et moi ?

Shawn me lança un regard perplexe. Je sentis ma température montrer d'un cran.

— Je n'ai pas perdu le moindre argent, s'indigna ma mère.

— Je suis vraiment désolée, inspecteur, bredouillai-je. C'était une erreur de ma part.

— Vous avez signalé un vol, répliqua Shawn. Vous avez accusé Patty Gully. La démarche semble particulièrement sans cœur, vu les circonstances, sans même parler du gaspillage du temps de la police.

— Oui, et je vous ai dit que j'étais désolée.

— Pas bien étonnant que cette pauvre Patty ait déposé plainte pour harcèlement.

— Inspecteur, vous avez sûrement des sources d'inquiétude bien plus importantes que ce malentendu sans intérêt, intervint ma mère. À moins que vous ne vous souciiez déjà plus du cadavre dans le Bourbier de la mort ?

Shawn piqua un fard sous l'effet de la gêne et, sur un hochement de tête, quitta la cuisine.

Ma mère se tourna vers moi, blême.

— Comment as-tu pu aller trouver les flics ?

— Et comment pouvais-je savoir ? répliquai-je, sur la défensive. De toute façon, tu m'avais dit que l'argent de ta valise était parfaitement légal.

— L'argent de ma valise ? hoqueta ma mère. L'argent de ma valise ? Comment es-tu courant de l'argent de ma valise ?

— Je ne le suis pas, m'empressai-je de répondre. J'ai juste sorti ça au hasard.

— Tu es allée sous les combles et tu as jeté un œil dans ma valise ?

Ma mère était si furieuse qu'elle me parut à deux doigts d'exploser.

— Non, jamais de la vie ! balbutiai-je. J'ai dit ça parce que… parce que… eh bien, même si tu as perdu cinq mille livres…

— C'est toi qui les as perdues…

— Nous les avons perdues, soit, concédai-je. Eh bien même, tu as encore été capable de payer cinq autres milliers de livres à Benedict, donc je me suis dit : « Si elle a encore cinq mille… »

— Tu es nulle comme menteuse, Katherine. Et Patty, qu'est-ce qu'elle vient faire dans cette histoire ? C'est quoi, ce harcèlement dont Shawn a parlé ?

— OK, OK, admis-je de guerre lasse. J'ai trouvé le sachet bleu vide dans un sac-poubelle noir devant la porte d'entrée de Patty.

— Tu as bien dit : « vide » ?

— Oui. L'argent avait disparu.

— Et tu l'as interrogée ?

— Elle a nié, répondis-je. Pour tout te dire, elle est même devenue hargneuse à la fin. Elle a porté plainte contre moi chez les flics.

— Donc elle a toujours mon argent, fit ma mère avant de réfléchir quelques secondes. Puisque c'est comme ça, va chercher ton manteau.

— Où va-t-on ?

— Parler à Patty.

— Je t'ai dit que c'était une perte de temps.

— Et pendant qu'on y sera, on fera un rapide détour par Hopton's Crest, ajouta ma mère d'un air grave.

— Pour quoi faire ?

— Tu ne veux pas savoir qui s'est noyé dans le Bourbier de la mort ?

— Non, pas le moins du monde.

À dire vrai, cette simple pensée me donnait la nausée.

— Comme tu voudras, lâcha ma mère. Je vais chercher mon manteau.

25

Vingt minutes plus tard, nous étions de retour au portillon à cinq barreaux de Hopton's Crest où, pas plus tard que la nuit dernière, Angela avait été récupérée par l'ambulance. Les dernières vingt-quatre heures me paraissaient avoir été les plus longues de toute ma vie et à présent, avec la révélation que Benedict et Valentin pouvaient fort bien avoir été liés, et je pressentais que les vingt-quatre suivantes allaient être encore plus longues. Quand mon père m'avait fait promettre de m'occuper de ma mère, je n'aurais jamais deviné que « la tenir loin des ennuis » était à prendre au sens littéral.

— Maman, c'est macabre, protestai-je. Tu veux vraiment aller voir ça ?

— Je ne vais pas regarder, mais toi, si. (Elle me tendit une paire de jumelles.) Tu as déjà vu un cadavre, alors que moi, jamais.

— Certes, mais je ne classerais pas ça au rang de mes passions, répliquai-je.

— Je t'en prie, ma chérie. Pour moi…

— OK.

Nous sortîmes toutes deux de la Mini et nous penchâmes par-dessus le portillon. Prenant mon courage à deux mains, je levai les jumelles. Heureusement, la vue n'était pas aussi bonne que ma mère l'avait espéré. Le Bourbier de la mort s'avérait partiellement masqué par les arbres du boqueteau du Cavalier, mais nous entendions un moteur diesel rugir au loin.

— C'est le tracteur d'Eric ?

— Je ne peux pas te l'affirmer, pour le moment.

Je fis le point avec les jumelles et scrutai le paysage à travers les arbres. Quelle que soit l'activité en cours là-bas, elle était hors de mon champ de vision.

— C'est curieux.

Je zoomai sur une portion de broussailles particulièrement touffues où j'avisai un éclat de rouge sur fond noir. Non, je ne m'étais pas trompée. C'était le bout d'une des pancartes de Valentin. Je distinguai même le message : « Croisement avec la HS3 à partir d'ici. »

— Valentin doit en avoir laissé une derrière lui, constatai-je. Pourquoi a-t-il placé toutes les autres dans sa voiture pour en laisser une dans les broussailles ?

— Les pancartes ? De quoi tu parles ?

— Tu te rappelles que je t'ai parlé de l'agence de location de voitures Ogwell ? Les employées auraient trouvé une pile de pancartes cassées dans son SUV.

Le tracteur fit entendre le cliquetis d'un moteur qui se coupait, ne laissant plus subsister qu'un silence inquiétant. Quelqu'un cria :

— Tenez bon ! On l'a !

Ma mère se cramponna à mon bras.

— Ils l'ont sorti !

Mon cœur tambourina dans ma poitrine quand je vis l'inspecteur Clive Banks entrer dans mon cadre, suivi d'un berger allemand.

— Qui est-ce ? demanda ma mère.

— Clive. Fluffy a trouvé quelque chose.

— Passe-les-moi. (Elle m'arracha les jumelles des mains et les régla.) Tu ne trouves pas qu'il ressemble au capitaine Haddock avec cette barbe noire ?

Le tracteur se remit en route et Eric, chevauchant son Massey Ferguson, entra sur un grondement dans mon champ de vision. Je n'avais pas besoin de jumelles pour voir qu'une corde était attachée d'un côté à un essieu et de l'autre à une masse noire que l'on tirait lentement sur l'herbe.

— Oh, mon Dieu, Katherine, est-ce que c'est… ?

Eric coupa le moteur et sauta au bas de son engin. Il se dirigea vers ce qui était fort probablement un cadavre couvert de boue. Shawn, lui aussi dans des vêtements imperméables et des cuissardes, s'approcha.

— J'ai envie de vomir, chuchotai-je. Rentrons, s'il te plaît.

Toute la scène était bien plus horrible que ce que j'aurais pu imaginer.

Ma mère abaissa les jumelles.

— Je me demande de qui il s'agit. Valentin ou Benedict ?

— Ou ni l'un ni l'autre. (Je parvins à esquisser un faible sourire.) Prions pour qu'il s'agisse d'un vieux soldat des Têtes-Rondes.

Nous reprîmes la voiture en silence. Au pied de la colline, nous croisâmes Clive en train de faire remonter Fluffy dans le compartiment pour chien de son véhicule.

Ma mère s'arrêta et ouvrit la fenêtre.

— Vous avez trouvé un corps, n'est-ce pas ?

— Sans commentaire, répondit Clive.

— Nous vous avons vus, insista ma mère. Et nous pensons savoir de qui il s'agit.

— Nous savons déjà qui c'est, répliqua le policier. Il avait son portefeuille et son permis de conduire sur lui.

— Ça élimine un Tête-Ronde, marmonnai-je.

— Ne répondez que par oui ou par non, suggéra ma mère. S'agit-il de Benedict Scroope ?

Clive semblait étonné.

— J'ai bien peur de n'être pas libre de parler jusqu'à ce que nous ayons informé la famille de la victime.

— S'agit-il de Valentin Prince-Avery ?

— Sans commentaire.

— Au moins, dites-nous s'il portait des chaussures, s'obstina ma mère.

— Des chaussures ? répéta Clive en fronçant les sourcils. Pourquoi ?

— S'il ne portait pas de chaussures, alors c'est Benedict Scroope, expliqua ma mère.

Clive plissa les yeux.

— Pourquoi ?

— Eh bien, Lavinia…

— Madame la comtesse est impliquée ? (Clive parut sous le choc.) Comment le savez-vous ?

— Nous n'en savons rien, répondis-je. Nous ne savons rien du tout, n'est-ce pas, maman ?

— Je suis certain que vous aurez tout le temps d'exposer vos théories à l'inspecteur principal Cropper. Je crois qu'il a un certain nombre de questions à vous poser, mademoiselle Stanford.

— À me poser à moi ? m'exclamai-je. Pourquoi ?

— Attendez… Vous avez dit « victime » ? intervint ma mère. Vous pensez qu'il y a quelque chose de suspect ?

Clive verrouilla la porte arrière de sa fourgonnette.

— Nous en saurons plus quand le médecin légiste sera arrivé.

— Le médecin légiste ! s'exclama ma mère. S'il vous plaît, Clive, dites-nous. Nous serons des tombes. Nous ne répéterons rien à Shawn.

Clive garda le silence. Il s'assit sur le siège conducteur, claqua sa portière et démarra.

— Qu'est-ce qui se passe ? demanda Patty qui sortit sans bruit des buissons.

Pour une fois, le rictus qui déformait d'ordinaire son visage était remplacé par une anxiété aiguë.

— Qu'est-ce qui s'est passé ? Que fait la police par ici ?

— Ils ont trouvé un cadavre, répondit froidement ma mère à une Patty qui devint livide.

— Qu'est-ce que vous voulez dire ? Un cadavre ? Où ça ?

— Dans le Bourbier de la mort, répondit ma mère, avant

de réfléchir quelques instants. Votre cottage offre une vue parfaite. Peut-être que vous avez aperçu quelque chose, la nuit dernière.

— Non, répondit Patty en secouant la tête avec véhémence. Pourquoi ? Pourquoi est-ce que j'aurais vu quoi que ce soit ?

— Et vous n'avez rien entendu non plus ? insista ma mère. Des appels au secours ?

— Non, rien. Rien du tout.

Patty secoua de nouveau la tête avant de se mettre à reculer.

— Pour tout vous dire, nous voulions avoir une petite conversation avec vous, reprit ma mère. N'est-ce pas, Katherine ?

— Maman ! Peut-être que ce n'est pas le bon jour, après tout.

— Je sais rien, répéta Patty. J'ai rien vu. Ma mère est à la morgue. Pourquoi vous faites ça ? Qu'est-ce qui tourne pas rond chez vous, bon sang ? Vous avez donc aucun respect ?

Sur quoi, elle tourna les talons et s'enfonça dans le sous-bois. J'étais mortifiée.

— Elle a mon argent, j'en suis sûre, marmonna ma mère. Et je parie qu'elle a vu quelque chose. Les flux d'air nocturne portent mieux les voix.

— Je pense que nous devrions le dire à Shawn, déclarai-je. Et laisser la police s'en charger.

— Se charger de mon argent ? Il faudra passer sur mon cadavre. Si quelqu'un doit être impliqué là-dedans, ce sera Alfred.

— Mais je pensais que tu voulais laisser Alfred en dehors du coup ?

Ma mère poussa un grognement assez peu féminin pour manifester son agacement.

— Je ne veux plus parler de ça.

— Bon sang, ce que tu peux être prévisible ! râlai-je.

Au moment où nous entrâmes dans la cour du Logis du palefrenier, ma mère poussa un cri de surprise. La Range Rover noire de Rupert était garée dans la cour de devant.

— Qu'est-ce que Rupert peut bien fabriquer ici ? s'exclama-t-elle.

— Tu vois, il ne s'est pas enfui avec une autre femme.

— Tu ne crois pas..., commença-t-elle avant de s'interrompre sur un hoquet. Il est coupable. C'est lui qui a fait le coup.

Nous trouvâmes Rupert et Lavinia qui nous attendaient dans la cuisine.

Le dos appuyé contre le poêle Rayburn, Rupert avait l'air furieux. Lavinia se tenait voûtée sur une chaise, la tête baissée. Elle ne leva même pas les yeux quand nous entrâmes.

— Monsieur le comte, Lavinia... Je voulais dire : madame..., commença ma mère, nerveuse. Puis-je vous offrir quelque chose ? Une tasse de thé ou de café ?

— Non, merci. Nous ne serons pas longs, répondit sèchement Rupert. Je voulais juste vous informer qu'il n'existe aucun projet d'extension de la ligne de chemin de fer dans cette région.

Lavinia poussa un gémissement et releva la tête, juste assez pour que nous voyions ses joues baignées de larmes.

— Je suis tellement désolée.

— Qu'est-ce que vous êtes en train de nous dire ?

— Qu'il n'existe aucune opération Bullet, répondit Rupert.

Le visage de ma mère se décomposa.

— Nous avions donc vu juste.

— C'est terrible ! m'exclamai-je en commençant à assimiler toutes les implications de cette ambitieuse arnaque. Comment avez-vous découvert le fin mot de l'histoire ?

— Je me suis rendu à Londres cette semaine, pour parler avec des représentants de l'Association de protection de l'héritage et des champs de bataille anglais, expliqua Rupert. Lavinia ? Tu aimerais peut-être leur expliquer ?

Elle obtempéra, la mine piteuse.

— Apparemment, jamais on n'autorisera le passage d'une ligne aussi loin vers le sud.

— Ce que Lavinia essaie de vous dire, c'est que les champs de la région sont d'une importance historique fondamentale, surtout le tunnel creusé sous les Cromwell Meadows, reprit Rupert. Par-dessus le marché, on a la preuve qu'il y avait là un fortin romain, dont les fouilles sont prévues pour l'été prochain.

Ma mère ouvrit la bouche, puis la referma.

— Je ne sais pas quelles sommes vous avez données l'une et l'autre à cette canaille de Scroope, mais je le découvrirai. Lavinia présentera ses excuses à tout le monde au village et remboursera chaque contributeur, au cas où nous ne pourrions récupérer l'argent versé. Le fripon a disparu.

— Je suis tellement désolée, répéta Lavinia.

— J'ai laissé un message sur le portable de Shawn. Il va de soi que nous voulons éviter que la nouvelle s'ébruite. Nous ne pouvons nous permettre un scandale. (Rupert regarda Lavinia avec une répugnance non feinte.) J'avais pourtant dit à ma femme de ne pas se mêler d'affaires qu'elle ne comprenait pas. Je suppose que c'est vous, Iris, qui l'avez persuadée du contraire ?

Je vis Lavinia jeter à ma mère un regard d'atroce souffrance.

— Je vais vous dire pourquoi nous avons agi comme nous l'avons fait, répliqua ma mère d'un air de défi. Quand nous avons entendu parler de l'opération Bullet, nous… c'est-à-dire moi, je savais que vous ne teniez guère à sauver Honeychurch de la démolition.

— Je vois, dit Rupert, un froid glacial dans la voix.

— Nous l'avons fait pour la comtesse douairière, reprit ma mère. Nous ne voulions pas qu'elle passe les années qui lui restent à vivre dans le souci de ce qui allait arriver à sa demeure bien-aimée.

— Ma mère était au courant de cette histoire de chemin de fer depuis le début, répliqua Rupert.

— Lady Edith était au courant ? s'étonna ma mère d'une voix faible.

Je te l'avais dit.

— C'est ma mère qui a suggéré que j'aille d'abord à Londres, poursuivit Rupert. Si vous aviez suivi toutes les deux la consigne que je vous avais spécifiquement donnée – à savoir ne vous mêler de rien –, on ne se retrouverait pas dans une situation aussi embarrassante !

— Je suis terriblement désolée, marmonna Lavinia pour la centième fois.

— Vous ne pouvez blâmer Lavinia, monsieur, protesta ma mère.

— Mais ce n'est pas le cas. C'est vous que je blâme.

— Quoi ? hoqueta ma mère. Si vous nous aviez mises au courant de votre démarche… Si vous aviez songé à en parler à votre épouse…

— Ce que je n'arrive pas à comprendre, c'est comment vous avez pu vous laisser berner aussi facilement. Il ne vous est pas venu à l'esprit de vérifier les références de Scroope ?

— Benedict s'est montré très convaincant, fis-je, intervenant pour la première fois. Il connaissait un nombre impressionnant de statistiques et revendiquait des tas de succès dans d'autres régions du pays. C'était un écologiste et ses suggestions étaient sensées. Nous l'avons tous cru.

— Eh bien, vous êtes tous des idiots ! s'exclama Rupert.

— Et qu'en est-il d'Eric ? demanda ma mère. Il a joué le rôle de meneur, dans l'histoire.

— Maman, il était tout aussi dupe que nous autres, répliquai-je. Benedict avait même un site web, Rupert. Qui avait l'air tout ce qu'il y a de plus professionnel.

— Et ces histoires de pancartes qui annonçaient : « Croisement avec la HS3 à partir d'ici » ? insista ma mère. Elles étaient plantées dans un champ. Nous ne sommes pas stupides à ce point ! Nous n'y aurions pas cru si elles n'avaient pas été authentiques.

Si j'avais eu besoin de preuves supplémentaires que Benedict et Valentin étaient de connivence, les pancartes me les auraient fournies. Les deux hommes avaient dû programmer leur arnaque depuis le tout début. Ils avaient joué au bon flic et au mauvais flic, Valentin effrayant tout le monde avec ses histoires d'entrepôts de matériel roulant et de foyers qui n'auraient droit à aucune indemnité, tandis que Benedict proposait la solution idéale, contre honoraires. Le duo avait compté sur le désespoir de gens incapables de supporter la perspective de perdre leur maison. C'était une entreprise méprisable.

David avait raison depuis le début. Valentin était un escroc.

— Avez-vous seulement essayé de réfléchir à l'endroit où Scroope avait pu dégoter toutes ces informations ? s'emporta Rupert.

Les yeux de Lavinia s'emplirent de nouvelles larmes.

— Nous lui faisions confiance.

— Mais enfin, bon sang, pourquoi Scroope a-t-il songé à venir ici, pour commencer ? demanda Rupert en nous scrutant toutes les trois. Pourquoi nous ? Pourquoi ici ?

Je remarquai le regard terrifié de Lavinia.

— Je n'en ai aucune idée, Rupert, dit-elle.

— Et moi pas davantage, renchérit doucement ma mère.

— Ni moi, mentis-je.

Les yeux de Rupert devinrent deux fentes. Je voyais bien qu'il ne nous croyait pas.

— Je vais creuser cette histoire. Personne – je dis bien : « personne » – ne roule mon épouse dans la farine. Et quand j'aurai mis la main sur ce mufle, il regrettera d'être né.

Lavinia se remit à pleurer. Rupert tira de la poche de sa veste un mouchoir de lin brodé à son monogramme et le lui tendit.

— Bonté divine, Lav, lâcha-t-il rudement tout en lui tapotant l'épaule. Ressaisis-toi. Cesse de te conduire en dépit du bon sens. Ce n'est pas la fin du monde.

Je devinai qu'il s'agissait là de ce qui se rapprochait le plus d'une marque d'affection publique pour Rupert.

Shawn et Roxy déboulèrent dans la cuisine. Même s'ils avaient revêtu leurs habits civils, l'odeur de la tourbière entra avec eux.

Shawn adressa un signe de la tête à Rupert et Lavinia.

— Je me disais bien que j'avais reconnu votre voiture.

— Parfait. Vous avez eu mon message ? demanda Rupert.

— Oui, nous avons aussitôt contacté Scotland Yard.

— Nous devons rattraper au plus vite cette canaille de Scroope, s'emporta Rupert. Ce salopard a humilié ma femme et escroqué tout le village.

— Nous avons déjà alerté les gares, ports et aéroports, l'informa Shawn.

— À moins qu'il ne s'agisse de son cadavre dans le Bourbier de la mort, intervint ma mère.

— De quoi elle parle encore ? voulut savoir Rupert.

— Oh, mon Dieu, gémit Lavinia.

— Non, répondit Shawn. Il ne s'agit pas de Benedict Scroope. Je suis désolé de vous annoncer que le nom du défunt est Valentin Prince-Avery.

— C'est bien ce que je craignais, chuchotai-je.

— Je suis désolé, me dit doucement Shawn. Je sais que vous étiez proches.

Je voulus protester, mais Rupert se mit à vociférer :

— Qui est ce Valentin Prince-Avery, nom d'un chien ?

— Le gars de la réunion de protestation de lundi soir, répondit Roxy d'un air sombre. Je sais qu'on ne doit pas dire du mal des morts, mais dans le cas présent, ce salopard l'a bien mérité.

— Quelle horrible façon de mourir, gémit ma mère. Oui,

affreuse. Alfred a eu une vision ! Tu te rappelles quand il a touché la canne avant de dire qu'il se noyait ?

Je m'en souvenais, en effet. C'était terrifiant.

— Est-ce que quelqu'un pourrait m'expliquer ce qui se passe ? redemanda Rupert.

— Je vais vous le dire, ce qui se passe, répondit Roxy. Valentin Prince-Avery a été assassiné.

26

— Assassiné ? s'exclama Rupert. Vous êtes sûr ?

— Pour autant que nous le sachions, monsieur Prince-Avery a reçu un coup à la tête, répondit Shawn.

— Celui qui a fait ça a jeté son corps dans la tourbière en se disant sans doute qu'il allait filer droit au fond, poursuivit Roxy. Bien entendu, les gars de la scientifique devraient finir par nous en dire plus. Comme d'habitude, ils sont débordés.

— Je crois que je vais m'évanouir, lâcha Lavinia. Il faut que j'aille m'allonger.

— Devons-nous rester ici ? s'enquit Rupert. Nous ne connaissions pas ce Prince-Avery, ni ma femme, ni moi.

— À la lumière des nouvelles révélations concernant cette soi-disant arnaque, répliqua Shawn fermement, je préférerais que vous restiez, monsieur.

— Vous ne pensez tout de même pas que l'un d'entre nous a quelque chose à voir avec ça ? insista Rupert.

— Êtes-vous vraiment catégorique sur le fait qu'ils aient monté une arnaque ? demanda Lavinia, d'une voix pleine de désespoir. Il me semble que cela a été bien du tracas pour une somme d'argent aussi dérisoire.

— Dérisoire ? s'étonna Roxy. J'ai craché deux cents livres !

— Il ne s'agit que de la partie émergée de l'iceberg, madame, répondit Shawn. Il n'y a pas que l'argent. Ces escrocs ont pu mettre la main sur des informations personnelles autorisant toutes sortes de méfaits – le vol d'identité n'en étant qu'un parmi tant d'autres.

— Scotland Yard est déjà en train de chercher à savoir s'ils ont perpétré le même genre de délits dans d'autres régions du pays, intervint Roxy, avant d'ajouter un respectueux « madame ».

— Espérons que oui, lâcha Rupert. Comme ça, vous aurez l'air moins crédules et idiots, tous autant que vous êtes.

— Quand Doreen va apprendre la nouvelle, elle sera dévastée, reprit Roxy. Comme tout le monde, d'ailleurs. Ce n'est pas juste ! Comment tout ceci a-t-il pu se produire ?

— Je suis désolée, chuchota Lavinia. Tellement désolée !

— L'existence d'un site web laisse supposer qu'il s'agit d'une organisation bien plus importante, commettant des vols d'identité, ajouta Shawn. Nous allons faire intervenir Interpol.

— À une époque, Valentin et Benedict se sont trouvés ensemble en Afrique, déclarai-je.

— Je te l'avais dit : ne jamais faire confiance à un homme qui a une petite tête et un bronzage orangé, me souffla ma mère.

— Les pays du tiers-monde sont réputés pour pirater des adresses email qu'ils revendent ensuite à des organisations scélérates, expliqua Shawn. Soyez assurés que nous savons ce que nous faisons.

Je devais bien le reconnaître : j'étais impressionnée. J'avais toujours considéré Shawn comme un plouc, avec ses cheveux ébouriffés et ses manières à la Columbo.

— Oui, mademoiselle Stanford, répondit Shawn en me fixant du regard, on dirait bien que même Little Dipperton s'est retrouvé pris dans la cyberguerre.

— Mais nous n'avons même pas Internet au manoir, protesta Lavinia. Edith refuse de seulement en envisager l'idée.

— Et je suis bien d'accord avec elle, marmonna ma mère. Ça n'apporte que des ennuis.

— Les gens se font tuer pour quatre raisons, reprit Shawn, avant d'énumérer : Ils détiennent quelque chose qui appartient au tueur, ils ont entendu quelque chose qu'ils n'auraient pas dû, ils savent quelque chose ou ils ont dit quelque chose.

— On ne devrait pas se demander qui tire profit de la mort de Valentin ? demandai-je.

— Kat a raison, intervint ma mère. Peut-être que Benedict Scroope voulait tout le butin pour lui seul et qu'il a zigouillé Valentin ?

— Lundi soir, il y avait des tas de gens au pub, qui auraient bien aimé faire la peau à Prince-Avery, objecta Roxy. Mais à mon avis, c'est Scroope qui détient la clef de l'histoire.

— Ce sont plutôt les chaussures qui la détiennent, cette clef, répliqua ma mère.

— Les chaussures ? s'étonna Rupert.

— Nous avons pris la seconde. Elles appartiennent bien à la même paire. (Shawn prit une profonde inspiration.) Je crains fort de devoir vous interroger à ce sujet, monsieur.

Il adressa un signe de tête à Roxy, qui sortit un sac en plastique de nulle part. L'air grave, elle le posa sur la table.

Ma mère me chuchota à l'oreille :

— On va avoir droit à une nouvelle démonstration de Shawn.

— Est-ce que ces chaussures vous disent quelque chose, monsieur ? demanda-t-il.

Rupert grimaça.

— Bonté divine, bien sûr que non. Pourquoi ?

— On les a trouvées dans le champ, expliqua Roxy. L'une d'elles était enfouie dans un terrier de putois…

— C'est Mister Chips qui l'a dénichée, déclara ma mère.

— L'autre se trouvait tout près de l'endroit où l'on a repêché le corps de la victime, à la surface de la tourbière à proprement parler, enchaîna Roxy. À l'évidence, le tueur l'a abandonnée derrière lui.

— Quelle est votre pointure, monsieur ? demanda Shawn.

Sous l'effet de la colère, le visage de Rupert vira au violacé.

— Ça ne vous regarde pas !

— C'est une simple question, répliqua Roxy.

— Et je n'ai pas à y répondre.

— Souhaiteriez-vous la présence d'un avocat ? suggéra la policière avec une pointe de sarcasme.

— Bonté divine, bien sûr que non !

Je coulai un regard à ma mère. Bouche bée, elle les dévisageait tour à tour, sans cacher son ébahissement.

— Répondez à la question, je vous prie, insista Shawn.

— Ma parole devrait vous suffire. D'autant que je n'étais pas dans la région. J'ai emmené Harry au pensionnat lundi soir, puis je me suis rendu à Londres où je suis descendu dans mon club. Dès que j'ai découvert la vérité concernant cette campagne, je suis revenu ici. Plusieurs personnes pourront vous confirmer mes faits et gestes.

— Par pitié, dis-leur ou je m'en charge ! (Lavinia marqua une pause théâtrale puis ajouta :) Rupert chausse du 38.

— Du 38 ! s'étrangla Roxy. Purée, mon petit frère fait du 40 et il n'a que douze ans.

— Rupert a toujours fait un complexe de sa pointure, expliqua Lavinia.

— Lavinia ! siffla Rupert, à l'évidence horrifié par une révélation aussi personnelle.

Entendant ma mère ricaner, je n'osai tourner les yeux vers elle.

— Eh bien, ça vous enlève de la liste des suspects, constata Roxy, en masquant à peine son sourire.

— Et Eric alors ? s'enquit ma mère. Il a de grands pieds, lui.

— Nous nous sommes déjà entretenus avec lui. Il chausse du 44.

— Pouvons-nous y aller à présent ? redemanda Rupert. J'ai des tas de coups de fil à passer pour faire suite à cette débâcle.

— Très bien, acquiesça Shawn. Nous devons savoir où vous trouver, pour le cas où nous aurions besoin de vous poser d'autres questions.

Rupert et Lavinia quittèrent la cuisine et nous nous assîmes tous les quatre autour de la table sur laquelle les chaussures constituaient une décoration sinistre.

— Ça vous dérange si on les déplace ? demanda Shawn.

Roxy les remisa dans leur sac.

— Les escroqueries ont souvent un point de départ personnel, reprit Shawn. Je sais qu'il y a quelque chose que vous ne me dites pas.

— En effet, confirmai-je. Ma mère veut protéger Lavinia, mais c'est ce qui s'est passé. (Je répétai la conversation que j'avais entendue depuis le débarras, en omettant toutefois le soi-disant « lien mental » de Lavinia.) Je pense que madame la comtesse avait d'une certaine façon l'impression de devoir quelque chose à Benedict.

— Ils se connaissaient depuis l'enfance, allégua ma mère, sur la défensive. Elle lui faisait confiance.

— Et naturellement, vu qu'il était un ami de la famille, personne n'allait songer à mettre sa parole en doute, conclut Shawn.

— Tu parles sérieusement ? Elle a un cerveau, cette femme ? s'insurgea Roxy. Elle est d'une crédulité incroyable. Elle croit tout ce qu'on lui raconte.

— Scroope essayait manifestement de lui soutirer des informations sur ses amis fortunés, renchérit Shawn.

J'opinai du chef, avant d'ajouter :

— Valentin m'a posé lui aussi toutes sortes de questions sur l'argent de la famille Honeychurch.

— Pourquoi tu ne m'en as pas parlé ? maugréa ma mère.

— Mademoiselle Stanford, connaissiez-vous bien la

victime ? demanda Shawn. (Nous étions donc revenus à du « Mademoiselle Stanford », ce qui n'augurait rien de bon.) On vous a vue sortir de sa chambre, lundi soir.

— Qui a prétendu qu'il s'agissait de sa chambre ? intervint ma mère, bondissant à mon secours. Cela pouvait très bien être le salon de l'étage.

Shawn parut surpris, mais adressa néanmoins un hochement de tête à Roxy, qui sortit alors un exemplaire du *Daily Post* de mercredi du sac sans fond qu'elle tenait sous la table.

— Vous êtes un peu à la traîne sur ce coup-là, répliqua ma mère. Nous avons déjà vu ce torchon. Vous ne vous êtes pas rendu compte que la chaussure que je vous avais donnée était enveloppée dans la page 3 ?

— « *Kat et le nouvel homme de sa vie* », lut Shawn à voix haute. Ça a dû être embarrassant de découvrir qu'au bout du compte, vous aviez fait la promotion de cette arnaque en acceptant d'en être la porte-parole. Quand ça se saura, cela va entacher votre réputation.

— J'ignorais tout de cette escroquerie jusqu'à il y a une heure, objectai-je. Et si vous voulez savoir, je suis allée parler à Valentin dans sa… suite… des options qui s'offraient à ma mère.

— Et de la vente de Chillingford Court, ajouta celle-ci. Apparemment, il était un peu collectionneur.

— Quand vous êtes venue me trouver au poste de police mercredi, vous m'avez déclaré que vous étiez tombée de cheval…

— Sérieusement ? Vous supposez que je me suis battue avec Valentin ? m'exclamai-je. Vous pouvez vérifier auprès de la comtesse douairière, si vous ne me croyez pas. Elle était là quand j'ai chuté.

Shawn s'empourpra.

— Inutile de vous fâcher. Je ne fais que poser des questions de routine.

— Vous devriez plutôt interroger Patty, s'immisça ma

mère. C'est elle qui a trucidé Valentin. Il a renversé Joyce, alors elle s'est vengée.

— Mademoiselle Gully ne chausse pas du 46 homme, objecta Shawn. Repassons vos emplois du temps, voulez-vous ? Quand avez-vous commencé à suspecter que quelque chose clochait ?

— Mardi, lâchai-je avec lassitude. Je vous l'ai déjà dit, Shawn. Après avoir trouvé la canne de Valentin dans le champ.

— Kat a dit qu'elle était loin du Bourbier de la mort, intervint ma mère.

— Merci, madame Stanford, la réprimanda Shawn. Laissez la police faire son travail.

— Et je pense que cette canne n'est autre que l'arme du crime, ajouta ma mère sans se démonter. Le pommeau à tête de bouledogue avait l'air plutôt affûté. Bon d'accord, nous n'avons pas vu de sang dessus, mais il a plu.

— J'aimerais y jeter un œil, déclara Shawn.

— Vous ne pouvez pas y vaporiser de l'illumination ? insista-t-elle.

— Vous voulez dire du luminol ? Je peux vous assurer que les gars de la scientifique s'en chargeront.

— Ou bien l'arme du crime est l'une de ces pancartes, suggérai-je. Elles pesaient leur poids. Vous êtes allés parler à Ogwell ?

— Oui. En ce moment même, la voiture est soumise à expertise dans notre centre de dépannage automobile.

— Je ne comprends toujours pas pourquoi Valentin a mis les pancartes dans son SUV, enchaîna ma mère. Ou alors vous pensez qu'il a paniqué après avoir renversé la pauvre Joyce ?

— J'ai bien peur de ne pouvoir faire le moindre commentaire pour le moment, répondit pompeusement Shawn. Que pouvez-vous nous dire d'autre à propos de lundi ?

— Nous l'avons rencontré lundi après-midi, dit ma mère.

— Vous l'aviez croisé avant la réunion du soir ? fit Shawn, surpris.

— Dans le boqueteau du Cavalier, précisa ma mère. Nous étions en train de cueillir des prunelles.

— Harry a prétendu qu'il nous guettait, lui rappelai-je.

Roxy fronça les sourcils.

— Comment aurait-il pu savoir que vous vous trouveriez là ?

— Par Lavinia ! fîmes-nous en chœur, ma mère et moi. Madame Cropper a dû lui dire que nous étions allées cueillir des prunelles, Lavinia l'aura répété à Benedict et Benedict à Valentin.

— Vous devriez être détectives toutes les deux, lâcha sèchement Roxy.

— Valentin est devenu très fébrile quand j'ai mentionné que David avait des amis au ministère, me rappelai-je. Peut-être est-ce ce qui l'a effrayé ?

— Oui, convint ma mère. Il a dû comprendre que ce n'était qu'une question de temps avant qu'il ne soit découvert.

— J'ai eu la sensation que Valentin avait été forcé à participer à cette réunion de protestation, poursuivis-je. Il ne semblait pas préparé et affirmait que son matériel de présentation n'était pas arrivé. Il a également déclaré qu'il aurait voulu d'abord s'entretenir personnellement avec chacun des options qui s'ouvraient à lui.

— Rien d'étonnant à ce qu'il ait tenu aux rencontres en tête à tête, ironisa Roxy. Il est bien plus efficace de discuter dans la maison d'un particulier que l'on peut effrayer à souhait.

— En fait, quand Patty et moi nous sommes garées devant le pub, lundi soir, j'ai vu Valentin dehors, en train de parler au téléphone. (Je me souvenais clairement de lui, arpentant le parking.) Il paraissait très agité.

— Revenons à lundi soir, intervint Shawn. Où êtes-vous allée après la réunion de protestation ?

— J'ai reconduit Patty et Angela chez elles… (Une vision de Joyce, à plat ventre dans l'eau, apparut dans mon esprit.) Vous connaissez la suite.

— À quelle heure êtes-vous rentrée chez vous ? demanda Shawn.

— Angela et moi avons attendu le départ des secouristes et Doreen a ramené Patty au Hare & Hounds pour un petit moment…

— Êtes-vous en train d'affirmer que Patty n'a pas passé la nuit au pub ? fit Shawn d'un ton sec.

— Doreen m'a dit que Patty avait insisté pour dormir dans son lit.

Roxy se pencha vers Shawn et lui chuchota quelque chose à l'oreille, sur quoi il hocha la tête.

— Donc à quelle heure êtes-vous rentrée chez vous, mademoiselle Stanford ?

— Vers 23 h 30, répondis-je en haussant les épaules. Peut-être minuit. Vous pouvez vérifier auprès d'Angela.

— C'est ce que nous avons fait, répliqua Roxy. Elle nie les faits.

— Sérieusement ? hoquetai-je. Je suis allée jusque chez elle, parce qu'elle avait une frousse bleue.

— Pas selon elle, répéta Roxy.

— Évidemment qu'elle nie, s'emporta ma mère. Elle en veut à Kat pour son accident avec les vaches.

— Nom d'un chien ! m'exclamai-je. Pendant tout l'après-midi du mercredi, j'ai assisté à la vente aux enchères avec ma mère, sauf au moment où Angela Parks s'est fait piétiner par des vaches. Je n'ai pas revu Valentin après lundi !

— À propos d'Angela Parks, reprit Roxy. Elle porte plainte contre vous pour non-assistance à personne en danger et soutient qu'elle ne pourra plus jamais jouer, après avoir perdu ses incisives. Apparemment, elle était sur le point de passer une audition pour cette série avec des gens d'en haut et d'en bas.

— *Downton Abbey* ? gloussa ma mère. Qui est-ce qu'ils éliminent, cette fois ?

— Nous ne parlons pas d'hier, fit Shawn qui commençait à perdre patience. Valentin Prince-Avery a été tué mardi matin à l'aube.

— Ce n'est pas possible, déclarai-je. J'ai échangé des textos avec lui… oh, mais… j'ai même reçu un message vocal.

— Un message vocal ? s'exclama Shawn. Nous serions curieux de l'entendre.

J'attrapai mon fourre-tout et tendis mon portable à Shawn. Il ouvrit le répondeur en mode haut-parleur.

— « *Kat, je ne laisserai pas tomber. Je sais que tu ne me crois pas, mais quand tu m'as embrassé...* »

— Pardon, ce n'est pas le bon message.

Je lui arrachai le téléphone et pressai « Supprimer ». L'embarras me fit brûler de honte.

— C'était David Wynne, les informa ma mère. Au cas où vous vous poseriez la question.

— Non, nous n'avions aucune interrogation à ce sujet, répliqua Shawn, bourru.

— Le voilà.

Je retendis l'appareil à Shawn et nous écoutâmes tous le dernier message de Valentin : « *Rappelez-moi. C'est urgent. Je dois...* »

— Et vous avez rappelé ? demanda Shawn.

— Oui, plusieurs fois, mais son répondeur avait fini par être saturé.

— Et le texto que tu as reçu, le soir où Alfred est arrivé ? suggéra ma mère.

— Tenez, trois textos, dis-je en montrant l'écran à Shawn. Le premier ne contenait que la lettre « *K* », le deuxième la lettre « *J* » et le troisième : « *Salut, tt est OK.* »

— Ces textos ont été envoyés jeudi à 22 h 30, constata Roxy. Valentin était mort à ce moment-là.

— Comment pouvez-vous en être certaine ? demandai-je.

— J'ai étudié l'anthropologie à l'université, répondit Roxy. Les bourbiers des vallées sont des gisements de tourbe très profonds, laquelle tourbe provient de la mousse de sphaigne. Un corps se conserve fort bien dans la tourbe – nous parlons de la peau, des cheveux et des organes internes. Ce qui signifie que nous pouvons déterminer précisément l'heure de la mort. Regardez l'homme de Lindow.

— Valentin n'est mort que lundi, objecta ma mère. Pas au milieu du Ier siècle.

Shawn fit claquer ses doigts.

— Quand nous avons repêché le corps, il n'avait pas de téléphone sur lui, si ?

— La seule chose que nous avons trouvée dans les poches de Prince-Avery, ce sont les clefs de son domicile, de sa voiture de location, et un portefeuille contenant son permis de conduire, déclara Roxy.

— Mais dans ce cas, qui a appelé Ogwell pour leur dire d'aller récupérer la voiture ? demanda ma mère. Mon frère Alfred l'a vue se faire remorquer aux alentours de 16 heures.

— Sans doute Benedict pour essayer de gagner du temps et continuer à faire croire que Valentin était toujours vivant, suggérai-je.

Shawn poussa un soupir accablé.

— Je pense en effet que nous pouvons affirmer, sans craindre de trop nous tromper, que Benedict Scroope est notre principal suspect.

— Et je pense que nous pouvons affirmer, sans craindre de trop nous tromper, qu'il est déjà à mi-chemin de l'archipel de Zanzibar, grommela ma mère. Avec nos identités, notre argent et Dieu seul sait quoi encore.

— J'ai bien peur que vous n'ayez raison, fit Shawn en se levant de table. Nous ferons tout ce qui est en notre pouvoir, malheureusement, on dirait bien que Scroope a un temps d'avance sur nous. Viens, Roxy, nous ferions mieux de rentrer au poste.

Ma mère les raccompagna et regagna la cuisine, la mine sinistre.

— Au moins, ton argent à Jersey est en sécurité, lançai-je pour détendre l'atmosphère, mais elle ne se dérida pas.

— Il va s'en sortir impunément. C'est trop tard et nous ne pourrons jamais rien prouver. Même s'ils l'attrapent, personne ne viendra confirmer que ces chaussures sont les siennes, voire qu'il s'est trouvé aux abords du Bourbier de la mort.

— À moins que Patty ait vu quelque chose, au bout du compte ? suggérai-je.

— On va se prendre un gin tonic, décréta ma mère. Ça me dégage toujours les idées.

Dès que nous fûmes chacune munie d'un verre, ma mère prit une grande gorgée.

— Si Benedict était bien là-bas cette nuit et que ce sont bien ses chaussures, il a dû regagner son hôtel en chaussettes !

— Ce que tu es futée ! Le gin te dégage bel et bien les idées ! m'exclamai-je. C'est toi qui appelles l'hôtel, cette fois, au cas où ce serait Lester qui décrocherait et qu'il reconnaîtrait ma voix ?

Ma mère composa le numéro du Dart Marina Hotel et tomba fort heureusement sur Mary. Elle me tendit le combiné. La jeune femme ne demanda pas mieux que de me rapporter le récit du portier de nuit : mardi matin à l'aube, un client fantasque était rentré en chaussettes boueuses. Elle me confirma également que Benedict avait rendu ses clefs ce matin de bonne heure, alors qu'il avait réservé jusqu'au week-end prochain.

— Et à propos de chaussettes, reprit ma mère après que je l'eus rejointe à la table de la cuisine, vu que Valentin a également quitté le Hare & Hounds de bonne heure, qu'est-il arrivé à ses habits ?

— Tu as raison. Il avait un petit sac de voyage. Je l'ai vu quand je suis allée dans sa chambre. Appelons Doreen pour lui demander s'il a laissé quelque chose derrière lui.

Comme on pouvait s'y attendre, Doreen me fit part de son indignation, à l'instant où elle reconnut ma voix. La nouvelle de l'escroquerie et de la découverte du corps dans le bourbier s'était propagée à la vitesse ultrarapide qu'elle peut atteindre dans les tout petits villages seulement. À savoir celle de la lumière.

— Nous avons tous été dégoûtés, reprit Doreen. Et naturellement, il est difficile de ne pas blâmer Eric. C'est lui qui a introduit cet escroc dans nos vies.

— Nous ne pouvons pas lui faire porter tous les torts, protestai-je. Il s'est juste fait berner autant que nous autres.

— Ce n'est pas l'opinion de tout le monde. Apparemment, monsieur le comte a insisté pour qu'Eric rembourse chaque penny que nous avons investi dans le projet. Sur ses deniers personnels.

Il s'avérait donc qu'Eric prenait les coups pour l'équipe Honeychurch, afin de préserver la réputation de Lavinia. Il fallait beaucoup de courage de sa part.

— Si l'on voit le bon côté des choses, répliquai-je, Fred le canard est sain et sauf à présent, ainsi que toute la faune et la flore de la région… Oh, une autre question : qui a fait le ménage dans la chambre de Valentin ?

Je raccrochai.

— Oui, c'est bel et bien Patty qui s'en est chargée.

Ma mère poussa un cri d'enthousiasme.

— Je me rappelle. Je l'ai vue, jeudi, après avoir retrouvé Lavinia, quand nous sommes allées déposer l'argent. Patty rentrait chez elle sous la pluie, en portant un cabas en cuir. Je lui ai proposé de la déposer, mais elle a refusé.

— Elle l'a volé… exactement comme elle l'a fait avec

ton argent. C'est bien le genre d'agissements dont elle est capable.

— Et si la police se trompait et que Patty était liée à l'assassinat de Valentin, au bout du compte ? supposa ma mère.

— Patty n'aurait pas la force de tirer un homme sur l'herbe avant de le faire rouler dans la tourbière, répliquai-je. Et s'il était saoul, il était presque impossible de le déplacer.

— Revenons à lundi soir, suggéra ma mère. Tu as quitté le pub avec Patty et Angela. La voiture de Valentin était toujours garée là ?

— Non. Elle était partie.

— Donc ensuite, tu as conduit sur la route qui mène à Bridge Cottage et tu as vu le fauteuil roulant de Joyce couché… où exactement ?

— Il avait basculé et projeté Joyce par terre. (Le souvenir me fit frissonner.) Cette partie de la route est très pentue et, en plus, couverte de boue et de feuilles mortes.

— Donc ensuite, Patty retourne au Hare & Hounds avec Doreen, mais finalement elle change d'avis et rentre se coucher chez elle.

J'acquiesçai.

— Elle a vu quelque chose, trancha ma mère. Je parierai ma dernière livre là-dessus.

— Et nous savons qu'à cette saison, on peut apercevoir le boqueteau du Cavalier depuis Bridge Cottage, à travers les arbres.

— Patty regarde par sa fenêtre de derrière et voit Valentin déplacer les pancartes et les mettre dans sa voiture. Combien y en avait-il ?

— Dix, si l'on excepte celle qu'il a laissée derrière lui dans les broussailles, répondis-je. Il a dû effectuer plusieurs voyages.

— Patty le regarde et commence à se mettre en colère. Elle est déjà en état de choc…

— Dons elle fonce l'affronter. (Nous réfléchîmes quelques secondes.) Et ensuite quoi ? finis-je par demander.

— Patty téléphone à Benedict ? suggéra ma mère.

— Dans quel but ? Et de toute façon, Patty n'a pas de téléphone, lui rappelai-je. Peut-être Benedict était-il l'interlocuteur de Valentin, quand il était au téléphone dans le parking, juste avant la réunion. Peut-être Benedict s'est-il inquiété en voyant Valentin partir furieux. Peut-être savait-il où il allait. Ils se sont disputés. Leur échange est devenu violent…

— Dans l'esprit de Benedict, le corps de Valentin n'aurait jamais dû être découvert. Il était censé couler vers le fond du bourbier.

— Mais oui ! m'écriai-je. Quand je suis retournée au pub, après avoir trouvé la canne, Benedict était là. Et Patty, aussi. Elle a affirmé que Valentin avait déjà repris le train pour Londres. Benedict a même proposé de lui rendre sa canne de ma part.

— Je parie que Patty est toujours en possession du sac de voyage de Valentin, marmonna ma mère.

— Il y avait un iPad dedans… et peut-être aussi le téléphone portable de Valentin.

Nous échangeâmes un regard : nous étions parvenues à la même conclusion au même moment.

— Il faut parler à Patty.

27

La nuit tombait lorsque nous atteignîmes Bridge Cottage. L'endroit était plongé dans l'obscurité. Comme nous l'avions prévu, personne ne nous ouvrit, en dépit de nos appels répétés. Nous parvînmes à entrebâiller la porte, mais on aurait dit qu'un meuble avait été poussé devant.

— Essayons par-derrière, suggérai-je.

— Cet endroit me flanque la frousse, me souffla ma mère.

Nous contournâmes le bâtiment, en faisant de notre mieux pour éviter les ordures.

— Pourquoi tu n'as pas emporté de lampe torche ? pestai-je.

— Je pensais que tu en aurais une.

La porte de la cuisine était entrouverte.

— Je n'aime pas ça, Kat, me chuchota ma mère.

Mon estomac commença à se contracter.

— Moi non plus.

Nous pénétrâmes dans la cuisine où nous nous retrouvâmes environnées de pénombre.

— C'est quoi, cette drôle d'odeur de plastique ? demanda ma mère. Tu la sens ?

— Oui. Et il fait chaud, constatai-je en me remémorant la froideur glaciale de la veille.

Je tâtonnai à la recherche de l'interrupteur et l'actionnai.

— Patty a été cambriolée ! s'écria ma mère.

— Non, elle vit comme ça, répliquai-je. Mais attends…

Le placard de la cuisine était grand ouvert, les tiroirs avaient été renversés et tout leur contenu vidé sur le sol.

Nous nous frayâmes un chemin jusqu'au salon, à travers le chaos, et j'allumai la lumière là aussi.

— Oh, bon sang ! Tu ne plaisantais pas quand tu disais qu'elle était collectionneuse compulsive, constata ma mère. C'est répugnant.

Le désordre que j'avais vu quelques jours plus tôt était le même, quoique différent. Les sacs-poubelle noirs remplis d'habits avaient été renversés, comme les tiroirs ; les meubles avaient été déplacés et, si nous n'avions pas pu entrer par la porte principale, c'était parce qu'un grand fauteuil avait été calé contre.

— Quelqu'un a cherché quelque chose ici, observai-je.

— Écoute ! me souffla ma mère. (Nous ne fîmes plus aucun bruit.) Tu entends, on dirait le bruit de quelque chose qu'on traîne ?

À l'étage, au-dessus de nos têtes, retentissait le même son que j'avais entendu il y avait peu dans les combles du Logis du palefrenier.

— Patty est en haut, compris-je. Viens.

Nous escaladâmes de nouveau l'amoncellement de détritus et gravîmes l'étroit escalier.

— Tu as vu ce bazar ? demanda ma mère en désignant des rangées et des rangées de bocaux vides, qui se succédaient de chaque côté de l'escalier.

Un « bang » sonore, suivi d'un courant d'air froid, envoya valdinguer des morceaux de papier et des bouteilles en plastique au bas de l'escalier.

— Qu'est-ce que c'est que ça, nom d'une pipe ?! s'exclama ma mère.

La petite fenêtre du palier, qui s'était ouverte, se referma quand le vent reflua. Je fixai l'obscurité, sans parvenir à distinguer quoi que ce soit, puis je la verrouillai.

— Ce n'est rien que le vent, dis-je.

Ma mère se cramponnait fermement à mon bras tandis que nous enjambions des monceaux de poupées aux membres cassés et au corps sans tête. Nous entrâmes dans une pièce qui ne pouvait être décrite autrement que comme un dépotoir de cartons pleins de vieilles bougies, bibelots, miroirs cassés, plateaux à thé, tasses et jouets. Il y avait également là des sacs de courses en papier kraft, remplis de laine et autres échantillons de tricot.

— Joyce et Patty avaient coutume d'écumer les vide-greniers, expliquai-je. Ça devait constituer leur stock.

Nous dirigeâmes ensuite nos pas vers ce que nous supposâmes être la chambre de Joyce. Les rideaux étaient tirés. Une odeur de moisi et d'humidité flottait dans la pièce dont le papier peint se décollait des murs. Une grande commode bloquait une autre porte dans le coin.

Tout autour, ce n'était qu'empilements de linge, serviettes et vêtements. Une photo encadrée se laissait tout juste entrevoir sur la table de chevet. Elle montrait une femme d'allure sévère vêtue d'une robe des années 1960, accompagnée d'une fillette à nattes, qui tenait un lapin en peluche.

— C'est Joyce et Patty.

— Moi aussi, je te tressais les cheveux, murmura ma mère.

— Mais je n'avais pas le droit d'avoir une peluche.

Côte à côte, il y avait là un lit une place défait et un lit de camp au cadre métallique où se trouvaient un oreiller et un duvet

— Tu penses que Patty dormait là-dedans ? demandai-je, horrifiée. Elle n'avait pas même sa propre chambre.

— Toi au moins, tu l'as, ta propre chambre, plaisanta ma mère, sans que je réagisse.

Quelque chose me tracassait.

— Où est la salle de bains ?

Ma mère claqua dans ses doigts et désigna la commode.

— Là derrière.

— Patty !

Nos cris ne reçurent pas davantage de réponse que précédemment.

— Tu prends une extrémité de la commode et moi l'autre, ordonnai-je.

— Quelqu'un l'a délibérément poussée contre cette porte, s'inquiéta ma mère. Pourquoi ?

Nous découvrîmes Patty gisant dans la baignoire, sous une pile de vêtements. Sa bouche avait été scotchée et ses jambes attachées au moyen d'une corde.

— Vite, sortons d'ici, les houspillai-je. Je n'aime pas ça. Il y a quelque chose de pas normal, je le sens.

Nous transportâmes Patty hors de la pièce avant de lui ôter doucement les rubans de scotch. Elle était en état de choc. La pauvre avait eu beaucoup à digérer ces derniers jours. Nous la transportâmes dans sa chambre où nous l'allongeâmes sur le lit.

— On ferait mieux d'appeler une ambulance, dis-je.

— Je n'ai pas mon téléphone.

— Ni moi. Reste ici, lui intimai-je. Je retourne en voiture à la maison.

— On ne pourrait pas faire l'inverse ? grimaça ma mère.

— Je serai plus rapide.

Deux secondes plus tard, je revenais pourtant sur mes pas, luttant pour conserver mon calme.

— Maman, la maison est en train de se remplir de fumée. Je ne peux pas descendre au rez-de-chaussée.

— Quoi ? fit ma mère en se ruant sur le palier. La fumée monte dans l'escalier ! hurla-t-elle. Nous allons brûler vives.

Son toit étant en chaume, cette bâtisse pleine de détritus ne tarderait pas à devenir un enfer. Nous entendîmes un « crac » et un « boum » à mesure que le feu prenait possession du rez-de-chaussée.

— La fenêtre, dis-je. Dépêchons-nous.

Nous empoignâmes Patty et la traînâmes jusqu'au palier,

déjà empli d'une fumée toxique, noire et épaisse. Grâce au goût de sa mère pour les accessoires en nylon, la fumée finirait par avoir notre peau, si le feu ne se chargeait pas de nous avant.

— Vous allez glisser sur le toit, lançai-je à Patty. Il y a un vieux matelas en dessous. Vite !

Mais elle restait fermement accrochée aux montants de la fenêtre.

Alors ma mère la poussa violemment et Patty dégringola dans l'obscurité.

— Désolée.

Puis elle-même glissa sur la pente du toit et je l'imitai de près. Il y eut un rugissement accompagné d'un bruit sourd stupéfiant au moment où le chaume s'enflamma. Une série de craquements et d'explosions nous indiquèrent que les flammes s'étaient attaquées à la collection de bocaux vides.

Nous restâmes étendues toutes les trois, enchevêtrées sur le vieux matelas, hors d'haleine.

— Maman ? Ta main fragile, ça va ? demandai-je.

— Ça va, répondit-elle. J'ai atterri sur Patty. Je crois que je l'ai écrasée.

Nous tirâmes Patty dans un lieu relativement sûr, au bord du jardin, pour regarder sa maison brûler. En l'observant dans la lumière clignotante, je vis un lent sourire se dessiner sur son visage.

— C'est Benedict qui a fait le coup, déclara ma mère tout à trac. Et maintenant, on ne pourra jamais rien prouver.

Des lumières brillèrent à l'horizon.

— Regardez, m'exclamai-je. Il y a une voiture sur Hopton's Crest.

— C'est lui, croassa Patty, qui ouvrait la bouche pour la première fois. C'est Benedict.

— Comment le savez-vous ? demandai-je.

— C'est là qu'il avait laissé sa voiture, répondit-elle. Je l'ai vu marcher à travers les champs.

— Afin d'arriver jusqu'ici sans être remarqué, constata ma mère d'un air sombre.

Je me mis debout.

— Je dois l'arrêter.

— Tu es cinglée ? protesta ma mère. C'est un tueur. Nous serions déjà réduites à l'état de cendres, là-dedans, si tu n'avais pas été là, avec ta vivacité d'esprit.

— Tout ce que je vais faire, c'est l'empêcher de s'enfuir, répliquai-je. La piste se termine en cul-de-sac au niveau du sentier équestre, tu te rappelles ? Il va être obligé d'effectuer un demi-tour, pour partir de là.

— Attends au moins que la police arrive, cria ma mère. Je t'en prie, Kat, attends…

Mais je courais déjà vers ma voiture.

Je gravis la colline à toute allure et, à l'instant où je m'engageais sur la piste, je fus enveloppée dans un épais brouillard. Pour commencer, je crus qu'il provenait du cottage en feu un peu plus bas. Dans mon rétroviseur, je distinguai à travers la brume des flammes orange qui montaient haut dans le ciel.

La visibilité était quasi nulle sur Hopton's Crest. Je ralentis jusqu'à rouler au pas et poursuivis ma route. Tout ce que j'apercevais au loin, c'étaient deux phares avançant rapidement vers moi. Très rapidement.

Coincée, je fus prise de panique. Puis je vis quelque chose et j'appuyai sur la pédale de frein. Un énorme objet noir sembla surgir de nulle part, flottant presque quelques mètres seulement devant ma voiture, avant d'être avalé par le brouillard. Je restai là, choquée, incrédule, jusqu'à ce qu'un ignoble bruit de tôle froissée, suivi par le cri assourdissant d'une alarme de voiture, me ramène à la réalité.

Aussi subitement que le brouillard s'était abattu, il se dissipa pour révéler une canopée d'étoiles étincelantes et une lune éclatante.

La Prius de Benedict avait percuté l'un des vieux chênes et ses feux de détresse clignotaient. Des airbags blancs obstruaient les fenêtres. L'alarme se tut tout à coup, pour laisser place à un silence déroutant.

Tremblante, je m'emparai de la bombe de gaz lacrymogène que je conservais toujours dans ma boîte à gants – mes vieilles habitudes londoniennes avaient du mal à passer – et je me précipitai vers la voiture dont Benedict agrippait le volant, regardant bêtement devant lui.

Je tirai avec énergie sur la portière côté conducteur.

— La police est en chemin, lui annonçai-je en espérant dire vrai.

Je préparai la bombe lacrymogène et l'approchai de son visage.

Benedict se tourna lentement pour me regarder. Son nez saignait en abondance et une vilaine entaille lui balafrait le front. Incapable de bouger – les airbags l'avaient complètement piégé –, il avait l'air terrifié.

— Vous l'avez vu, vous aussi, n'est-ce pas ? demanda-t-il d'une voix frémissante. C'était lui, hein ? Sir Maurice, le Cavalier fantôme ? Je pensais qu'il s'agissait juste d'une légende.

— Oui, convins-je, j'ai vu quelque chose.

Je ne mentais pas, j'en frémissais encore jusqu'aux os.

— J'ai mal aux jambes, chuchota-t-il. J'ai des fourmillements partout.

J'entendis au loin le hurlement réconfortant des sirènes de pompier.

Benedict se laissa retomber contre le dossier de son siège.

— Est-ce que Patty… ?

— Elle est en vie, mais pas grâce à vous, le coupai-je. Et ma mère aussi, d'ailleurs. Pourquoi avez-vous fait ça ?

— Je n'avais pas l'intention que ça se passe de cette façon, répondit-il. Si Patty m'avait juste rendu le téléphone de Valentin…

— Pourquoi était-ce aussi important ? Ce n'était rien qu'un téléphone.

Benedict partit d'un petit rire amer.

— Vous savez, il contenait toutes sortes de messages que j'avais envoyés à Valentin et susceptibles de m'incriminer. Cet imbécile de malheur… Cet imbécile d'ivrogne de malheur.

— C'est bien Valentin qui a renversé le fauteuil roulant de Joyce ?

— Il m'a juré qu'il ne l'avait pas touchée. Il aurait fait une embardée pour l'éviter, mais elle aurait quitté la route.

— Et il n'a pas songé à appeler une ambulance ? m'exclamai-je.

— Pour que tout son passé ressurgisse ? ironisa Benedict. Son retrait de permis…

— Tout aurait fini par ressurgir de toute façon. J'étais déjà au courant pour le retrait de permis.

— Oui, tout ça, c'est votre faute, Katherine Stanford, lâcha amèrement Benedict. Vous avez tout gâché. Quand Valentin a réalisé que David Wynne allait poser des questions, il a voulu en finir. Mais il y avait trop à perdre. J'avais passé des années à développer ma société…

— Votre fausse société, vous voulez dire. Vous vous imaginez peut-être que nous ne sommes qu'un trou perdu, ici, où personne ne comprend rien à Internet, mais je peux vous garantir qu'au moment où nous parlons, la police est en train d'enquêter sur vos petites combines.

— Vous n'arriverez jamais à prouver quoi que ce soit, persifla-t-il.

— La police détient vos chaussures.

— De quoi parlez-vous ?

— Les chaussures que vous portiez la nuit où vous avez tué votre ami.

Benedict s'étrangla.

— Vous pensez que j'ai tué Valentin ? s'écria-t-il. Non,

jamais. C'était un accident. Il était saoul, en colère. Nous nous sommes disputés, battus…

— Vous l'avez frappé avec l'une des pancartes, dis-je.

— C'est lui qui m'a frappé en premier.

— On est où, là ? Dans la cour de l'école ? ironisai-je.

— Non, non, c'était un accident. Je vous l'ai dit. (Benedict secoua la tête, horrifié.) Bon sang, c'était affreux. Valentin a simplement trébuché. Je ne suis pas arrivé à le rattraper, ni à l'atteindre. Il m'a dit qu'on avait commis une erreur en venant ici, que mes sentiments pour Lavinia avaient fait obstacle à notre plan. Et sur ce point, il avait raison.

— Oui, venons-en à Lavinia, d'ailleurs. Vous avez failli détruire son mariage.

— Elle a choisi l'argent plutôt que l'amour, murmura Benedict. D'une certaine manière, je cherchais à me venger. Je voulais voir Rupert souffrir.

— Elle n'a pas préféré l'argent à l'amour, répliquai-je. Lavinia a toujours aimé Rupert. Et il n'y avait pas d'argent à Honeychurch. Il n'y en a jamais eu. Lavinia se sentait coupable de vous avoir mené en bateau, autrefois.

Une voiture de police déboula en hurlant, dans un tournoiement de lumière bleue. Shawn bondit du siège conducteur et se précipita vers moi.

— Kat, ça va ? Vous êtes blessée ?

— Je vais bien, juste un peu secouée, répondis-je en réalisant que je tremblais et que des larmes me picotaient les yeux.

À ma grande surprise, Shawn me prit dans ses bras et, même quand Roxy apparut, il ne desserra pas son étreinte.

28

— Tu t'es absentée pendant des heures ! s'exclama ma mère en me voyant entrer dans sa cuisine, après une merveilleuse chevauchée.

— Edith m'a emmenée jeter un coup d'œil à Jane's Cottage, répliquai-je en ôtant ma bombe. Et je peux te dire qu'il a du potentiel.

— Bon sang, qu'est-ce que tu as fait à tes cheveux ? s'exclama-t-elle, consternée. Tu es en train de te transformer en l'une d'elles !

Je touchai le filet démodé que Lavinia avait insisté pour me voir porter.

— Je sais, je sais, les cheveux plaqués et tout le tralala, mais cela permet vraiment de garder ses cheveux sous contrôle… Qu'est-ce qui se passe ? Tu me donnes l'impression du chat qui vient de gober le canari.

— À propos de canari : Alfred emménage dans le vieil appartement de William, mais ce n'est pas de lui qu'il s'agit. (Elle me tendit une enveloppe de papier kraft.) Regarde à l'intérieur.

— De l'argent ! m'exclamai-je.

— Cinq mille livres, pour être exacte. C'est Eric qui avait trouvé les billets sur le sentier équestre, près de Bridge Cottage. Comme il ne se doutait pas qu'ils m'appartenaient, il m'a dit qu'il pensait avoir déniché le trésor au pied de l'arc-en-ciel.

— Waouh ! Eric est plein de surprises.

— Et il a pris la responsabilité du bazar que Lavinia a causé avec Scroope… Même si, naturellement, c'est avec l'argent de Lavinia qu'il va rembourser les villageois.

— C'est ce que j'ai entendu dire.

— Conclusion : on ne doit pas juger un homme à ses sourcils, fit ma mère en s'esclaffant à sa propre blague. Il est en plein marasme financier. Plongé jusqu'au cou dans les dettes après avoir dépensé des sommes folles pour ce stupide tracteur Massey Ferguson, ce qui explique pourquoi il vend toutes les chaussures de Vera et… tu ne devineras jamais…

— Ne m'y oblige pas.

— C'est Eric qui a vendu ta photo au *Daily Post*. Angela en est bien l'auteur, mais c'est lui qui l'a vendue. Il a même avoué qu'elle l'avait supplié de ne pas le faire.

— Oh non, me lamentai-je. Non seulement j'ai accusé Patty d'avoir volé l'argent, mais je me suis trompée aussi à propos d'Angela. Je leur dois des excuses à toutes les deux. Je pourrais aller à Totnes cet après-midi et leur acheter des fleurs. Ça te dit de m'accompagner ?

— Non.

À ma grande stupéfaction, Patty s'était pris une chambre payante dans l'hôpital de Totnes. Et ce n'était pas tout : quand elle me vit, elle sourit. Pour une fois, elle avait l'air propre et s'était appliqué une légère couche de rouge à lèvres.

— Vous avez meilleure mine, constatai-je. Et une jolie chambre.

Il s'avérait que la mère de Patty n'avait pas seulement été économe, elle s'était montrée futée au sujet de l'argent. Bridge Cottage était bien assuré, ce qui signifiait que Patty avait hérité d'une grosse somme.

— Assez pour que je m'achète un petit appartement, à Dartmouth, avec vue sur le fleuve. Et je ne me sens plus coupable envers ma mère.

— Vous pouvez entamer un nouveau chapitre de votre vie, confirmai-je.

— Je peux vous montrer mon téléphone ?

Patty avait avoué que l'après-midi où j'avais vu Benedict chez elle, il était venu lui demander si elle avait trouvé le téléphone de Valentin et avait commencé à se montrer menaçant. Il l'avait à ce point terrorisée qu'elle avait allumé le poêle et essayé de brûler l'appareil. Ceci expliquait certainement la curieuse odeur de plastique que ma mère et moi avions détectée chez elle.

L'ironie du sort voulut que même si Benedict avait déclenché un incendie pour détruire le cottage, quelque chose avait survécu : le poêle Rayburn en fonte, à l'intérieur duquel se trouvait l'iPhone de Valentin, dont le contenu se révéla entièrement récupérable. Benedict allait finir par recevoir ce qu'il méritait.

— Où avez-vous trouvé l'iPhone de Valentin ? demandai-je.

— Dans la haie, répondit Patty. Et il fonctionnait. Je me suis dit que si je répondais à vos messages, personne ne s'apercevrait que Valentin l'avait perdu.

— J'espère que vos compétences pour taper des textos s'améliorent.

Patty sourit.

— Je sais, j'ai pigé le coup, maintenant.

— Et le sac de voyage de Valentin ?

Le visage de Patty se décomposa.

— Il s'en est aperçu. C'est pour ça qu'il était là, l'après-midi où vous êtes passée.

Pendant quelques secondes, elle me parut petite et très seule.

— C'est terminé, maintenant, Patty, m'empressai-je de la réconforter.

— Vous reviendrez me voir ?

— Bien sûr.

Patty se trouvait désormais face à un avenir plus souriant et le constat était agréable. Je devinais en revanche que ma visite suivante ne serait pas aussi exaltante. Angela était hospitalisée dans un service gériatrique bondé. Elle devait être la plus jeune patiente, d'au moins cinquante ans. Je la trouvai assise dans son lit, en train de feuilleter un exemplaire de *L'Actualité théâtrale*.

— Qu'est-ce que vous voulez ? lâcha-t-elle du bout des lèvres. Vous n'êtes pas censée être là.

— Je vous dois des excuses, répliquai-je. C'est Eric qui a vendu la photo au *Daily Post*. Je suis vraiment désolée.

— Regardez ! fit Angela en ouvrant largement la bouche et en désignant les deux chicots restants sur le devant. Il faudrait me poser des couronnes sur ces dents, mais ze ne peux pas me les payer.

— Vous me poursuivez en justice parce que vous ne pouvez pas faire réparer vos dents ? lui demandai-je sans ménagement.

Angela hocha la tête d'un air piteux.

— Trudy ne paiera pas, répondit-elle. Elle dit que ze n'ai pas rempli ma part du marssé.

Je réfléchis quelques instants.

— Vous savez quoi : je vais payer pour vos soins d'orthodontie.

— Oh, mon Dieu, vraiment ?

— Oui, car vous êtes une actrice très talentueuse. Mais dites-moi une chose avant : pourquoi avez-vous accepté de m'espionner ?

— Vous espionner ? (Angela parut désorientée.) Trudy a dit qu'on pourrait dénisser la vraie Krystalle Storm. Ils ont reçu un tuyau de Vera, la précédente gouvernante. Vous savez de qui il s'azit ?

J'éprouvai un profond soulagement.

— Non, j'ai bien peur que non.

Angela soupira.

— Tant pis. Ze vais laisser Trudy faire son sale boulot toute seule. Ils vont bientôt trouver qui c'est de toute façon.

— Que voulez-vous dire ?

— C'est Trudy qui a gagné le prix d'Eric sur eBay.

— Elle a quoi ? chuchotai-je. (J'avais placé mon enchère finale seulement cinq minutes plus tôt.) Vous voulez dire que… Trudy va rencontrer Krystalle Storm en Italie ?

J'étais intervenue trop tard. Trudy Wynne semblait bien avoir gagné au bout du compte.

Une demi-heure plus tard, je me garai dans la cour, le cœur lourd, pour retrouver ma mère perchée sur un montoir.

Elle se rua vers ma voiture et ouvrit la portière passager d'un coup sec.

— Dieu merci, tu es là. J'ai une terrible nouvelle.

Mon cœur s'arrêta de battre.

— Tu as entendu parler de Trudy Wynne et du concours ?

— Quoi ? Non. Harry a disparu, répondit ma mère. L'école a appelé Lavinia ce matin. Il a fugué encore une fois cette nuit. Pire, Tonnerre a quitté sa stalle.

— Oh non ! m'écriai-je. Rupert a menacé de vendre son poney s'il s'enfuyait encore une fois.

— Où devons-nous commencer à chercher ?

Et soudain, je sus. Nous repartîmes à vive allure vers la desserte de service, dépassâmes la coquille vide – en dépit du poêle Rayburn – qui subsistait de Bridge Cottage.

— Où va-t-on ? demanda ma mère, qui poussa un cri quand nous franchîmes l'entrée du chemin équestre vers le boqueteau du Cavalier.

— Tu verras.

J'arrêtai ma voiture en haut de Hopton's Crest, à quelques mètres seulement de l'endroit où Benedict avait heurté un arbre. Seuls deux profonds sillons tracés sur le sol témoignaient de l'accident.

— Qu'est-ce que tu fais ? me demanda ma mère quand je sortis de la voiture.

— Tu verras, répétai-je.

J'avais raison. De chaque côté de la piste, on voyait deux larges trous dans les haies. L'un et l'autre portaient des signes d'empreintes de pieds récentes et, sur un côté, je vis le petit monticule d'un crottin de cheval.

— Tu plaisantes, s'offusqua ma mère quand je lui fis part de ma théorie.

— Je suis certaine que c'était Harry qui montait Tonnerre, la nuit dernière. Il voulait traverser Hopton's Crest pour descendre vers le boqueteau du Cavalier, et avec tout ce brouillard…

— Finalement, ce n'est pas Sir Maurice, le Cavalier fantôme, que tu as vu.

— Tu sembles déçue, constatai-je.

— Je dois l'être, en effet.

Dix minutes plus tard, nous parvînmes à pied devant l'arbre qui abritait la cabane du petit garçon.

— Harry, tu es là-haut ? criai-je.

Un visage apparut, mais il ne s'agissait pas de Harry. C'était Rupert, portant un vieux casque et des lunettes d'aviateur, ainsi qu'une écharpe blanche.

— Bonjour, nous lança-t-il. Nous sommes en train de monter le guet ici et je reçois mes ordres du chef d'escadrille Bigglesworth.

— Silence, Honeychurch, entendis-je. Vous allez réveiller les loirs. Ils sont en pleine hibernation.

— Nous descendons, me chuchota Rupert.

Quelques instants plus tard, le père et le fils émergèrent de derrière l'arbre, habillés à l'identique. Harry serrait Ella Fitzgerald dans ses bras.

Rupert désigna sa tenue.

— J'ai trouvé ça au grenier. Il y a des affaires incroyables là-haut. Je n'en avais pas la moindre idée. J'ai retrouvé un vieux train électrique Hornby qui a appartenu à mon grand-père. Toujours dans sa boîte d'origine. Vous devriez y jeter un coup d'œil. J'aimerais avoir votre opinion sur le sujet.

— Un train électrique, énonçai-je avec lenteur. Je crois que j'en ai eu assez, des trains, pour un moment, mais peut-être que dans une semaine ou deux…

— Lieutenant d'aviation Stanford, aboya Harry avec la voix de son alter ego. C'est officiel, je ne retourne pas au front. La guerre est terminée.

— Pour tout vous dire, monsieur, moi non plus.

— Oh, Kat ! hurla-t-il. C'est dément !

— Nous devrions célébrer la nouvelle ! s'exclama ma mère. Allez viens, Kat. Quelle journée !

De retour au Logis du palefrenier, nous découvrîmes un bouquet de fleurs sur les marches du perron.

— David ne va donc jamais finir par me laisser tranquille ? marmonnai-je. Voyons voir ce qu'il y a cette fois-ci.

Ma mère s'empara d'une large enveloppe en papier gaufré.

— Oh, constata-t-elle, ces fleurs ne sont pas pour toi, mais pour moi.

— Ah ah. Donc maintenant, il essaie de se faire bien voir pour que tu intercèdes en sa faveur.

— Très transparent comme comportement, commenta ma mère qui retourna l'enveloppe et fronça les sourcils. Bizarre. C'est la croix de Goldfinch Publishing.

— Vas-y, ouvre. Peut-être que tes livres viennent d'être vendus à un grand producteur hollywoodien !

Ma mère resta bouche bée.

— Ben ça alors ! Regarde.

À l'intérieur, il y avait une pochette contenant deux billets d'avion et l'itinéraire détaillé d'un long week-end de luxe dans une villa privée sur la côte amalfitaine.

Ma mère me tendit la lettre d'accompagnement.

— Lis-moi ça.

— « *Krystalle Storm, votre hôtesse, s'excuse de ne*

pouvoir se joindre à vous, mais espère que vous passerez un agréable séjour. »

Ma mère me jeta un regard plein de perplexité, lorsqu'une carte voleta jusqu'au sol, que je m'empressai de ramasser.

— Je n'y crois pas, hoquetai-je. Écoute : « *J'ai pensé que vous pourriez avoir besoin de vacances, les filles. Salutations, David.* » Comme c'est attentionné de sa part. Vraiment adorable.

— Je pensais que tu avais enchéri sur eBay, me coupa ma mère. Quel rapport avec David ?

— Je ne t'ai pas dit ?

— Tu ne me dis rien du tout.

— Il y a eu un embrouillamini de dernière minute. Mais tout est arrangé, maintenant. Bien entendu, nous ne pouvons pas…

— Allons-y, décréta soudain ma mère. Partons demain. Ce seront probablement tes dernières vacances, maintenant que tu as l'intention d'ouvrir ta nouvelle société dans la région.

— Oui, j'ai beaucoup de travail qui m'attend.

Ma mère me serra dans ses bras.

— Je suis si heureuse que tu restes.

— Il faut bien que quelqu'un te protège des ennuis. Mais promets-moi une chose, ajoutai-je. Arrangeons-nous pour ne jamais finir comme Joyce et Patty.

— Excellente idée.

Remerciements

Quand j'ai commencé à écrire cette série consacrée à un vieux manoir croulant et à ses habitants, j'étais loin de réaliser que je ne tarderais pas à partager la passion de mon héroïne, Kat Stanford, pour la préservation et la protection des magnifiques manoirs de Grande-Bretagne. C'est triste, mais le fait est que, depuis la Seconde Guerre mondiale, près de deux mille de ces remarquables demeures ont été démolies, détruites, ou se trouvent à l'heure actuelle en ruine. Les explications sont multiples et vont des lois handicapantes en matière de droits de succession aux exigences et attentes liées au mode de vie du XXIe siècle, sans même parler de ce qu'il en coûte réellement pour maintenir en état ces vastes domaines.

Avec cette cruelle réalité à l'esprit, j'invite les anglophiles et les amoureux des douillets mystères anglais à se joindre à moi pour applaudir le National Trust, l'English Heritage, le Battlefields Trust et la Society for the Protection of Ancient Buildings dans leurs efforts incessants pour protéger l'Angleterre que nous connaissons et aimons.

Peut-être est-ce la raison pour laquelle l'intrigue de *Deadly Désire at Honeychurch Hall* m'a été inspirée par Action Alliance, un groupe de protestation qui continue sans relâche de s'opposer à la HS2, une ligne ferroviaire à grande vitesse, dont la construction s'accompagnera de la destruction de trois cents cottages supplémentaires, de manoirs géorgiens, de presbytères médiévaux et autres enclos paroissiaux, sans parler des forêts et haies décimées et, inévitablement, de la faune sauvage menacée sur son passage. Vous avez mon soutien ferme et définitif !

Et puisqu'on en est à parler de soutien : ce livre n'aurait jamais été possible sans l'aide et les encouragements de mon épatant petit gang. Je voudrais inclure dans ma gratitude sincère mon merveilleux agent, Dominick Abel ; mon éditrice, Marcia Markland, qui sait toujours exactement ce qu'il faut faire pour améliorer mes histoires ; la super-efficace Quressa Robinson ; Shailyn Tavella qui a accueilli mes idées de publicité excentriques avec élégance et humour ; et la fabuleuse Talia Sherer, dont l'enthousiasme me fait toujours sourire. Un remerciement spécial à Mary Ann Lasher : tes couvertures sont exquises et il n'y a rien d'étonnant à ce qu'elles aient donné naissance à un fan-club de Mister Chips.

Comme toujours, je n'aurais rien pu faire sans le soutien de ma fille Sarah, de ma famille et du clan Elen, de mon chef Mark Davis, président de Davis Elen Advertising, et de mes talentueux camarades de tranchée : Elizabeth Duncan, Clare Langley-Hawthorne, Daryl Wood Gerber, Kate Carlisle et Mark Durel.

Et enfin, mentionné en dernier mais toujours premier dans mon cœur, il n'y a pas de mots pour exprimer la profondeur de l'amour et de la gratitude que j'éprouve pour mon mari, qui soutient mes rêves d'écriture depuis le tout début. Jason, ce livre est pour toi.

PETITS MEURTRES EN HÉRITAGE

HANNAH DENNISON

Ridiculisée par la presse people, Kat Stanford abandonne son émission de télévision à succès pour se réfugier au fin fond dans la campagne anglaise. Sa mère vient d'acheter une vieille bicoque à Honeychurch, un domaine appartenant à une prestigieuse famille d'aristocrates aussi désargentés qu'excentriques. Ah, les joies de la campagne ! Enfin, les joies, c'est vite dit… La maison de sa mère est une véritable ruine et son voisin est bien décidé à la faire déguerpir. Et puis, à peine arrivée, Kat est plongée dans un imbroglio mystérieux : une nurse disparaît et une domestique est retrouvée assassinée au fond du parc. Quand elle apprend en plus que sa mère écrit des romans érotiques et que ce n'est pas du tout le hasard qui l'a conduite au domaine, Kate se demande ce qu'elle va encore découvrir en arpentant les sombres couloirs du manoir de Honeychruch...

Même à la campagne tout le monde a des secrets à cacher !

city-editions.com

Achevé d'imprimer en octobre 2019
sur les presses de la Nouvelle Imprimerie Laballery
58500 Clamecy
Dépôt légal : février 2019
N° d'impression : 910010

Imprimé en France

La Nouvelle Imprimerie Laballery est titulaire de la marque Imprim'Vert®